日知文丛

梧桐三味

杨念群　著

浙江古籍出版社

图书在版编目（CIP）数据

梧桐三味 / 杨念群著 . -- 杭州 : 浙江古籍出版社 , 2020.7
ISBN 978-7-5540-1731-9

Ⅰ . ①梧… Ⅱ . ①杨… Ⅲ . ①随笔—作品集—中国—当代
Ⅳ . ① I267.1

中国版本图书馆 CIP 数据核字（2020）第 041123 号

梧桐三味

杨念群　著

出版发行　浙江古籍出版社
（杭州体育场路 347 号　电话：0571-85068292）
网　　址　www.zjguji.com
责任编辑　刘　蔚
文字编辑　王振中
封面设计　吴思璐
责任校对　吴颖胤
责任印务　楼浩凯
照　　排　杭州立飞图文制作有限公司
印　　刷　浙江海虹彩色印务有限公司
开　　本　889mm × 1194mm　1/32
印　　张　9
字　　数　187 千字
版　　次　2020 年 7 月第 1 版
印　　次　2020 年 7 月第 1 次印刷
书　　号　ISBN 978-7-5540-1731-9
定　　价　50.00 元

目 录

第一味

书生襟抱本无垠

同夏衍老在四合院豆棚檐下纵谈今古，我从老人的娓娓叙述中，多少体味出杨度这位近世奇人的些许个性。杨度晚年沉浸于禅心秘境，颇为把握禅学“以不变应万变”、“以入世为出世”的界限与机巧。打开所著《虎禅师论佛杂文》，扑面而来的全是玄语禅机，鬼气逼人，而掩卷品思，其语总不脱凡尘俗世而又不陷入风月荒诞。杨度甚至斗胆颠倒六祖慧能“菩提本无树，明镜亦非台；本来无一物，何处惹尘埃”之偈语而歪批云：“菩提岂无树，明镜岂非台；本来安所在，即在此尘埃。”并擅自点化众生曰：慧能不过是“以空破有”，而我虎禅师则是“即空即有”。以“有”说“无”已把禅语空宗断却尘缘妄念的基点砸得粉碎，而以佛境说大同，更使杨度难分幻境与真实的界度。近世湖湘之人似乎总是难断尘缘，难入禅境，曾国藩即曾因挣扎于禅境边缘而呕血。所以杨度未从“丑剧”中完全脱身而出以遁入空宗，而又于“正剧”中扮一角色，以至后期生活大放异彩，倒并非没有一点前后思维的沟通与群体的共同困惑为其根基。其实，从帝制巨魁的“丑剧”转为市井国士的“正剧”，我们不难从禅境里悟得杨度真性情的一丝线索。

杨度受晚清经学大师王闿运“帝王之学”的熏染，颇有乃师之风。他十三四岁时就常宿于王家，被誉为神童。王闿运未显之时与诸贵人游，恐不受礼遇，常常高自标置，一生不受人慢，而成名之后，更喜夸诞海口。钱基博云其“貌似逍遥，意实矜持”[①]，而杨度也曾被人视为“露才扬己，高视阔步”。一次偶然翻阅唐宋八大家诗文，竟然弃书自叹，说这些千古传诵的文章“真乃儿戏”，认为自己幼时，即已能撰此类之文，他们居然“亦为名家，真乃可怪”[②]。杨度自诩文章几乎能独步天下，只是承认不如“掌门人”王闿运诗词的“哀艳灵逸”和其经说及《湘军志》自成一家之言，总算能折节自认于天下英雄中坐第二把交椅。杨度狂狷不羁，胆敢傲视点评天下英雄文章，只有挚友夏寿田以一句“平生推佩唯有杨郎”，方换来杨度的一声谦逊之叹：“午诒（夏寿田）能狂，我仅能狷，实不如彼，愧斯言矣。”叹声内外仍不失狂生本色。

“逍遥”与“经世”自古本是一对矛盾，而王闿运偏以老庄说“帝王”，一派舍我其谁的假潇洒，以致害得杨度也一度大谈起“百际布衣无际会，不烦劳作武乡侯”[③]这些言不由衷的苦闷话。实际上王闿运说老庄自有缘由，年轻时他曾劝曾国藩南面称帝与清廷对峙而未果，自尊心大受打击，大发了一通“纵横志不就，空余高咏满江山”的牢骚，便一头扎入庄禅圈内；搞得“湘绮弟子，莫不高谈魏晋，不暇旁求”[④]，杨度也学着王

---

① 钱基博：《中国现代文学史》，长沙：岳麓书社 1986 年第 1 版，第 59 页。

② 北京市档案馆编：《杨度日记（1896—1900）》，北京：新华出版社 2001 年第 1 版，第 63 页。

③ 《逋亡杂诗》（第四首），见《杨度集》，长沙：湖南人民出版社 1986 年第 1 版，第 626 页。

④ 杨钧：《草堂之灵》，长沙：岳麓书社 1985 年第 1 版，第 29 页。

氏的样子“尽心听莺并看花，无心无事作生涯”[1]，似乎真的做到了“帝师王佐都抛却，换得清闲钓五湖”。实际上庄禅给与王闿运迟暮哀叹岁月的抚慰，和对“一生不受人慢”的心理补偿，恰恰是杨度“经世”内力迸发而出的精神枷锁。翻阅杨度手抄日记，庄禅心境的空灵透彻与士不得志的憔悴悲凉，几乎成了早期杨度心弦喋喋不休的变奏，一忽是矜傲隐士的一派深沉，大做自我安慰云：“余乃湖南一布衣耳，身处田间，本无心于名利，不召自至，又何为乎？进退以礼，非比举棋，出而不正，亦何补于天下，不如无出矣。”[2]一忽又做浪漫悲歌，抚琴自啸之态：“山烟向暮，寒水待月，忽觉满目苍茫，欲作穷途之哭。人以我为旷达，不知直以眼泪洗面，士不得志，岂不悲哉！归来闭门向月孤吟，久不能寐。”有一次饭后杨度与王闿运同归“登舟坐谈时变，几于击楫中流矣”。以至被“掌门人”责曰：“近名之心，又非隐居求志之所宜也。”

杨度与王闿运常于联床夜话中纵评风云大事，有一次他把小船泊于潇湘门外，“竟得一舱，与王师对卧……纵谈彻晓，觉天下大事确有把握”。至于点评人物之得失则更是时有妙语奇论，如讥诸葛而扬周瑜：“隆中三分之策，幸而获成，功名之会，岂非命哉！诸葛平生不善用兵，而名垂宇宙，其能不为公瑾窃哂乎！”再如“掌门人”量弟子之才而估天下事，认定夏寿田似曾国藩，杨度似胡林翼，“然合乎办事，知必有济”，思路奇拓

① 《偶然作》，见《杨度集》，长沙：湖南人民出版社1986年第1版，第627页。

② 北京市档案馆编：《杨度日记（1896—1900）》，北京：新华出版社2001年第1版，第233页。

浪漫，自我感觉良好，倒大似一首书生狂想曲。今人看来，这挥斥方遒的书生意气与似乎不知天高地厚般的浪漫潇洒，正如点点逝去而仍在飘逸的落幕余晖，让吾辈后人羡慕得发狂。

戊戌年间，杨度入京应试终于有了操练“帝王之学”的机会时，他仍不改高视阔步的老脾气，常徜徉于公卿之间，自鸣曰:“余诚不足为帝师，然有王者起，必来取法道。”这种守株待兔式的自我推销术，与正轰轰烈烈奔走于宫廷之间的粤人康有为等公车士子相比，矜持的君子之风溢于言表。杨度终于觉得“余身在此不能无言”，应有些惊人之举时，便做了一篇《大阅赋》，他自己解说赋中“以寓讽谏，班扬之遗意也”。而直言极谏只适于在明主当政的时候，“昏朝以沽名则可耳，不纳则受其殃，正宜曲喻而已”。杨度一路活动于京官翰林之中，甚至一直撞入大学士徐桐之门，却无一人肯为之代奏光绪帝，气得他大叫“翰林可笑如此”，回到寓所，喝去几壶闷酒，自然大发了一通“相如虽有上林赋，不遇良时空自嗟”的感叹。由于治学路径和经术运用的不同，杨度素来轻视康有为一辈人的活动，自言“三代以下唯余能言经术，又非他人所能也”,几乎把“掌门人”排除在外。又称“康长素所著书，余此时固已不屑，余不敢轻量天下士，亦不敢妄自菲薄，有成与否，要之皓首而定”。

闿运把玩“帝王之学”，总梦想在乱世云烟中钻个空子以谋取卿相之位，这就像一位啸傲山林的隐士突然巧遇刘备，一而再、再而三拉他出山，这位隐士却又摆出一副山野村民不识时务的样子，摆够了谱才翩然而出。“帝王之学”这一巧遇、二摆谱、三出山的神话模式表面大有程咬金三板斧想劈出个帝王基业来的味道。可王闿运给杨度规定的从寄情野趣到出山为相的马拉松式纵横术，时间拖得未免太过于漫长，自然不如康有为干脆抬出个“假孔子”，自己也做起“素王”教主来得痛快实在，也够刺激。

王闿运虽以擅长“帝王之学”自命，一生却是摆谱的时候多，让人看中其纵横之才时少，“帝王之学”却似挂在狗肉店前的羊头招牌，反而变成了自诩清高的资本。这对王闿运倒不失为一种退身之阶，对当时尚血气方刚的杨度则无异于一剂苦药。上奏《大阅赋》失败后，杨度曾做了一首《渔父辞》，自比屈原，聊以自慰，中有“屈原被放游江滨，踟蹰泽畔自伤神……柳志含情恋故都，尚冀君心念遗逐。渔父闻言笑且行，世人虽醉君岂醉。长歌鼓罢逐波去，沧浪之水何时清”[①]。并自注云：“微变渔父之意，以期自道耳。”尚未入仕就发起了屈原之叹。至于诸如“亦知道不行，未作扬波叹”[②]之类的牢骚和“富贵非我好，军国非我筹”[③]之类的自我安慰，就更是举不胜举了。不难看出，“禅中虎”杨度一直想跃出王闿运的行者圈套，然浸染既久，思路却始终如一，一旦认准袁世凯“霸才”可恃，就翩然而出，从“卧龙”孔明梦想摇身一变而为丞相诸葛了。不想“掌门人”王闿运先仙逝而去，“霸才”袁世凯又随之归天，君宪梦终于难圆。

杨度对袁世凯没有充分领略自己的“隆中之策”颇有微词，

---

① 北京市档案馆编：《杨度日记（1896—1900）》，北京：新华出版社2001年第1版，第99页。

② 《戊戌仲春渡海作》，同上书，第83页。

③ 《夏月出京越海溯江将游汉淯泊夏口作》，同上书，第98页。

题袁世凯挽联云:“共和误民国，民国误共和？百世而后，再平是狱；君宪负明公，明公负君宪？九泉之下，三复斯言。”内中深意仍持“以君宪为共和”的观点。在杨度看来，“明公”袁世凯作为“新权威”尚不够资格,坏了自己的大事。“共和”与“君宪”之争本身在近代就是个打不清的官司。“共和”往往会蜕变为国会议员的老拳相向而使斯文尽扫，“君宪”又往往缺乏对“霸才”的制约系统,从而导致国家兴废尽在“君主”一言之中，而丧失了其本初的监督意义。杨度以“霸王道”纵横术诠释“君宪”的内涵，确实给人一种文化的厚重感，因为当时中国人并不真正理解共和为何物，他们只能通过自身文化传承这面镜子去反窥其意义。时髦的西方名词毕竟只是一种抽象的梦幻，而看得见觉得着的却是政治体制内的权威运作。西方民主的真正含义之一是建立对权威的制衡系统,而杨度头脑中的“帝王之学”又确实缺乏建立民主制衡的零件，其君宪理论对权威意义的阐释正是中国传统“内在理路”的反映,这种阐释的“历史合理性”本身就体现出了近世知识分子的困惑与悲哀，从中真能让人体味出一种剪不断、理还乱的滋味。

近世历史人物对政治取向的选择，平心而论，都有其传承自身文化内在逻辑发展的现实意义，故很难一时以“善”“恶”优劣等价值来衡量。杨度与梁启超舌战于时务学堂就喻示着两人对变革走向的不同选择，其中之原委亦很难以新旧之争的成说一笔带过。据日记载，有一次杨度乘入长沙城寻师未遇之便，访谒梁启超于时务学堂内，二人在堂内纵论《春秋》之学。交谈伊始，火药味就甚浓。杨度对梁启超不言王闿运之经学深感不满，称“其学盖私受廖平，而不曰王门者，欲为立名地耳”。因为廖平是王闿运的学生，不言王学就等于自立门户。当知道时务学堂章程“学生各受《孟子》，继读《春秋》，以合公法”时，杨度认为“以此为学，是欲张门面以骗馆地耳”。两人愈争愈烈，声调越来越高，“论辩甚多，词气壮属”。这场口舌大战持续了很久，杨度直至“昏暮方去”。梁启超主要想利用《孟子》中的“心性”观念搞思想启蒙运动，重点落实在讲学办报等层面的活动上，杨度则从湖湘学派和“帝王之学”的功利观念出发，认为《孟子》一书一点也没有拨乱的作用，只是乌托邦的空谈。比如说孟子认为人“性本善”，见到一小孩落入井中，一般人就会动恻隐之心。杨度说那是后天习成的善心，并非他的本性，如果一个小孩见到另一个小孩掉进井里，未必有这种反应：“况孔氏谓性近习远，孟氏则曰性善，孺子入井，见者恻隐，习也，非性也。孺子乍见孺子，必无此矣。”有趣的是，当这个观点遭到梁氏的反驳时，杨度叹曰：“其人年少才美，乃以《春秋》骗钱，可惜，可惜！”然后扬长而去。数年后，杨度曾撰诗给梁启超回忆当时情景：“曩余初邂逅，讲学微相忤。希圣虽一途，称师乃殊趣。”并断言“大道无异同，纷争实俱误”[①]，最终算是和梁启超讲和了。梁启超自然也摆出了谦和宽容的姿态予以回应：“呜呼！……风尘混混中，获此良友，吾一日摩挲十二回，不自觉其情三移也。”[②]似乎已遗忘被攻击“以才气骗钱”之往事。

---

① 梁启超：《饮冰室诗话》，北京：人民文学出版社 1959 年第 1 版，第 69—70 页。

② 同上书，第 70 页。

生活中的杨度言行的奇诡常常出人意料之外，杨度之子杨公兆结婚时，杨度赠其子一本《六祖坛经》，嘱其细读体味。以佛经赠子倒是颇能昭示出他的晚年心境。世人逢婚礼均以财物相馈，杨度偏以佛典相赠，此是一奇。更有奇者，杨度在婚礼之上赠其子及儿媳各一句话，他对杨公兆云，“你应视妻如老太婆”；对儿媳言，“你应视夫如叫花子”。真乃一言警世，愧煞今人。在当今女子寻夫常常非蓝眼睛不嫁之境况下，回味此语真是禅意深长。

杨度之妹杨庄素有才女之称，名列“湖南四大怪”之中，诗名仅次于诗僧寄禅和尚，然自嫁给王闿运之子后，因心高气傲，常受其夫妒忌而遭殴打，杨度曾慨叹只能教导其妹，而不能教导妹婿。有一天杨度与两位友人夜宿于舟中，四更天时，这两位朋友起而坐谈，说到少姬（杨庄）恃才傲物，应该加以训导，正像取瑟而歌，必须使琴瑟合于歌律。另一位言道，女子显露才能，应该助其一臂之力。杨度句句均听在耳，只是装睡不知。杨度后来写的《哀江南》句中有“丑妇常美婿，奇女多庸夫。世人虽自媚，安足配彼姝”，自称为得意之句，不知是否有感而发。

杨度的潇洒常表现于置大雅之论于大俗之情中，琼筵羽觞、清歌曼舞、劳人思妇、枫叶绕船的古典情境，被杨度于上海张园点化为道德之语：“坐中无妓，心中有妓，乃能不愧屋漏，为正心之要也。”并戏称：“不知程明道当此更做何言。”细品其味，摄心之要全在于君子好色而不淫，而不在于放浪形骸的魏晋风度，看上去仍不失“禅中虎”入世如出世的玄境，这使杨度虽置身于友人夏寿田、李砥卿死去活来的爱情大战中而心静如水，同时也仍不妨偶题“人颦似花敛，人笑似花开。依屏若羞看，临池觉自窥。蛾眉正窈窕，红袖且徘徊。花前喜郎至，翻嗔何晏来”[①]之类的艳诗丽句，并为夏寿田撰句遥寄上海名妓吴云娥：“更谁郢客怜高曲，忍令吴娃泣故衣。”时夏寿田高中榜眼，远在京城为翰林院编修，短期内很难至上海与吴云娥相会，杨度也不妨代吴氏捉刀，做《相思曲》一首：“杏花楼畔送君行，杏花落尽未南征。强向花间伴人笑，还来月下忆君情。自怜薄命喜君贵，恐君弃妾如流水。百大千寻海水深，不如愁人别离意。”当时杨度友人李砥卿与夏寿田同恋着吴云娥，而吴云娥却依恋着夏寿田。杨度认为“夏李相让，李尤心醉，然性情不合，终归无成，为友为妓，两不可欺”，并撰长律《罗敷行》一首晓示李砥卿，中有“新知旧爱两难遗，敛袖提笼未忍归。陌头一曲报君意，路人莫比秋胡妻”之诗句，喻示吴云娥的矛盾心情。由此我们了悟，透过“尚拟一挥筹运笔”[②]的纵横家意象，去寻觅观照“风流诗酒，游戏潇湘际”[③]的书生襟怀，才能发现“这一个”“皮肤脱落尽，唯余一真实”的杨度。

杨度一生潇洒，也一生困惑，名士风流与帝师王佐之念几乎贯穿于天涯浪迹的一生中。据夏衍老的感觉，即使后期参加

---

① 《上海观妓诗》，见北京市档案馆编：《杨度日记》，北京：新华出版社2001年第1版，第83页。

② 《奉和虔谷先生》，见杨度：《杨度集》，长沙：湖南人民出版社1986年第1版，第707页。

③ 《念奴娇·为易硕甫题画》，同上书，第795页。

到革命行列中，杨度也不失儒生禅士的本色。他的襟抱与潇洒，飘逸与困惑，似乎已凝聚在这晚年的两句自述中：“市井有谁知国士，江湖容汝作诗人。”

空余高咏满江山

近代湘人常以事功鸣于世，这已是不争的事实。曾、胡、左以一介儒生草檄于乡里，挥旌于荒野，铸成数世勋名，易布衣文行之旧轨为武夫之举，实乃旷世罕见。谭嗣同就有论云：无论是乡间还是都会之地，“莫或无湘人之踪”①。至今我们仍能体味谭氏此语中律动着的自豪感。的确，即使在咸、同以前，遑论“莫或无湘人之踪”，道光辛酉科新宁出了个拔贡江忠源，时已谓之“破天荒”。再上溯至康熙朝，大学者刘献庭仍觉湘地“无半人堪对语”②。故谭氏所慕湘人风采，当然非指以正途而位至武臣极品者，而几乎是不言而喻地勾勒出一幅布衣跻节镇、握重权的贫子登科图。

湘籍儒生转型为武人的殊举，无疑已成为湘人心理内聚的精神象征和符号。从此以后，狂热崇拜类似于白手起家式的新型政治偶像，几乎成了湖湘士人非理性的自恋情结。其自恋情结又会时时幻化弥散为一个颇有历史感的预言神话，即湘人在沉默了数百年之后，将要于未来把握中国社会的政治军事命脉。甚至有的湘人头脑中已直接把湖南模铸成了一个类似古斯巴达

① 《忠义家传》，见谭嗣同：《谭嗣同全集》（增订本·上册），北京：中华书局1981年第1版，第41页。

② 《广阳杂记》（卷二），汪北平、夏志和点校，北京：中华书局1957年第1版。

式的“政治形区域单位”。杨度《湖南少年歌》中有两句诗云:“中国如今是希腊，湖南当做斯巴达；中国将为德意志，湖南当做普鲁士。”作为纯粹文化意义上的“湖南”，在湘人的视界中就这样消失了。

可偏偏这世上总会出现不识时务的“俊杰”。湘籍经学大师王闿运为儒常不羁于儒事，却喜划军策于内腹，演纵横于胸中，虽自我欣赏于一隅,却也似怡然而有所得,起码近代“帝王之学”之祖的牌子是摘不掉的，所以闿公玩的大体是“空手道”绝技。不料这位老顽童于纸上练兵之际有心炮制出一部文笔优美却蜂集众议的奇书《湘军志》，湘绮自诩有《史记》笔法，其水准尤不让于《三国志》《后汉书》，然其自负才华迈众，不甘徒为文人，笔锋所及，揶揄群雄，裁量人物，即使于曾国藩亦不乏微词。这就触动了湘人“追星族”那根敏感的“政治崇拜神经”，于是群起攻为谤书，以致闿公大忌乡人的自恋情结，特交友人郭嵩焘毁版。郭氏曾讥评其“文笔高朗，而专喜讥贬”，指为诬善之书，且更言“楚人读之惨伤，天下之人无不爽心快目”。平心而论,对于湘绮来说,能超越地域性的乡土自恋情绪,非有一股“众人皆醉我独醒”的豪迈与孤寂胆识不可。近人刘成禺对此点看得很清楚，他说修志本为旌节“湘军之功烈”,“垂乡邦之荣誉”,而闿运则一味任性，自出心裁“成一家之言”，根本对于满足湘人之自恋心态“未甚措意”[①]。

王闿运之个性常使人觉其有突峭峻拔之感,其荣膺近世“帝

① 徐一士:《一士类稿·一士谈荟》，北京：书目文献出版社 1984 年第 1 版，第 35 页。

王之学”掌门，端在其常仿先秦纵横怪杰，演韬谋而落拓不羁于公卿之间。史称湘绮少年时就“颇思赞襄军谋，腾骧政路”[①]，然其献策往往是夸诞险着，迂阔至极，如劝曾国藩南面称帝与咸丰并为“二王”，直惊出曾氏一身冷汗。故湘绮之帝王思想库虽构思奇瑰，却常积压产品无处推销，他屡屡自叹湘军大吏中“相知者多，其或有许其经济，从无赏其纵横”。此时正好借纂修《湘军志》之机重新“粪土当今万户侯”，时或偶兴笔底风云，布阵排兵，大过纸上用兵之瘾。因此时人有评论曰：湘绮“知兵自负，好谈大略”[②]。

王闿运经多年研究，曾经演绎出一个“纵横定理”，概而言之就是“世道愈乱，贤士愈积”[③]。此定理进一步推演就变成“湖南之薄士”，其深意不外乎标示自己非属于埋首簿书章奏、募勇练兵琐事中的卑陋俗士，而是救亡拨乱的隐者高人。湘绮如此高自标置，屡展欲擒故纵之方，倒也能收一时之效。史称曾国藩广招才俊，“贱人或起家为布政，裸身来，归资巨万。”[④]唯独湘绮在幕帐中进进出出，时去时留，根本不问戎中琐事。曾氏成为封疆大吏后，宾客皆知趣降身为弟子，独湘绮仍为幕客，高视阔步之际只差高叫“食无鱼，出无车”了。有一次，湘绮至江宁拜谒曾氏，国藩遣使招饮，意有所慢。闿运笑道：“相国以我为哺啜来乎？”明说像我这样的大师级人物，哪能像要饭

---

① 同上书，第36页。

② 同上。

③ 《上巡抚恽侍郎书》，见王闿运：《湘绮楼文集》。

④ 钱基博：《现代中国文学史》，长沙：岳麓书社1986年第1版，第41页。

的一样对待。于是携装乘小舟溯流高歌而去，其韬晦进退之际大有“此处不留爷，自有留爷处”的潇洒气派，害得曾国藩一路“追谢之，则已归矣”。

湘绮一生醉心遨游群帅武夫之间，却屡遭冷处理，大致是因武人仅以“文章雍容”许之，供其如弥勒大佛于帐中已可，而其最为自赏的武略机谋，在湘军大帅眼中无异于小儿科，上不了台面。近代湘人大抵多不承认有脱离经世日用的纯粹学问，湘军中如左宗棠辈甚至诋埋首典籍之人反不如“乡里粗才”。如此根深蒂固的意念往往使湘人颇谙官场游戏规则，却难认同于学界。湘籍军事政治人才涌动如过江之鲫，而达至纯粹学问之至高境界者寥若晨星。湘绮之所以被公认为湘人中可挂头牌的经学巨擘，盖得益于其居于“出世”与“入世”之间的边缘人地位。湘绮性格大致属于迂而不腐、朽而可雕之列，其迂在于以经师操纵横之术总嫌不够专业，火候实欠老到，虽自诩“余之可为宰相”[①]，实则终生受人怠慢而不知内中之因；其不腐乃在于以庄禅之术锻造出金刚不坏之身，能恒久地维系自我感觉良好的心理平衡之态，再加上一副鹤发童颜的硕儒形象，终能以童真之心应万变之世。

湘绮不受人重之因，还端在其每“牢落不偶意，壹以谐谑出之”，是个玩笑大王，犯了官场韬晦辨色的大忌。谱摆得太大，反倒失去了欲擒故纵、进阶官场之效。湘绮在京师时，恭亲王奕䜣曾慕其名，问及政事。闿运漫议点评云：“国之治也，有人

① 王闿运：《湘绮楼日记》。

存焉。今少荃之洋务，佩蘅之政事，人才可睹矣，何治之足图哉！”[1]少荃乃指直隶总督李鸿章，佩蘅指称的是大学士宝鋆，均是朝廷中炙手可热的大员，闿运一律目为庸才。难怪奕䜣听后大为不悦，甩下一句：“是处士之徒为大言者！”拂袖而去。

如从学理上深究闿运际遇，湘绮之学实属湘学之中的“野狐禅”。湖湘之学以朱熹性理大意为治学正宗，自律甚严，而湘绮却笑《性理大全》为“兔园册子”，宣称“平昔不攻宋学……凡所著述未涉唐后”[2]。湘绮述“道”之变迁常取其乱世权变之意，而不等同于具体的事功。其“君子在野不仕进”之论，颇有违于湘统的教诲。更有甚者，闿运把玩儒家自治一义时大发庄子逍遥之旨，不但不阐发儒者于乱世间应中绳规矩之传统礼论，反而嘲笑其为自苦之道，极力鼓吹所谓“狂情”之动。他说“圣道”之意让朽儒们搞得很狭窄，理学中“主敬存诚”的意思太压抑人，所以儒家皆是“狷介之人”，活得太累、太不潇洒。他奚落苦谏纣王的箕子、比干是“役人之役，厮养之才”，认为其境遇随王者的兴衰共沾其荣辱，是太不自立的表现。

在正统儒者眼中更显荒唐的是，湘绮把庄子塑造为《春秋》经世之统的正宗传人，只是“鲁哀以来微言绝矣”。其潜台词是说后继的儒学大师无力绍其余绪，这就等于把宋学苦心构筑的道统轻轻一笔勾销，打入另册。湘绮于此堪称特级“解构大师”，因为他几乎在挥手之际就抽去了传统儒学架构中“外王”得以

---

① 钱基博：《现代中国文学史》，长沙：岳麓书社 1986 年第 1 版，第 59 页。

② 王闿运：《湘绮楼日记》。

支持的“内圣”根基。儒家修德成圣的“内圣”理论正是由宋明诸儒师集其大成，进而广泛施教于知识阶层的，一旦宋学接续“道统”的链条被斩断，自洽的道统资源自然会呈枯竭状态。怪不得郭嵩焘对此“狂悖之言”大发感慨，批评湘绮“力求绝俗而无一不与道忤，往往有甘同流俗之见”。所以劝人与湘绮保持距离，称“友之可也，师之可也，至与辨人才之优绌，语事理之是非，其言一入，如饮狂药，将使东西迷乡，元黄异色，颠沛跌失而不可追悔”[1]。几视其为装神弄鬼的“大巫”，而避之唯恐不及。

说到“一言即入，如饮狂药”，闿运之语中虽颇少先秦纵横名家运思帷幄的诡诈与险峻，但其中蕴涵之诙谐与雅趣却足以使元黄异色。其晚年名为入袁世凯幕中，却常即兴发起老顽童脾气，嬉笑怒骂，皆成文章，大拆袁府之台。世间尤传其民国总统之联曰“民犹是也，国犹是也，何分南北？总而言之，统而言之，不是东西”，横批曰“旁观者清”。湘绮初入袁府，世凯以自用车迎入公府，集百官大开筵宴以隆遇之，宴罢，互相问候，袁世凯以师礼之，辞极卑谦，闿运退而神秘地语人云：“袁四的是可儿。”接着过新华门，他又仰头叹口气道：“为何题此不祥三字？”同行者惊问何故，湘绮回答说我眼花了，额上所题，莫非是“新莽门”三字？此言犹如巫者之谶语，预言世凯之败恰如王莽之命运。闻者只好低眉垂首不知如何应对。

---

① 郭嵩焘：《再与笏山》，见郭嵩焘：《郭嵩焘诗文集》，长沙：岳麓书社1984年第1版，第146页。

湘绮虽无纵横之奇术，却常以私智小慧周旋于袁府之间。闿运有仆人周妈随其入京，居西单牌楼武功卫二号，后堂署“周妈老巢”。湘绮曾郑重告人曰：“周妈乃是专家，我藏书零乱，作文时引用考证，要查某书某卷，唯周妈能一检即得，虽是门人学者，也不能细心若此。”以致引起报章一片攻击笑骂。上海《时报·文艺周刊》载有《周妈传》长篇传奇，文中嬉戏云：“湘绮如无周妈，则冬睡足不暖，日食腹不饱。”《顺天时报》载湘绮欲委派某人为国史馆员，周妈居然有权硬行改委。《益世报》载湘绮语曰：“周妈，吾之棉鞋大被也；无衣无褐，何以卒岁。”闿公虽大为愤恨，却故意询问其弟子颜某云：“报章纷载周妈诽语，尔意云何？”这位学生倒颇知趣，懂得如何给老师台阶下，马上回答说：“八十老翁，出入以妇人役，古礼有之。”闿运笑云：“是真读古书能会通者。”总算让学生松了口气，自忖没死读书而颇知书外人情。

然而“暖脚阿妈”终于成了湘绮与袁氏斗法的工具，刘成禺曾经认为，在湘绮老人大名士做派之下，“盖有妙用存乎其间”。史载民国初年，北京官家闺秀，竟尚奢荡，争艳斗侈，冶服香车，招摇过市。袁世凯因筹议帝制，拟整饬纲纪，以官眷越礼开刀，密谕肃政史夏寿康上折严警效尤，折中有“自古帷薄不修，为官箴之玷；室家弗治，乃礼教之防”之语。周妈在国史馆把持开支，干涉用人，已成报界追逐的明星。而夏氏奏折一上，湘绮疑心折中之语专攻周妈。当时正值洪宪元旦，一片颂扬帝制之声，湘绮为避免在京有称臣之嫌，毅然辞参政、国史馆长职，携周妈南归。又怕将来帝制万一告成，无容身余地，乃假托周妈的明星效应，将计就计，引述夏折之辞，给袁项城开了一个大玩笑，其辞呈反话连篇，极尽诙谐趣语之能事：“呈为帷薄不修，妇女干政，无益史馆，有玷官箴，应行自请处分，祈罢免本兼各职事。”内述闿运年迈多病，饮食起居需人料理，不能须臾离女仆周妈，而周妈“遇事招摇，可恶已极，致惹肃政史列章弹奏，实深惭恧。上无以树齐家治国之规，内不能行移风易俗之化”[1]云云。惹得章太炎先生拍案叫绝道：“湘绮此呈，表面则嬉笑怒骂，内意则勾心斗角。不意八十老翁，狡猾若此。如周妈者，真湘绮老人之护身符也。”[2]

可见湘绮常空膺纵横家之号，却屡博大名士之誉。“帝王之学”作为近代儒林中的化石形态，尽管已沾满了历史的尘埃。但湘绮以庄禅喻治道的狂儒本色，却在湘籍武士化儒生的杀气笼罩中如斜阳一抹，清新而又绚烂。其对生存方式的选择是非常值得后人深思的。

---

① 刘成禺：《洪宪纪事诗本事簿注》，见刘成禺、张伯驹著：《洪宪纪事诗三种》，上海：上海古籍出版社 1983 年第 1 版，第 44 页。

② 同上。

我看“《曾国藩》现象”

曾国藩，刽子手耶？圣人耶？近日终于透出了反常的信息，曰：莫争论！在惯常用“二分法”诠释历史人物的传统语境中，此音的发出犹如天籁之声。有消息为证，长篇小说《曾国藩》印行早已突破百万大关，几成为资治宝鉴，以至市井新俚语又添一联云：“从政要读《曾国藩》，经商要看《胡雪岩》。”时人喜用“现象”一词概言某一流行趋势，与“后现代”“后文化”等时髦欧化语言相映成趣，《曾国藩》的畅销似也可视为一种文化潮流式的“现象”，只不过此“现象”与众多同类词义相比，实有更为深沉的历史意蕴。

从浅层的意义上看，“《曾国藩》现象”的发生，是目前小摊上流行之《厚黑学》之类的中国式人生警语的延伸和放大；从深层角度看，它又确能超越传统谴责小说中描写的面孔可憎的市侩式官吏形象，从而以“正剧”塑造的方式把曾国藩的阅历人生浓缩为晚清官场权术学的现代文学教本。以此标准衡量，我们可姑且称之为“后《厚黑学》现象”。

曾国藩再次被舆论炒热，当然首先在于其自身拥有眩人耳目的传奇经历，但其所以传奇，又恰恰并不在于他是清廷的“中兴名臣”。千古以来，帝王将相多得很，恐怕无几人有缘被爆炒至如此程度。曾国藩的魅力，乃是在于他一度超越自身而变成了一种吸摄力十分强大的凝聚符号。以他为首的近代湘人群体在短时期内以令人惊异的速度，从默默无闻于街巷的布衣到控驭清廷政治轴心的封疆大吏，形成几乎涵盖整个晚清政治体系的权力统摄之网。更关键的是，湘人政治网络的迅速形成，并非延循正统官场的游戏规则，从而把官场升降之秩序实实在在地变成了一种“例外”。这种“例外”恰恰又不是仅仅凭恃“厚黑”二字诀的权力火拼术，而是有相当深厚的学理资源作为运思与进阶的背景，这足以使钦定的科举规条形同具文，使《厚黑学》中的诡诈之计变成了鄙俗不堪的“小儿科”。前不久，与作者唐浩明先生座谈，唐氏述及在台湾任要职的父亲曾告诉他，真正的官场风云人物决不可能像《[illegible]》里描写的那样委琐不堪地咬耳朵、打小报告，而是有一套严密有效的运行规则，这一点曾文正的识见最让人钦羡。语虽不多，却颇耐人回味。

“曾国藩现象”之所以“后”于“《厚黑学》现象”，尚在于曾氏魅力中蕴藏有权力社会学式的大智慧，凡世尘嚣中的大圆融。这种智慧既不同于武夫征战式的愚勇与市井小慧式的狭隘，而是酷似一把锋利无比的双刃剑，正面为百试不爽的朱子学——湘学的“道统”锋刃，时常砍削着湘人心灵中的异端“毒草”，从“同治中兴”式的“升平气象”中似可窥见其卫道一脉的苦衷；反面却为霸道纵横式的权谋机变提供了最锐利的武器，甚至到了民初军阀割据、乱象叠生之时，曾国藩这把利剑的反面寒光仍在笼罩着群雄争竞的政界。曾国藩一生境遇及其影响正是应了“成也萧何，败也萧何”这句古语箴言式的悖论。

曾国藩的幽灵之所以能够定期呼唤人们为之过一次“复活

节”（如晚清、民国、当代，曾经流行过三次“曾国藩热”），也恰恰在于他是个工于心计的“悖论大师”。在晚清瞬息万变的官场上，如果仅是个老朽式的古董卫道士，是为庸才，无人搭理；如果总以反叛之姿标新立异挑起刺激，是为异端，则难入主流。而曾国藩身上常是“王气”与“霸气”并存，既有卫道驱邪式的坚定执著，又有纵横捭阖般的灵活功利。在他手里，“书生论剑”“纸上谈兵”这些专开文人玩笑的典故，逐渐翻新为一段段传奇般撼人心魄的真实故事。

那么，“悖论大师”曾国藩在各个历史时期的屡次“复活”，其内涵究竟有何差异？这的确是个有趣的问题。如前所述，“曾国藩热”大致在历史上发生过三次。晚清士子以“立德”“立功”“立言”三不朽誉之，塑其为古典式的“内圣外王”标准偶像。民国时蒋中正以《曾胡治兵语录》自律，但只是袭其皮毛，而疏离其精神，颇有临时抱佛脚之嫌。我觉得曾国藩的三次“复活”中，以民国时期最值得深究，最能发掘出曾氏形象的新意。我们透视“曾国藩现象”，就不能仅仅把它设定在当代人的心态语境中，而必须持有一个区域传承的历史时空观。

我们可以看出，曾国藩至少在三个层面上的思维，与所谓“厚黑学”式的世俗官场箴言颇为异趣。其一是曾国藩头脑中存有强烈的“反智论”倾向，这种“反智论”与粤人陈白沙与浙人王阳明的弃经书不观、唯恃静坐以观心动的浪漫主义式的反智表征颇有不同。湘人往往认为不存在有超越于伦理制约之外的学问，学问是道德的化身与体现，否则就毫无用处；也不存在无法对象化于践履行为的纯粹性思想活动，哪怕是相当纯粹的吟诗做赋式的宴集活动都要遭到讥讽。曾国藩说："若读书不能体贴到身上去，谓此'三项'（明德、新民、止至善）与我身了不相涉，则读书何用？虽使能文能诗，博雅自诩，亦只算得识字之牧猪奴耳！"[1] 脱离了道德轨迹的制约就不叫学问。晚清湖南有兰林词社，其中活跃着所谓"湘中五子"，风流文采，倾动一时，于是即遭曾国藩之友罗泽南的攻讦，贬为"文人浮薄"之举。曾国藩在总结自己的政治生涯得失时，多次表示宁以"愚人"自居，在面临"德"与"才"的选择时，曾国藩则宁可取其前者，认为"二者既不可兼，与其无德而近于小人，毋宁无才而近于愚人"。最后一句话很重要，这种"道德人"定位已注定了湖南在近代出不了能摆脱道德理性控驭的、较纯粹意义上的大学问家。道理非常明显，大学问家极有可能放浪形骸，不中规矩，而"道德人"却也很可能是学问上的庸才，这就像西方的某些大学者是蔑视日常伦理的"同性恋"者，或是处世品行猥琐无足道之人，却丝毫遮掩不住其学问上的耀眼光辉一样。

其二，近代湘人过于发达的"政治思维"，使他们头脑中有一个根深蒂固的信念，那就是"知识""学术"的最佳成果，应是在政治领域里体现出来。换言之，"知识"的价值必须与"政治"挂上钩才有意义，否则就是空洞无用之学。以"有用"与"无用"作为衡量学术价值的标准，倒并非湘人的发明，而是古典传统的思想化石。但这一思路无疑在曾国藩等人的行为及话

① 曾国藩：《曾国藩家书》，钟叔河整理校点，长沙：湖南大学出版社 1989 年第 1 版，第 105 页。

语中达到了极致状态。左宗棠更言通经如不能致用，或不能“识得一字即行一字”，则“所行不逮一村农野夫，乃能言之鹦鹉耳”[1]。不管是“鹦鹉”还是“牧猪奴”，相当一部分是给纯粹学问家扣的大帽子。曾国藩等人惯用的湖南思维模式对后世的影响之巨实难以估测，集中而论就是湘人挟权力之狂飙，把“经世致用”的政治标尺放大泛化为一种涵盖一切的普遍治学准则。由此，学术的中立价值标准被淹没在功利政治这片汪洋之内。当然，湘人的“经世”观念显得很宽泛，每个时代都有其核心的指向性内容，它可以是“平叛”“卫道”和“夷务”，也可以是“救亡”“维新”……不过有一个核心内涵是不会变的，即不存在纯粹枯坐书斋搞出的真学问，学术的生命力体现于变幻不定的政治风云中。这使我想起当年观看《青春之歌》时印象极深的余永泽与卢嘉川之间的对立场面。卢嘉川断言学术必须和风云迭起的政治搏杀抹平界限，同结连理，自觉消解其独立的立场。余永泽则是自觉地持有淡漠政治的态度，拼命掘深“政治”与“学术”之间的堑沟。

其三，近世湘人不甘于纯粹文人地位的躁动心灵，多少源于湘学历史中之“非学者化”取向。湘学鼻祖中不少人大言“器”“道”界限不分，以探“器”为扬“道”之阶。他们认为，单纯追求所谓“道”是无意义的，是书呆子的表现，学人总是应该干些学术之外的事来证明自身的价值。比如宋时岳麓书院学子在外族入袭时，同样会自觉地携兵刃登城防守；近代左宗棠

① 左宗棠：《左宗棠全集》（第13册），长沙：岳麓书社1987年第1版，第5页。

在醴陵书院当山长，总是带学生去爬高登低，在书院外的山川大河之上指指点点，讲论攻防之策。诚然，读书人的“非学者化”早在“内圣外王”的儒家命题中就已被定势下来，只是湖湘儒生更偏倾于“外王”意义的阐释，甚至把儒家哲学诠释为权力争杀或“帝王之学”的范本。于是近代以前，在较纯粹的学术意义上，湖南不啻为一片“文化沙漠”。因为无论在科场还是在学界，湘人总是处于湮没无闻的寂寥之中。于是，咸、同后湘人的风光与咸、同前湘人的落寞，构成了湘人“自傲”与“自卑”交织心理的一种历史变奏。近代湘人总有一种文化补偿心理，即以政治形象的发达弥补学人缺乏的地区性历史遗憾。

由此可知，“曾国藩热”的蔚然兴起，与所谓“湖南模式”的历史心理渊源有关，它成为传统权术演练的通俗文学教本，并在一定的范围内唤醒了当今老百姓中存在的形形色色的崇拜意识。湘人思想结构中世俗智慧的丰富性，如强调知识的实用实战性的观点，为法律手段尚不完善的中国市场，提供了颇为丰厚的人际关系战术运筹资源。这就和《论语》及《孙子兵法》的现代作用在形式上有些相近，只不过它不如这些典籍富有那样正规的准学术色彩而已。

康有为的乌托邦世界

和大多数精于政治运行规则的人物相比，康有为更像是个孤独无助的“先知”和预言家。《大同书》的出世在满眼充斥着功利心的芸芸士子中，总算留住了一丝乌托邦的想象种子，使他比同代那些热衷经世技术的乱世英豪更多了些对未来的期许憧憬，不过这逆风而动的心绪绽放显然在当时是个一闪而过的异数，更容易被谬评为荒唐不堪的狂人臆语。

从某种意义上说，近代精英的气质地图差异颇大，和同为近世主角的湖南人所拥有的风格特征相比，广东人均不善操控政局，却偏喜勾画政治蓝图，从“康圣人”到“孙大炮”（孙中山）都是如此。机智不羁的想象中透着自负和傲慢，使他们的政治生涯平添了些书生意气的想当然成分，虽是在政治设计上屡战屡败，倒是又具对信念持之弥坚的美名，虽力疲还总是坚持着。

自传中说康有为6岁时，家人出对子“柳成絮”相试，康应声答以“鱼化龙”，在场的客人很惊讶，赞誉称此子定非池中之物，遂赏给纸笔。能出此豪言，端不仅在于康氏的机敏，还因他生活的广东早已不是那承载潜龙的旧池子。康有为4岁时就被家人抱着观洋人镜画，时间竟然是在习旧学之前，这倒是一般家庭所难有的氛围，也是广东拥有开明地利之所在。19岁的康有为以《史通》的体例撰成二十多页的五代史论，被他的老师朱次琦说这简直写的是著作而非文章也，于是得意地自夸说:“乃知著书之不难，古人去我不远，益自得自信。”

康氏乌托邦世界的形成与他身上神秘主义气质的传承有相当大的关系，其行为怪诞就连其亲朋密友也往往不可理解，如一天陷在故纸堆中的康有为突然觉得考据家著书满纸，究复何用？事后证明，康有为的神秘感觉仍是地域性的，与先人灵悟相通，感应冥冥之中透出的是广东心学鼻祖陈白沙和湛若水的影子。这天他忽然弃书不观，闭门谢客，静坐养心，也就是说大脑基本拒绝了“知识”的进入，而由心灵的感悟状态所控制。周围同学大为惊异，因他的老师朱九江素恶禅学，认为空疏无用。康有为竟置之不顾，最终弃师而去。这让人想起他的先辈湛若水在山里开书院时，一早进堂不是读书，而是督令弟子静默养心多时。可见康有为表达的感受是有缘由的:“静坐时忽见天地万物皆我一体，大放光明，自以为圣人则欣喜而笑，忽思苍生困苦，则闷然而哭。”同门见他歌哭无常，都以为是邪魔攻心，犯了心疾。他自己的说法是“飞魔入心，求道迫切”。这种“天地万物皆我一体”的感受在心学宗师陈白沙的心路自述中曾多次出现，可见“疯人”时发心疾，诱出“胡言乱语”的行为似乎也是素有传统。

山水对神秘主义是很重要的，既然不想和人说话就要图个清静，所以那些以默识静坐相标榜的书院多藏在山野之中。这年康有为也进了心学导师湛若水待过的西樵山，在白云洞中专习道佛之书，按他的说法是常常披头散发地枕卧在石窟瀑泉的美景之间,任由芳草清流环绕周边,所谓“修柯遮云,清泉满听”,

或者像鬼魂一样到处游走。他“常夜坐弥月不睡，恣意游思”，想的全是些“天上人间，极苦极乐”的事情，“始则诸魔杂沓，继则诸梦皆息，神明超胜，欣然自得”，甚至达到了“见身外有我，又令我入身中，视身如骸，视人如豕”的境界。可惜的是他的超然并没有维持多久，就堂皇入世了，按他的逻辑是疯癫无忌，驱赶心魔正是为了入世救民。这套逻辑效用如何暂且不论，和严谨刚毅得有些木讷的湘人“经世派”的实用风格相比，总觉得不是那儒宗正道，据说曾国藩也练过静坐，结果是大口大口地吐血，可见他只能是天生拘泥的“行动主义者”，骨子里是疯癫不起来的。而这邪道里熬练出的疯人念想，却最终造就了康氏独特的乌托邦思想风格。

简而言之，康氏的乌托邦是个颠倒的世界观，既然是“天地万物皆我一体”，那么考虑的就是如何把天地收束到内心，而不是由心外推向物。说得更直白一点，它总是先“放眼世界”，再“胸怀祖国”，最后灵魂深处才闹起革命。和我们熟悉的口号是颠倒过来的，也正好颠倒了先修身，再齐家，最后治国平天下的正统儒家的招牌路子。

比如下面的想法就怪异得离谱，康有为曾忧虑中国人满为患，美洲和澳洲又禁止中国移民的进入，他认为只有巴西可以殖民，因为巴西经纬度和我们相近，地域达数千里，亚马逊河又横贯其中，土地肥沃，人口仅800万，“若迁民往，可以为新中国”。“殖民观”当然是西方的舶来品，但大胆想象的荒诞感确是中国制造，或者干脆就是“广东式”的。这不禁让人想起任公也曾有过多娶白人女子以改良中国人种的想法，肤色如何尽快漂白变成了一个种族存亡绝续的方案，思维怪诞真如乃师！

甚至在变法将近失败的关头，康有为的弟弟劝他早日脱离险境时，他回答说，有圣主在上，吾以救中国，岂忍言去！康广仁的劝导则更让人回味，“伯兄生平言教，以救地球，区区中国，杀身无益”，好像正是这句话打动了康有为。此言狂则狂矣，可眼睛总盯着地球也许正是康有为稍别于他人的思考基点。再如他把儒学升格为“儒教”，仿西方教会之例设置“孔教会”的想法也是颇为荒诞的。

“三世说”的设计同样染有浓厚的乌托邦色彩。“康圣人”把孔子奉为教主，就好像逼一个民间教师去开坛授法，做制度的总设计师，当然是为变法的合理性张目，这与皇家不断加封“衍圣公”的“圣化”思路是合拍的，但如果把地球都当做“孔教会”的殖民地盘设计进去就很荒唐，正因为如此，如果某个想法绝对可爱到了不可信的地步，可能还真非“康圣人”莫属。

君不见，《孔子改制考》里充满了装神闹鬼的戏说，本来早已是两汉时假装巫师的儒生干的勾当，如硬搬到晚清，这浑身鬼气的孔子当然让儒学卫道士感到很不舒服，那些严谨得有些自虐的考据迷们更是大骂满纸荒唐言。本来，据乱—升平—太平的中国历史递进公式倒是有先例可寻，因为中国历史上早已有治乱循环的史观。不过区别是古史观的治乱终极是指向三代的黄金时刻，是向后看的，康氏的“三世说”指向的却是一个缥缈的“大同“世界，仿佛是一场拿生命与未来进行的赌博，赌博必然是风险重重。康有为在晚清政治的险恶江湖中就像个兴致盎然喜欢搏浪激水的理论顽童，毫无顾忌随意挥洒着他对将来世界的多彩想象，以至于会幼稚到把一场“百日维新”变成了检测预言的试验场。难怪那些自以为拥有后见之明的理论侏儒，或者是脑子里充满“成王败寇”史观的史家一直不肯原谅他的鲁莽和天真。他们说对了，当“康圣人”幻想出了一个缤纷世界的同时，却注定成为一个不谙世事的行动矮人，与政治巨人相比，他确实是太意气用事，也太不切实际了。

的确，按功利主义者的标准来检验“百日维新”，会发现除了废除科举之外，其余的变革措施其实并未越过当年“洋务派”的纲领，政治体制改革的提出一开始就小心翼翼，以后更是迫于形势步步回收，效果几为零。但我们盘点那段遗产，仍会由衷感叹，幸亏有了康有为的乌托邦世界，近世思想界才不至于垮成废墟一片。康氏乌托邦世界的形成其实并不以一书一事为标志，而是一个漫长连续的过程，虽然《大同书》的正式印行在“百日维新“之后，但康氏在28岁那年正逢一场大病，他在检视遗稿，从容待死的过程中，就已“手定大同之制，名曰人类公理，以为吾既闻道，既定大同，可以死矣”，可见“大同”理想在年轻的康有为心中的位置已经高到了“朝成而夕死可矣”的地步。

换句话说，正是因为有了“三世说”与《大同书》的衔接递进构成的宏大未来图景，我们的近代史才不至于仅仅充斥着单靠权谋算计和诡计得势之人，或者充斥的仅仅都是拘泥于眼前利益的实用主义功利型人物。因为在经过晚清政治惨烈的淘洗角逐后，残留下的似乎全是那些失去了想象力的人格残骸，掌声和赞美似乎永远注定要献给那些取得成功的人，这是一个时代的悲哀。如果还有什么可以值得珍惜的东西的话，那也许就是因为还留有一个残破得面临绝种的“康氏乌托邦”，以及那本一度秘不示人的《大同书》。

梧桐三味

中国知识分子头脑中“近代化”观念的形成，与西方启蒙主义“进步”概念向世界范围的渗透密切联系在一起。就一般意义而言，在西方人的视界里，“进步”概念并非某种超凡脱俗的圣坛箴语，而是血与火、金钱与丑陋浇灌而成的“罪恶之花”。在近世中国人的思维世界里，“进步”一词被幻化成圣洁的道德之魂，一切旧传统则被视为与之相对抗的现实魔鬼。作为具有良知的激进知识分子，在咀嚼这顿难以消化的西式思想快餐时，至少从表面上已经拒绝掺入任何传统的调料，这样一来，西式快餐的味道是否可口，是否真正符合国人脾胃的康健，实际上已难以成为关注的重点，人们大多沉浸于想象中的西式思想快餐的味觉自我感受之中，以致“错把杭州当汴州”，犯了消化不良的毛病。在这种情况下，诊治“西化病”的调味大师就会翩然而出，挂牌营业了。

近代屡为世人所诟病的章士钊，正可称之为“中西文化配餐”中的“调味大师”。既然是“调味大师”，而且是以守旧闻名的人物，章士钊之生涯自然不如那些以激进思想为佐料，烹调西化佳肴的文坛主厨们如胡适辈来得风光，反而孤寂独行如文坛剑客，尽管张君劢早就断言章氏实乃民国初年继梁启超之后、胡适之前“三四十年学术史上”屈指可数之人。[①] 章氏以“独行侠”自况，我们颇能从其名号三变中窥其一生际遇。其少年读书长沙东乡老屋时，前庭有两株梧桐树，东隅一老桐，西隅一幼桐。老者叶重阴浓，苍然气古；少者皮青枝直，翠然如新。20岁时的士钊日夕倚徙吟诵其间，以梧桐有直德，隐然以少年自命，套用白香山有“一颗青桐子”之句，因自号“青桐”。以“青桐”之质朴自许，倒传达着一种少年狂情无羁的命运隐喻，且暗合士钊“吞长江而吹歇潮”的早年激进行踪。青桐之恋的少年情怀叠合映现为时事躁动之行，就一变而为“拔剑狂呼”“以八十人杀一人”“以四万万人杀一人”的“杀人主义”。

“青桐”性格的发抒，尚表现于士钊受吴稚晖鼓动学界风潮的影响，以罢课辍学为变革时髦，以呼啸进击为风云游戏。士钊中年以后曾慨叹此举使江南陆师学堂30名学子精英失学惰志，废于一旦，“有百毁而无一成”，其晚年对此仍有椎心之恨，引为终生之诫。

士钊“青桐性格”的转变大致以西渡英伦为交界点。正如自述所云，其心境渐沐秋意，趋于持重一极。从一般推理而言，近世国人之激变求进者，端赖于间接浸染于西风美雨，然而他们大多只不过是偶染甘露而已，一旦跳入“西学”这座染缸大洗其澡，均自忖断能脱胎换骨，通体西化殆尽。不料士钊西渡则如霜打桐叶一般，堕入了“逻辑自闭症”中，几视政治为畏途，

① 张君劢：《章著逻辑指要序》，见《章士钊全集》（第7卷），上海：文汇出版社2000年第1版，第285—287页。

爱丁堡校园中由此多了一位漫步沉思的智者，后人评论其已成为继严复之后深研逻辑的最著名学者，与后世逻辑大家金岳霖并称两大逻辑哲人。尤可注意者，乃是在于士钊疏远政治的散淡心态。此心态之发生当然有外在的原因，同乡挚友杨笃生因黄花岗之败蹈海自尽，使士钊黯然有秋临之思，有感于诗人秋雨梧桐之意，遂易“青”字为“秋”字。“秋桐”之名在尚处于激进亢奋状态的大小“青桐”们看来无异于未老先暮，不合世俗之潮。他们无法理解，士钊所做的恰在于导国人细品正宗西式思想大餐的味道，而不在于以想象的中式理想情结去开出医治中国老病的西式药方。其爱丁堡之思，亦在于通过研治最具学理之微的程式，寻究中国传统思维的新进境。

大可为“秋桐性格”做一注释者，乃是士钊夫人吴若男的一段英伦轶事。若男曾是同盟会的英文书记，思想倜傥激进，以西方女性贞德与罗兰自许，几成极端典型的“西化追星族”。然而一旦入英伦之境，往来于大学教授与牧师家庭间，亲睹其相夫教子之状，亲炙其端淑娴静之教，忽然大悟贤妻良母之规非中土所独有，乃是世界妇女之共途。于是“造反英雄”一变而为“淑女佳人”，直到自英伦归国，若男誓不参与外事活动，更公开鄙弃妇女参政的激论，平日闭门谢客，专治文学女红；若非极近的亲戚，难得见其芳容。难怪士钊一度百思难得其解，继而豁然大悟，自嘲道：“嘻！欧化真似之辨，吾妻今昔之殊，诚不料其相违之度如此之大也！然亦贵有人善体认焉而速改其度耳。”其结论更是令人称奇：“庸岂知吾辈须眉男子之论西政西学，不与吾妻未游欧前之言社会革命者同其谬妄耶？吾思之，吾重思之。”

从妻子的行为悖论中，士钊终于悟出曾经枯坐室内狂饮欧化甘露的“须眉男子们”，原来和赴英伦之前的若男一样，全都上了假冒伪劣产品的当。满肚子的欧化美食起码亦非原汁原味的，妻子行为所昭示之“欧化真似之辨”，启发士钊重审中国传统的功能，认定中西道德层面的仪轨渊源并非扞格不通，而是互渗互融的。这与“五四”手持西学巨锨铲除传统“毒蟒”的那些巨人形象，相去何啻千里！然而也即在此时，“调味大师”针对“五四”知识分子的“西化速食病”，提出了诊治的药方。

调和观念的形成，还在于士钊自英伦归来后，备受民初政争、党同伐异之苦，促使其不得不通过创办《甲寅》来申发民主之真精神，条述“两力相排，大乱之道；两力相守，治平之原”的道理，而暂缓政制建构的论证。[①] 最终在“开明专制论”与“极端民主论”之间大做平衡木表演。民初作为“调味大师”的章士钊几乎是拳打脚踢，两面开弓，既要忙着去摘下“开明专制论”备德全美的“圣王”面具，为民主精神呼风唤雨，亦要为误食西学赝品的人刮骨疗毒。

作为“中庸思维大师”，章士钊颇谙“体常尽变”之道，尤擅把玩“常”“变”的界度与张力。正如时人所论，中国近代之革命狂人与造反学子，并不真正关注于西学内涵义理的爬梳与诠释，而大多饥不择食地嗜食对总体政治富强目标有利的成

① 《政力相背论》，见章士钊：《章士钊全集》（第 3 卷），上海：文汇出版社 2000 年第 1 版。

分，士钊所论往往悖于时流，针对民初数党拳脚相殴的竞选乱象，章氏极言历史常蕴涵“常”“变”两张面孔，民主变革并非基于任何普遍抽象的原则，而是应以现有条件的承受力为尺度，并非一次廓清之功可成。尽管如此，章氏并不囿于历史之“常”态网络中，他屡攻“帝制”之弊，大申民权之理。只是在有些人看来仍很不过瘾。可见民初人人纷纭言“变”之际，士钊独以“常”为制衡枢机，其论却不坠迂腐窠臼，颇能把政客早已咀嚼变味的共和空想，辅以正宗的学理佐料，终于烹饪出一道虽有孤芳自赏之嫌，却未尝不切中时弊的“中庸”大菜。这确实需要一些“吾以往矣”的大家宗师气魄。

在常人的头脑中，凡染有“保守”之名的智者硕儒，往往毫无例外地被漫画为长袍马褂、无病呻吟的衰朽形象。实际上被“五四”风潮扫荡得旗靡辙乱的保守思想界，早已反思良久，开始重整队形向文化造反者们掩击搏杀过来。在呼啸而进的保守方阵中，我们不难发现，其中晃动着一些西装革履的西学小生身影。与只会口吟旧典陈章的腐儒士绅不同，保守派中的西学精英早已摒弃了“中体西用”的陈套，他们把中西文化当做两个同等的实体加以诠释比较，从而放弃了“华夏中心论”的传统立场。晚清以降，西学挟坚船利炮撞门而进，由于缺乏资以抗衡的理论构架，传统士大夫常常是挥舞儒学“体用之辨”的旧帜仓促上阵，却拼死难敌欧化席卷之势。但“五四”以后，曾在欧化染缸中通体浸泡过的西学绅士一旦加盟其中，却使保守派阵营声威陡振，因为西学人士辨言文化之同异，独从诠释中国传统精神之真义入手，攻击西方倚重“物质主义”之弊，无异于操戈于内室，既无人敢言其迂腐，又似有高屋建瓴的心理位势。20世纪20年代时逢西方理性主义“进步”观念大受顿挫之难，于是就有梁启超与泰戈尔等联袂组成东方主义舆论后援队，去急急拯救似乎几濒死于西方精神荒漠之中的芸芸众生。文化保守主义者们如大病初愈，脸上终于泛出了血色。

保守派中的“调味大师”章士钊恰于此时再赴欧陆英伦。此行已非纯出于求学的目的，而是自信地去聆听西方哲人智士倾倒满腹精神沦丧的苦水。小说家威尔斯（H. G. Wells）与士钊优游纳凉于屋前池畔，悲凉叹道：民主政治虽死而未僵，我只须十分钟就能把它击驳得体无完肤。文学家萧伯纳更哂然出谐语，他说无论是“人治”还是“民主”之道，就像编个剧本一样，剧本并非人人能编，如果有人说咱们玩个“人人编剧，人人欣赏”，恐怕只是一个笑话。所谓戏剧，人民只能由欣赏而快乐，却不知为何快乐，欲问其由，还得来问我。政府建制也基于同样道理，英美的传统思想，认为人人可以治国，中国则相反。要跻于治人之位，必须通过考试程序，故变革应强调考核程序的完善与否。

萧氏漫谈中虽多露谐趣之意，却有为士钊“精英主义”思维火焰助燃添薪的效果。“五四”以来的精英思想界确曾屡屡发生“平民化暴动”，陈独秀、胡适等文化“绿林英雄”频频祭起“伦理革命”“白话文革命”的镇妖宝塔，不断打劫儒家传统营垒。在此情况下，士钊仍稳守新旧杂糅的“合统”与“适时”二旨。“合统”指创意求新应不脱离传统之轨；“适时”则言思想应不泥于古训，而“求其与时与事相适合”[1]。从表面看来，这种各打五十大板的中庸思维未免过于油滑取巧，实际上正是士钊曾经沧海心境的曲折映照。章士钊每一时期的思维各有倾斜，民初政党相争，王旗变幻，帝制阴魂不散。士钊思维天平多倾向“适时”一极，强调民主建构的革新功能，而一旦把孔家店的坛坛罐罐捣碎殆尽，学人之心理真空几乎无物填补时，“合统”之说自然成为“黄钟毁弃”之徒的一服清醒剂。“平民主义”浪潮所造成之“新旧失衡”的具体情境，使“秋桐子”不得不与胡适同台演上一出对手戏，一个是标榜矫枉过正的西化英雄，一个是抑制矫枉过正的守旧大师。

士钊攻讦西学小生的利器，是一个“历史原型论”模式。在他看来，东西文化大可简单化约包装为可以把玩鉴赏的对称概念，如中国文化的特质是以“礼”为核心，西方文化则以“利”为趋向，从制度结构上看，中西又有“农国”与“工国”之分，两者最关键的区别乃是由不可通约的文化先天性格所致。这种不可通约性落实于文化的本质上来说，是基于古圣先王的荫泽所赐，历史溪流的峰回路转不过是源头滴泉的放大积聚而已。他举例说，达尔文的进化论貌虽新颖，实则是希腊思维火花不同形式的再次显现，柏格森的创造进化论实系近宗黑格尔，中国文化绍继先哲原典的传统更是不言自明。因此，东西文化与社会的进境自应沿循自身“历史原型”的路标提示而行，而不可轻易改弦易辙，以防陷于混乱之地。

---

① 《新时代之青年》，载《东方杂志》1919 年第 11 期。

与20世纪30年代以后逐渐羽翼丰满起来的“新儒家”不同，章士钊“文化重建论”的主要焦点集中在文化如何与社会结构相接轨的具体运作中，而不像“新儒家”们那样迫不急待地掇拾宋明理学思想库中已生满铁锈的陈旧刀枪，更不似他们热衷于在抽象层面上疏理比较中西哲学的概念范畴，而是把“文化重建”具体化为一连串的功能变革措施。比如，章氏提出所谓“业治”说，倡导自食其力者，方得参与政治，为业者各习其业，分别集聚为若干团体，然后合治其国，为一大团体，各业就可平流而进，荡细游闲之徒于诸业畛域之外。[①] 在“业治”的运转模式下，士钊拟设计恢复“科举”与古代监察制度，意在否弃代议制在中国实施的可能性。当然，这种全面复古式的浪漫构思，与之对民国政客恨铁不成钢的深深失望有紧密关联，牵扯的是政治的实际利害，而不仅是迂拙古朴的文化观念。这一特点透露出章士钊之思维路向更具湘人的务实品格。徐志摩就曾冷眼一语点破说，章士钊只是“玩旧”而非守旧。

也许正是湘人总是力求把诸种思维对象化于客体以昭显其灵验程度，章士钊对“文化重建说”的论证并不似一般儒家卫道士那样仅仅热衷于儒家学理概念的重新阐释，而是更关注于此框架运作启动后的实际效果。他曾嘲笑说：“国人图新之第一大病，在无办法。其自谓有办法者，其无尤甚。”他臧否人物时，对近代好谈“主义”者以三阶段的划分做了一番梳理概括，

---

① 《论业治》，见章士钊：《章士钊全集》（第6卷），上海：文汇出版社2000年第1版，第471页。

认为梁启超、吴稚晖、陈独秀分别是立宪、革命、共产三大时期的代表人物。章士钊承认此三人为所谓“魁异奇杰之伦”，却攻击他们是“主义”语境阐释的“大玩家”，实践主义过程中的“丧人之命至移者也”。他举喻说，吴稚晖从政如一支“游击偏师”，又如一头“盘天之雕”，见到目标就发起进攻，“始无所不击，终乃一无所击，回旋空中，不肯即下”。梁任公如一只知更鸟，于举世醉梦之中，叫唤不绝。其弱点是，今日之任公常常不识昨日之任公，总有应时而叫之嫌。陈独秀则如一匹奔腾不羁之烈马，左右奔突，“言语峻利，好为断制”，“回头之草弗啮，不峻之坡弗上”。结果是气尽途绝，事倍功半。章氏认为这三人的通病都在于其言论缺乏政治行为的可操作性，而只囿于理论诠释的自我封闭状态。

与此三人相区别，章士钊倒是在设计文化复古蓝图时，一直注意其理论预设在现实政治层面上的运作可行性，甚至不惜背负千夫所指的骂名，去躬行自己的文化主张。作为政客与学者的双面人，章士钊在出任农业大学校长时，即开始使“以农立国”的复古宏愿脱离纸面的约束，一朝登上教育总长的宝座，更是以设中央考试院、设编译馆、合并京师八所大学的三大举措而骇惊于世。其实不难发现，三大举措中，前两项已为科举与文言文的复归预设了制度化的伏笔，第三项之深意则是使经教育改革后已趋于“专门化”的人才，还原为符合儒家教化标准的通才隽士。由此三项举措反观细辨章氏文化重建之本意，可知其早已超越了文化概念讨论的狭隘范畴，而具有更为政治化的目的，不如说其“文化建构论”是一种政治文化的近代表现形态。难怪鼎盛期的章士钊也是朝野学界政界聚诃丛骂的中心目标。为明其以复古为求新之志，士钊不得不常吟白香山《孤桐》诗以明心迹：“直从萌芽拔，高见毫末始；四面无附枝，中心有通理；寄言立身者，独直当如此！”士钊自注云：“孤桐孤桐，人生如此，尚复何恨！”因改其笔名为“孤桐”。

“青桐—秋桐—孤桐”，章士钊一生际遇正如其自喻的梧桐生命周期一般，由苍翠欲滴到秋意瑟然，直到如一杆枯槁老木，当空而立，喻示着其生涯从激进转趋保守的完整过程。只是我们不要以为从青桐到孤桐的性格隐喻，一定可以简单套入“进步—反动”的政治公式中与之相吻相合。正如已有论者指出的那样，“五四”以后的思想界，激进派一方以一元论整体观的方式全盘否弃传统，恰恰是戴着传统的镣铐跳舞；而“五四”以后受过中西兼通训练的保守派承认中国传统的独特价值，同时并不全盘抹杀西学的革命意义，因此有可能反而比激进派多了一些宽容，少了一些绝对，更具有文化多元共存的心态，起码可以作为激进狂热摧毁一切的制衡力量发生作用。

品鉴梧桐三味的意义亦在于此。

我们这个时代的“文化英雄”

如果有人形容 1996 年是“辜鸿铭年”，恐怕一点也不过分。随着《中国人的精神》中译本的问世，图书市场顿时掀起了一股狂销热潮。一本讨论文化的著作在 20 世纪 80 年代“文化热”中热销出数万本好像并不奇怪，可是在 20 世纪 90 年代的商业社会中，谈文化已变成了一种奢侈，可此书居然一下子卖出十几万册，却着实让人觉得有些不可思议。那个当年拖着发黄的辫子游走于学术江湖的幽灵般形象，随着地摊广告渗进了城市的大街小巷。辜鸿铭的飘逸姿态和耿介谈吐几乎变成了一种流行时尚，甚至地铁站台上花花绿绿的广告海洋中，偶尔也会突然闪现出身着一袭黑袍的辜氏画像，他有些古怪的眼神从半明半暗的脸部阴影中放射出来，略带忧郁地逼视着匆匆赶路的都市过往人群。人们一不留神就会把这个黑袍老者与周围“四大天王”们动感青春、魅力四射的媒体形象混淆起来，或者被误看作金庸小说笔下叱咤风云的得道高僧或武林前辈。

没有人怀疑，辜鸿铭在 20 世纪 90 年代刚一进入人们的视野时，还是一个相对纯粹的学术研究对象。人们在 20 世纪 80 年代为反传统的激情鼓动喊哑了嗓子之后，冷静而持重的文化保守主义者却悄然递过来一剂貌似有效的镇静药，人们服下之后头脑仿佛一片清凉寂然，浑身荡漾着一种幸福的感觉，好像真以为复兴国粹的春天已经来临了。不过，对大多数人来说，文化守成主义者开出的药方仍有见效太慢的嫌疑，药效不够刚猛浓烈，在惜时如金的现代快节奏下，会使都市人昏昏欲睡，失去耐心。而与它相互呼应的学术史一路抬出的王国维、陈寅恪一辈学者偶像，又好像显得学究气太重，缺乏流行包装、一捧即红的市场营销魅力，在这个已开始追求短期休闲文化的社会里，板着脸孔做出严谨和殉道的姿态是流行不起来的，因为它缺乏即时消费的卖点，也不是煽动民族主义激情的良药。恰在此时，辜鸿铭不失时机地出现了，且看文人笔下辜鸿铭的鲜活画像：

> 枣红色的旧马褂，破长袍，磨得油光闪烁，袖子上斑斑点点尽是鼻涕唾液痕迹，平顶红结的瓜皮小帽，帽子后面是一条久不梳理的小辫子，瘦削的脸，上七下八的几根黄胡子下面，有一张精通七八国语言，而又极好刁难人的嘴巴。

这种颓废无行而又睿智机敏的洒脱风格，真可以说是任何流行的要素都具备了，只欠缺包装的时机和营销的手段。辜鸿铭的魅力还在于他极善于把高深的传统学理简化为一种极其鲜明直接的认知立场和情感表达，加上嬉笑怒骂的文字煽情技巧，活脱脱给自己塑造成了一个东方朔式的本土雅皮形象。温源宁曾比喻说，哲学家一般都像“一个曝干了的橘子”，干巴巴的没有味道，而辜鸿铭喜好的是佳肴美味，他所以致力于思想，只是因为思想给生活添些光彩、添些体面。他自始至终是个俗人，只不过是一个有思想的俗人。他的孔子学说，他的君主主义，甚至他的辫子，无非是用来装饰一下消耗在纯粹享乐上的生活。

我们注意到，辜氏变得时髦，也恰恰在于他把儒学哲理简化成了一种最基本的生活态度，一种可以付诸实践的日常原则，然后自己去身体力行。比如一方面他想把东方的道德普遍化，来化解和对抗现代化对知识系统的专门化控制，而且特别强调“道”的整体性功能与西方现代知识分科原则的对峙关系。这一点和梁启超、梁漱溟的思想是一脉相承的，都是以“道”这把无所不管的大尺子来作为衡量“大人之学”和“小人之学”的标准，小人自然会拘泥于具体的知识，只有技术型头脑；大人则是聪慧灵颖，承担着实现道统复兴的责任。只要明了“大人之学”，就像屠宰师有了一把快刀，用它杀猪宰羊效果其实是一样的。至于“道”是什么，辜氏说得很模糊，也似乎故意不想把它讲明白，因为“道”最重要的是通过教化来变成身体力行的一套简明的肢体语言，这与新儒家总是想从“心学”一脉中修炼出金刚不坏的道德真气显然不是一个路数。

不过你可不要小看辜氏的招数，在民初的学术场中，他可不是那种沿街卖艺兜售“道德大力丸”的劣等江湖术士，他对所谓“国渣”如小脚、纳妾、缠足之好处的示范性解说，恰恰是把儒学在历史上某一层面的道德表现给具体演示了出来，无论这种演示是好是坏。在他的老顽童性格面前，鼓吹自由主义的思想大师们反倒显得有些矫情和局促，所以温源宁说辜氏是才智方面和精神方面的花花公子，夸耀君主主义跟一个花花公子夸耀自己的领带一样，不是真爱惜，而是故意和共和派找别扭。我想他可能只说对了一半，辜鸿铭自有他的真性情以及一贯的立场和思维逻辑，与自由派大师们打着绿林旗号，半路却纷纷倒戈被官府招安的欲擒故纵伎俩终有不同。

辜鸿铭的真性情反映在他始终想用中国传统文化去滋润和融解西方近代以来用民族国家的政治原则塑造中国人群体形象的企图，这集中在他对张之洞的批评上。辜氏与张氏堪称一对冤家，他入张氏幕府十几年，一生都在仰慕张氏的品德与为人，可却越来越发现，张之洞已从一位“道德理想主义者”变成了一个彻头彻尾的“政治功利主义者”。在辜鸿铭的眼中，张之洞表面上好像总是在玩文字排序的游戏，比如把“保种、保教、保国”的口号颠倒成“保国、保种、保教”的次序，其实这一置换使张之洞从重“教”改为重“国”，这喻示着士大夫阶层的一个重要心理转变，那就是自古传承下来的“教”已无法涵盖统摄“国”的边界和内涵，必须使二者兼顾，才能达成微妙的心理平衡，而这一平衡砝码中必须加进“权变”的因素。

我们知道，按照民族国家起源论的观点，“民族性”作为民族文化方面的表现，其涵义并不是原生态的，“国家”作为民族性的政治界定单位更是如此。以现代政治意义上的国家观念来为“文化”设置界限，这在古代中国是绝对不可思议的行为。可是到了近代却由不得中国人自己，因为西方民族国家的扩展根源于世界资本主义经济的地区不平衡发展，而且伴随着战争和暴力成为国家疆域拓展的驱动力，疆域的扩张最终导致了资本的强制集中，形成了现代帝国主义的形态。帝国主义对中国的压迫形式之一，就是一直想把中国也塑造成一个具有西方式含义的现代民族国家，比如模仿和传承西方的工业化和政治体制，以及文化传播的原则等等，由此一来必然威胁到中国文化的基本生存状态，这就是当时所谓“保教”的意义之所在。但事实上，近代中国的发展恰恰是适应和纳入这一国家体制的运动建构过程，要想在西方群狼的窥视下分得一杯羹，首先必须自觉遵循以西方为中心的世界政治网络在近代制定的游戏规则。“教”能否合理地存留，往往取决于“国”在网络中的位置和边界状态，“教”与“国”变成了“皮”与“毛”的互存互动的关系。这在近代以前是不可想象的，因为古代中国的疆域形式只是一个文化建构的概念，并不需要遵守现代国际关系的规则对它加以规定和限制。也正是因为朦胧地意识到了“国”与“教”之间的共存关系。所以张之洞才试图用一种天真的方式把它们调和起来，他把道德标准硬生生割裂成两半：一半是关于个人生活的，另一半则是关于民族和国家生活的。作为个人，中国人必须严守儒教原则；但作为一个民族，中国人则必须抛弃儒教原则，而采纳现代欧洲新学的规则。按照辜鸿铭的说法就是，在张之洞看来，中国人就个人而言，必须继续当中国人，做儒门“君子”，但中国国民则必须继续欧化，变成食肉野兽。辜氏所描摹出的这种半人半兽的怪物形象与现代国家整体目标之间形成了高度的紧张关系，同时也涉及到了中国传统文化的静态内敛与世界秩序动态扩展之间的冲突。

辜鸿铭观察到，当文明与文明相遇、冲突和碰撞之时，一个民族旧有的社会秩序、生活方式与认知习惯，就像大地震中的陶器一样很容易破碎。在这样的时代，人们突然面临新的现实，就如同斯芬克斯女怪，将要吞没他们，吞没他们的生活方式及其文明。辜氏认为张之洞的“保国”先于“保教”的策略，就是防止斯芬克斯女怪骤发淫威的悲壮努力。

辜鸿铭把晚清的两个封疆大吏张之洞和曾国藩做了一个比较，两个人的行事风格也正好可以用“儒臣”“大臣”加以区分。如果说到“论道”，那自然是儒臣的事，而要论系天下安危的行政得失，则大臣应该说了算。政教的分别是在于“国无大臣则无政，国无儒臣则无教”。“政”的有无，关系到国家的兴亡；而“教”的有无，却关系到人类的存灭，而且“无教”的政治是不可思议的，会导致“无政”的结果。在辜鸿铭的视野里，“教”已并非后来政治意识形态意义上的纲常名教，而是中国文化自古以来形成的普遍性特质，应该支配着“政”的实施形式。

辜鸿铭批评张之洞屈从于西方列强的压迫，把“教”处理成“政”的仆从，可是在“欲舍理而言势”的时候，又觉得赤裸裸地顺势而走，太有小人之道的嫌疑，总想找一个两全的办法搞成平衡的态势。这样就造成为了国家“舍理而言势”，表面上属于公利，可“为人则舍势而言理”，似乎又给私利留了个后门，弄得自己好不尴尬，如此一来，解决“政”“教”之间的紧张，在现代语境下变成了化解不开而且越缠越紧的死结。因为中国的“政”所遭遇的改变，不仅仅是引进坚船利炮面临的所谓富强性问题，而且还涉及到中国人在培养现代国家边界意识方面如何与传统文化中的道德原则相协调，“政”与“教”在前现代中国的语境下可以达成默契，但在西方控制的压力下，“政”需要建构起一种新的边界意识，一个崭新的想象共同体。正如安德森所说，民族主义是一个被想象出来的政治共同体。现代国家的产生是一个资源分配的过程，动员社会力量对抗西方，成为从“保教”向“保国”方向转变的最有力动因，当时文坛上“尚力”“尚武”之风劲吹，“金铁主义”式的杀伐之说盛行，都是想从竞争国力的角度为现代国家的塑造提供服务。这意味着不但要改变中国人整个的生存状态和思考问题的方式，而且也必然影响到“教”的初始存在状态。这个道理讲起来并不复杂，张之洞当年提倡“中体西用”，后人讥之为卫道，现在回想起来，“体”倒是变了，可中国文化在西方的冲击下的确已是原貌尽失。对张之洞的“保国”转向的功利性质，辜鸿铭不能说没有预感，这样一转，“教”的涵义实际上会被迫赋予政治意识形态的复杂内容，也就是说，“教”变成了界定国家功能的有效工具，当然也就借此成了反抗西方世界的政治表述。可是辜鸿铭很清醒，一旦道德的天平无条件地向国家利益倾斜，变成诠释国家意图的傀儡，“教”的独立性也就完蛋了，因为国家总是宣称，维护国家利益的主张肯定与民族利益的捍卫相一致，从而获得了一种理所应当的意识形态霸权。

在西方权力支配的范围内，张之洞是被动接受西方国际秩序的先行者，对“保国”优先于“保教”的策略性调整，证明他具有相当灵活而变通的政治头脑。同时，对强力秩序的服从和边界意识的建构，又恰恰唤醒了他对民族主义共同体的想象；幻想通过部分修正政治边界的方式来调整自身文化的位置，重新确立传统价值重建的路标。说得直白一点，张之洞对国家主义圆滑权宜的解释，已逃不脱所谓“殖民知识分类”的安排，任何表面上反抗西方的表达，都被编入了这一语言的符码。而以后的思想史评价体系恰恰是以这种分类为标准的，辜鸿铭在这种标准的剪裁之下变成了一个活生生的异类：如果不加入到弱肉强食般的国际秩序轮盘赌中玩起那残酷的角逐游戏，个人持守的文化原则就会像浮萍一样飘散在空中，没有了着落。中国知识分子的功利权变的性格，使他们在反戈一击地迅速成为现代国家话语的忠实表述者时，却在反思国家政治与文化自觉的关系上一直处于体弱缺钙的状态，他们持守的个人文化立场，到头来和所要反思的民族国家的政治立场始终无法区别开来。期待着只要建立了“保国”的游戏规则就可以同样保住文化的精髓，这种思路最终要追溯到张之洞鼓吹“教”“国”之别的年代。我以为，这正是近代以来中国知识分子缺乏独立批判精神的最大症结。

实际上，在近代中国社会中一直存在着“官方的民族主义”与“民间的民族主义”的区别，民间最早体现出来的反抗外国干涉的形式，显然不是源于近代意义上对国家主权的捍卫，而是基于外来人对基层社区或者是文化统一意义上的古老王朝的侵害。我们根本无法确定，在义和团师兄们的头脑中，是否有完整的现代国家主权的概念，他们的主观意识中，最有可能捍卫的是华夷一统的文化秩序。而官方意义上的民族主义在精英层面的表述，如张之洞的界说，倒很有可能更接近于现代西方的国家理念。所以笼统地说爱国主义是没有意义的，我们还要看在什么样的具体历史氛围中，对国家认识的程度在多大的范围内能与现代的国际规则相互吻合。同样还需注意到，历史上的不同人群在什么样的角度想象出了属于自己的“国家”形象。一旦这类多元的想象被统一到对现代国家建制毫无保留的认同之中以后，“民间”与“官方”的区分就会变得模糊不清，也只有在这种情况下，“民族主义”才能在爱国的浴血旗帜下变成一种公共话语，民间与官方的边界一消失，对文化的传统个人化表述，也会随之变成某种集体狂欢的仪式，而正是通过对这种集体狂欢持续不断的积淀式记忆，才能不断地转化成打摆子式的群众阵发运动。

我们也由此可以理解，当一本《中国可以说不》的小册子掀起一股民族自卫乃至自恋的狂潮时，现代新儒林中属于怪异名士的辜鸿铭，在被正统思想史冷冻多年之后，为什么会突然在 20 世纪 90 年代末被重新包装成了一个服装奇异的街头抗议者而跃向了前台。这真像是一出具有黑色讽刺风格的后殖民闹剧。因为辜鸿铭当年之所以故意摆出一副孤傲不群的文化保守姿态，恰恰是为了要针砭以“保国”为至高名义的现代国家观念的虚伪性。近代以来的事实经验证明，现代国家观念往往是通过政府控制和训诫的方式统一培养出来的，它和文化的、民间的姿态无关。辜鸿铭曾为此声嘶力竭地叫喊：“我有一个梦。”这个梦就是文化价值的持守应该超越国家的政治行为，否则难免会误中洋人的圈套。然而，当代民族主义者却一厢情愿地把辜鸿铭力捧为主流话语的同谋，他们竟会如此歪批地说：辜鸿铭给空洞的民族主义口号里注入了深沉的文化内涵。这使辜氏一方面足以具备换装易服的理由，以便使自己快速适应时髦的“文化英雄”角色；另一方面他的加盟也会使民族主义的政治大合唱飙出一个高亢入云的最强音。可是“导演们”却丝毫没有意识到，辜氏当年恰恰是以批判政治民族主义的街头抗议者姿态现身说法的，这里边的幽深曲折之处真是耐人寻味。

萨义德曾经提出过一个“理论旅行”的假说，他认为某种观念和理论从这个人向那个人，从一种情境向另一情境，从此时向彼时的旅行所形成的潮流与运动，经常使文化和知识生活在流动中既得到养分的滋润，也会发生变异，我们的工作应该是观察这种移植、转移和流通所形成的运动类别，以便弄清一个观念和一种理论从此时此地向彼时彼地运动是加强了还是削弱了自身的力量，一定历史时期和民族文化的理论放在另一时期和环境里，是否会变得面目全非。在中国民族主义长盛不衰的现实语境下，辜鸿铭虽貌似保守，但精通西文西事，其传奇般的西学功底更像是映衬其学识的华美外袍，加上西人又把他力捧为和泰戈尔并列的东方文化代言人，这使他即使拖着发黄的辫子满大街乱走，人们也只会目之为怪人，却没人敢称他是“老朽”。那根辫子在特定时空中的飘扬，正好被物化成了一种民族自卫的象征。在民国的天下居然还有人敢拖着辫子如此浪漫风光，着实会让新进人士所诟病的国学家们既嫉妒又心痒地感叹一番。

这个现象还证明，中国人崇拜辜鸿铭，首先在于他有能力用流利的洋话痛骂洋人，而且更为关键的是洋人居然被骂得心服口服，这是何等的痛快。在中国人的眼中，即使守旧守到骨子里，只要能用洋话传播中国文明，哪怕采取的是最极端的态度，也不会被贴上顽固的标签。相反其洞识“夷情”，又会用“夷文”弘扬咱们国粹的“双料功夫”，正是一般国学老冬烘汗颜难比的地方，也很符合国人对什么是博学人物的现代性想象，真是墙外开花，闹得墙内香溢满堂。“理论旅行”居然无意识地起到了敲山震虎的作用，辜氏的牌位就这样堂堂正正地被抬出了标志落后保守的旧祠堂前门，可转脸又从后门被抬进了同一个粉饰一新，挂着“民族英雄”金匾的先贤祠。

话虽这样说，但是花开也得挑时节，季节不对，花开之际会无人观赏，辜鸿铭的当代际遇就是这样。《中国人的精神》中译本刚一出版，正伴随“中国可以说不”的季风劲吹个不停，这本著作在对德国及西方各种军国主义谴责的华丽酣畅的文笔中，跃动挥洒着辜氏古怪精灵般的抗议言辞，使似乎随季风翩翩起舞的“辜老太”迅速被媒体捕捉擒获，以最快的速度包装成了一个民族主义新偶像。如果说当年辜氏一顶瓜皮帽，一身脏长袍踯躅在北京大学校园内的剪影，在西装小生云集的知识圈内反而成为某种个性标志的话，那么 20 世纪 80 年代的知识分子在与西方蓝色文明度过了蜜月期的狂恋之后，却突然发现自己拥抱着的美女的另一面原来是骷髅，辜鸿铭那副倔强剪影的适时浮现，就有可能成为震慑西方妖魔的东方不败式幽灵，其威力还会迅速波及到大众流行的文化口味。这就像吃惯了麦当劳的汉堡包又想起要尝尝老北京的炸酱面一样，国学以国粹的形式被再度发掘出来，需要另外一种流行的形式。辜鸿铭对中国文化内涵简明扼要的分析，包括对“道德”“仁”“妇女形象”等的通俗解释，基本上处于表态和廓清立场的层次上，诠释的方法和切入点远远没有那些国学大师如梁漱溟等人来得细致而深刻，但其对西方文化尖锐晓畅的批判性叙说，借用熟练的英文传播中国道统，并大博洋人喝彩的新闻式效应，无疑会为中国人挽回那么一点文化失落的面子和自尊。原来已经被现代化逻辑肢解得分崩离析的中国传统，经过从中文到英文，再从英文转译回中文的“理论旅行”，被简化放大为一种获取民族自尊的呐喊仪式。

在都市生活的快节奏中，人们的眼睛似乎更容易关注渊博、幽默、机敏的东方式圣人如何舌战洋人的戏剧化效果，他们的思维在已经习惯面对鲁迅式的冷峻、陈寅恪式的坚忍与钱钟书式的雍容之后，辜鸿铭的出场就像是推出了一台轻松调侃的“情景喜剧”。西方人的群丑毕现与辜氏的笑傲群魔构成强烈的时空反差，颇能刺激国人活跃的想象力。这台上台下的表演的确已和学术无关，发明权既然已经转手，按照市场经济的铁律，它会非常合理地转化成为大众传媒的共谋生产对象。

这个时代是生产市场英雄而不是古典英雄的时代，20世纪初年的辜鸿铭有些像跃马横枪挑破西洋镜的堂·吉诃德的古典英雄，只是背影显得是那样的孤独和苍凉，尽管这位悲剧英雄在文化武士的头盔下偶尔会闪烁出一丝顽童般的狡黠诡笑。20世纪末的辜鸿铭可显得比当年风光了许多，十几万读者的追星式拥戴几乎又制造出了一个单骑破敌的当代神话。不过这回辜鸿铭一点也不孤独，因为“辜鸿铭现象”的发生已不属于他个人，而是整个民族主义街头狂欢的一幕插曲而已。在这个被市场之手操纵的狂欢场景中，还有可能再出现古典式的“文化英雄”吗？记得前一阵儿听到一则消息，说是某地祭孔仪式因为缺乏资金差一点搁浅，两位老外自告奋勇要出钱资助，唯一的条件是两个人必须身穿祭服参与祭祀大典，结果大典终于如期举行。这就是我们早已司空见惯的所谓“经济搭台，文化唱戏”的一幕表演。可谁也没有料到，祭祖盛典这台大戏如果缺少西洋人的搭台，竟然可能会唱不起来，商品经济驱动的无形之手居然已经把盛典转换成了大市场金钱交易的一个环节。在这场闹剧中我们不妨可以问一问：儒学何在？辜鸿铭地下有知，也许会更困惑地看着自己如何被摆上任人宰割的现代性祭坛，然后低头摸一摸被强行套在脖子上的那件印有“民族英雄”字样的现代文化衫，心酸而又滑稽地向“导演”调侃一句：我扮演的角色是不是搞错了？

青山遮不住

读黄仁宇的著作总有个感觉，他仿佛把视觉、味觉和听觉一起带入了他所想象的那种历史：“我看到明代官吏丝袍上的绣金线，也看到大理石桥及半月形大门，还有白鹤盘旋在京城里的喇嘛寺上方。”无人否认他的文笔美轮美奂，连他的回忆录都起了一个形象中藏着隐喻的响亮名字：《黄河青山》，真是既大气又煽情！

与许多学院派的理论性史家有所不同，对于入了美国籍的黄仁宇来说，隔岸眺望青山黄河的那幅剪影，由于承载着国军军官—记者—历史学家的复杂阅历，往往太多徘徊于战争梦魇般的记忆之中。不过也正是凭借这种挥之不去的焦虑体验，在板着面孔说着雷同语言的各类正史光影投射之外，黄仁宇的著作犹如轻风拂面，终于为我们烛照出一片令人不可思议的新天地。

“战争经验”对黄仁宇来说，其实既是梦魇，也是锻造出非学院派新史识的资源。他确信，战争是个大熔炉，一定有一些长期因素作为背景在其后运作，这些相互冲突的因素并没有刚好落在我们的学院分工之中。记不得谁说过一句话，中国近代历史就像一场瘟疫，染过瘟疫的病人很难真正透彻了解病源的由来，躁动激进的情绪极易使身处其中的人们用政治目光和激情态度替代对历史的全景判断。黄氏的判词相当冷峻：研究历史要想象公众人物背后的动机，而不是完全赞同他们的声明。这就是为什么当黄仁宇深情回忆与田伯伯（田汉）的交往片断时，尤能超越其红色激情的影响，从长时段的历史轨迹中理解田汉行动的复杂意义。

黄仁宇

黄仁宇仙逝不久，他身前身后仍留下了不少令人费解的谜团和疑点，他以“中国大历史观”为核心撰写的系列著作，在国内创下了销售上百万册的记录，至今仍长销不衰。与此相对应的是，中国和西方的正统史界对“大历史观”均采取漠然处之的态度，在学界两头皆不讨好的境遇与流行火爆的市场销售业绩相互映衬，使得黄仁宇遭遇到了巨大的心理落差。这种反差的形成初想有些不可思议，细思也属正常。何出此言？原来“大历史观”至少有两点有悖主流：一是声明评价历史不要非此即彼地总在“白雪公主”和“老巫婆”两极印象中打转;二是“潜水艇加肉面包”式的社会结构分析法。第一点一下子点出了国内史家撰史的通病，即习惯于先设定自己的现代解读立场，然后再按照自己的感情需要去为历史人物一一贴上道德标签，要求他们做这做那。黄仁宇认为道德标准既抽象又随情境而变化，因而极不可靠，在大历史中如何使之适用于特定例子，必须视时间和局势而定。我们虽然厌恶为达目的不择手段的做法，但又不能用道德来要求历史人物达成不可能的任务，所以还不如改用技术标准来衡量。

既然不想通过“白雪公主”与“老巫婆”式的“神断法”来营造历史评论的极端效果，黄仁宇对历史人物的臧否评断难免会带上“技术决定”而非“道德决定”的色彩。这种“技术分析”无论妥当与否，至少不像喜怒皆形于色的情绪化道德脸谱分析。

要避免脸谱分析，对待历史现象就需要改变提问历史的方式，我们是否总是习惯贸然地提问：历史为何不依照我认为合理的方式出现？问题角度换一下，感觉会不一样：历史为何以这种方式出现？第一种问法总是使研究者处于头脑升温的亢奋状态，一些伪问题如“中国封建社会为什么这么长”就会如荒草一样生长。

黄仁宇坚信，在真实与激励观念相信的内容之间很难画出清楚的界限，特别是中国历史纠缠着仪式、迷信、神话与各种民间国家混杂难辨的崇拜和惯习，无法用一个客观尺度加以衡量，以至于许多历史问题都被处理成了玄渺的美学问题和空洞不实的神学问题，而不被当成经济或社会问题。所以黄仁宇开出的唯一药方就是社会的“技术化”，社会组织无论上下层若得以有符合现代的效率，就必须能统一进入“数目字化管理”。黄仁宇的“数字化崇拜”源于对财产权定位的执著——因为只有财产权界限分明，一切就可以加加减减，可以继承、转让及交付信托。因此，物质生活的所有层面，不论是私人或公共，就可以在数字上管理。

黄仁宇真不愧为学经济史出身，复杂的历史问题经他以一根“技术诠释”的红线统串起来，顿有妙手点睛、满盘棋活的感觉；既有外观酷似“经济决定论”的包装，又没有国内某些史家指点历史时的道貌岸然。可这又难免会开罪西方的中国学家们，因为黄仁宇不相信大历史应该衍生自小历史，而且怀疑研究一个机构的机能时，整体是否真是由拆散的部分相加而成。出于这种怀疑，黄仁宇把西方的“地方史”或“社区研究”讥之为“切块切片”的小打小闹。

细读黄仁宇的系列作品，我们已能隐隐感受到了他的大历史观仍弥散着过于精英化的“书卷气”，以及自传中屡次露出的“傲慢”。这非指其“人格”，而是他看待历史的眼光总是自觉朝上的缘故。正是由于他把中国社会维持低效率归罪于实施了文化导向的政治形态，“大历史观”仿佛就是专为宣判这种“文化导向”的死刑而勾画出的草图，可惜这图纸的底色已经由西方人画好了，而且已经开始泛黄，黄仁宇不过是做了一次“照猫画虎”的描红。在他的脑海中，资本主义优越不在其道德价值，而在其技术优势，如果这个判断已经顽固形成了一个信念支点，麻烦就出现了，因为“文化”毕竟无法像数字那样加加减减。

黄仁宇对县级以下的地方社会靠道德秩序支撑的传统格局屡加批评，断定如果不靠现代行政点金术，中国历史中上层的严谨与下层的散漫之间就无法建立起有效的沟通关系。可我恰恰以为，严谨与散漫之间建立起各司其职的妥协联系可能是维持社会平衡的基本条件，用硬性的行政化数字管理摧毁软性的文化组织，也许昭示的恰恰是另一种意义上的失败。20 世纪 80 年代以后大量宗族组织的复兴和宗教崇拜反弹，恐怕无法用“迷信复燃”一个词就可轻轻一笔带过，它至少说明底层社会有“数目字管理”无法涵盖的空间需求。其实，如何处理好传统重建与现代行政体制运作的关系，一直是困扰着当前政治管理取向的大问题，绝非提倡科学这个简单的行政命令就可以轻易解决的。

说到此，关键问题才浮现出来，把中国历史这块蛋糕做大而不是切块切片固然无可厚非，那只是方法的不同选择而已。最让我们感到遗憾的是：黄仁宇始终迷信用二分法式的技术设计彻底解决中国问题的西式药方，用此药方开出的配料总是用法律取代道德、技术取代传统、数字取代人性，不免让人联想起传统—现代、东方—西方的二元对立公式。尤为可疑的是，黄仁宇把整个明代帝国的运作，看作是全凭儒家简单而无法固定的原则所规划和限制，这结论未免太过粗放，缺乏文化研究者应具备的精耕细作般的空间想象力。且不说中国底层社会和上层官僚制度在管理上的差异性必须切片进行显微分析，就是儒家思想在底层灌输到哪一点也是悬案，非一语所能道清。把复杂的社会运作法则等同于儒家道德理想，再把儒家全盘与传统画上等号，然后得出无法进行数字化管理的结论，显然是把“文化”当成了后娘养的而降格逐出了门庭。“技术”膨胀成了无所不包的大筐，最终使古人和今人都会感到不堪重负。没有人会怀疑，“数字化管理”给中国带来了现代化的诸多气象，同时，以传统文化为敌的行政轰炸也摧毁了上下层之间的协调对话关系。我们在清理传统的道德资源时，应采取更加审慎的态度，努力在上层行政与下层道德之间建立起容纳传统原则的新型对话关系，对宗族、宗教和习惯法等不符合西方数目字管理框架的乡土原则，重估其作用和功能。这似乎是后现代主义者才需讲述的故事，可是对于中国来说也同样成为迫在眉睫的难题。

黄仁宇毕竟是黄仁宇，他的敏感在于始终不厌其烦地追究如何在国民党与共产党创设的上下层行政关系之间铺设制度性的联系，不过我认为黄氏的失败也在于他仅仅把上下层的制度联系理解为一种冷冰冰的“数目字”式的链接方式，而忽略了“人”在其中的文化需要。在他的手里，历史变成了加加减减的数字游戏。

读完黄仁宇的回忆录，才知他创造出版神话并非偶然，即使写普及性文字，他也是平实亲切中带有隐隐若现的锋芒，散点透视般地往大历史观上聚焦，这是常人所难及的功夫。按黄仁宇自己的说法，他的著作在美国也属介于学术与商业读物之间，出版常遇不上不下的尴尬情景，然而他的书竟能在国内占有如此大的市场份额，又能在品质上与一般恶俗与戏说的流行读物区别开来，无疑是对黄仁宇贡献的最大回报。一般人常有误解，认为历史通俗化写作不过就是把复杂的场景弄简单，再加揉捏戏说，背后不必拥有鲜活凝重的长程历史观点作支撑，单凭机巧对读者搞几次偷袭，所以自然难以奏功。相对此言，黄仁宇在他自己拟定的“历史学家可以是工匠、技师或思想家”的多项选择中，足以堪当“思想家”的名号，虽然其成就屡遭误解，却也正应了本文标题中的那句古话——“青山遮不住”。

生活世界里的“象征替代”

中国历史和文化均讲“正名”，所谓“名不正则言不顺”，当然何为“名”还是很有讲究的，帝王世系中的“正名”主要讲的是“合法性”问题，就是无论哪个帝王都得经得起这样的询问，你的出身背景是否够硬？那么获得这个权力的资格到底应该从何而来？比如古代帝王要想说服人承认自己获得帝位从来都是合法的，就要借助一些非常规的手段，也包括一些符号的运用。明显的例子是“孔子”形象的被挪用。

孔子一直被称为“至圣先师”，名号大得吓人。其实在春秋时他只是个教书先生，是个儒生。民初章太炎、胡适和冯友兰曾为“儒”到底是什么吵过一架。章太炎和胡适都认为“儒”的身份就是个“巫”，相当于跳大神的，地位不高。西汉的扬雄说“儒”有能通天、地、人的本事，讲的就是“巫”的意思，这也是从甲骨象形文字中考证出来的说法。冯友兰偏说这违反常识，孔子生在春秋，明明就是个满处游走到处收徒的教书匠嘛，哪里有“巫”的影子。其实双方吵架是搞错了时间，跳大神的“儒”和教书匠的孔子并非一个时代的人，但确又代表“儒家”成型过程中出现的“亦神亦人”前后两种身份，这两个身份在以后常常被交替地加以使用。

冯友兰说孔子是教书匠当然是有根据的，《史记·孔子世家》

中的孔子就是这个形象，难道还有什么好怀疑的吗？可在另一个历史脉络里，孔子的活动就完全像个神神秘秘装神闹鬼之人。西汉的一种伪造的经书不但说孔子是其母亲与黑帝交配生于空桑之中，而且按顾颉刚的概括是：海口、牛唇、虎掌、龟背，头像尼丘山，四周高，中央低，胸前写着“制作定，世符运”六个字。长大后的孔子身长十尺，大九围；坐着像蹲龙，立着像牵牛；他的仪表非常堂皇，发射出一种光彩，近看好像昴星，远看好像斗星。[①] 总之怎么看怎么不像个人，哪里有教书匠的影子？

神话孔子的故事到此还没有完。有一夜他梦见有赤色的烟气升腾起来，醒来驾车前往察看，发现一个捡柴的小孩打坏了一头麒麟。孔子走上前去，那麒麟垂耳低首，嘴里吐出三卷书来。书上写道：“周王，赤气起，火曜兴；玄丘制命帝卯金。”那意思是孔子要衔命为卯金氏制法了。卯金就是“刘氏”的另一个隐喻的说法。接下来一定要讲“端门受命”，说的是天上又掉下来一袭血书，飘飘忽忽正好挂到了鲁国的端门上。上面写着一段预言。第二天，血书变成赤鸟飞走了，留下一幅图，画的是孔子制法的形状，上题“演孔图”三字。孔子穿着绛色的单衣北拜后，天上白色云气蒸腾，一条赤色彩虹当空而下，变成黄色的玉，上有刻文说：“宝文出，刘季握。卯金刀，在轸北。字禾子，天下服。”说得更露骨了，讲刘季起事后当一统天下。

伪造这些谶纬经书的据说大多是方士，但儒生也没少参与。

---

① 顾颉刚：《秦汉的方士与儒生》，上海：上海世纪出版集团 2005 年第 1 版，第 97 页。

为什么儒生会睁眼编瞎话，把他们的祖师推到鬼神堆里去呢？难道他们不记得孔老夫子说过那句“敬鬼神而远之”的师训吗？道理并不难懂，汉朝开国皇帝刘邦出身底层，论证当皇帝的资格时，理由除了武力征服这招外办法不多，伪造经书是想证明他在阴阳五行的系谱中正好轮到要坐这个位子。但这话自己说了不算数，也没人信，必须抬出一个有分量的人当证人。

一个问题：为什么不选诸子百家中的其他人如老子、墨子呢？翻翻孔子的履历就知道了：教书匠，当过鲁国的官，有文化但心思并不超然，很懂人情事故，也有经济头脑，也许还延续了那么点当巫师的神秘经验。不像老庄弃政治如粪土，墨子又是副“老左派”（总是衣衫褴褛，会让刘家想起发迹前的模样）和科学家（据说是几何发明人）式的书呆子样，不晓世事险恶。孔子被选中当预言家当然是众望所归。孔子一不留神失身于刘家虽非自愿，但汉代儒生确实是难辞其咎，也使得后来的儒家与政治权术总脱不了干系，这就是为什么后人一谈儒家具有所谓“超越性”，就让人忍不住发笑的缘故，因为我一听此言就会想起那些忙忙碌碌地造假书的儒生们来。

当然，孔子在“预言家”这个位子上其实也没坐多久，人们很快忘记了那个身长十尺的巨人，重新忆起了那个满世界传道的“教书匠”。孔子由“神”恢复成人，其实也与政治权术有关，刘家得了天下后，王莽想篡位，自然又会大大预言一番王姓得天下的道理，刘秀复兴汉家天下，更是要再耍一回预言法术，否则总觉得洗刷不净和王氏的纠葛，争的还是那个“名分”。汉代一过，各种谶纬假经随之烟消云散，不知去向。后来的帝王也须讲“得统之正”的道理，但均按“五德终始”的规矩老老实实推算自己的位置，已不需再拉孔子唱这出戏了。

孔子丢了教主的光环，挣扎了好一阵子才找到自己的位置，“有德而无位”一直是汉代以来对孔子身份的描摹，和君王相比有所谓“空王”的意思在里面。孔子终于没资格当教主，是因为他没有像西方类似的教会组织那样去和皇权叫板。一段时间内，孔子“有德无位”的身份只有在装神弄鬼时，在帝王的眼里才是最有说服力的。汉代以后，装神闹鬼既然不时髦了，孔子的象征意义自然会遭到质疑。后来的儒生几乎都是在忙着回答一个新出现的问题：孔子失掉“预言家”的位子后，他还能做什么？

有一个办法是把孔子搞成“道德家”的形象。两汉时的孔子当然不仅是个“巫师”，只会装神闹鬼地讨皇上喜欢，他还懂“制礼做乐”这些人间情事。宋以后的儒生基本上就走人间化的路线了，一个个变得文绉绉的满口讲“道德”，孔子也就彻底成了教书先生。这个转变在中国历史上很重要，为什么？人们总是觉得汉武帝已是“罢黜百家”，似乎那时儒家就可以放心大胆地“独尊天下”了。那是个错觉，儒家在汉代不过是宫廷中的高级弄臣而已，为皇帝得天下当吹鼓手的滋味不太好受，“制礼做乐”不过是一种文饰的说法。

宋以后，孔子的“巫师”身份被替换成了“教师”，也就是说成了“道德偶像”。这个变化改变了儒生的宫廷弄臣形象，他们开始到处“教化”别人，好像失掉神秘感的孔子仍有足够的力气给他们撑腰。就是这种不但教化平民，还可教化皇上的错觉养育出了儒生的道德优越感。宋以后，宫廷中会常常游走着一些儒生给皇帝上课，名叫“经筵御讲”。王安石甚至要与宋帝“共治天下”，让人不由想起刘邦往儒冠里撒尿时的情景，真有天壤之别。

又一个问题：何以孔子从“巫师”到“教师”的转变会一度给儒生带来了更大的权威，甚或这权威远高于他具有神秘身份的时期呢？答案太复杂，我只想说一点：宋以后的帝王发现，统治更广大的地区，用儒生远比单纯使用严刑峻法要节省成本。儒家道德治理的软性威慑的能量甚至还要高于暴力统治。汉代一味奉行“大棒”式的法家之术，儒术的精力全用在装神闹鬼上，于统治术上只是个点缀，唐宋以后的帝王发现光抡大棒不但形象不佳，而且统治起来捉襟见肘，不如在帝国肌体中加点胡萝卜素做营养来维持健康。这给儒生一个机会也形成一个假相，以为可直接面朝皇帝“观心”而动，完全用“道德”去控制他的行为。道德幻想维系不了多久，知识人的奴仆身份到清代仍反弹回来，反而显得更加卑下，甚至连“道统”持有者的资格都被皇帝收走了，知识人的那点自尊终于被剥夺得干干净净！

前面讲的是宫廷内部“象征替代”的例子。精英世界里的“象征替代”往往也可在日常生活的世界中发现踪迹，而且会跨越时空到处表现，只不过替代方式形形色色而已。记得我在陕西秦岭深处的一个山村做调查时，这天正逢村里“祭祖”的日子。我随一家人在夜晚沿着一条小路登上了附近的山坡，漆黑的夜里虽然冷风习习，山坡上却如繁星般闪烁着点点灯笼照明的灯火。原来全村许多人家都选择在晚间行祭礼。可奇怪的是，当我们打着灯笼到达墓地时，却发现根本没有墓碑，而只有一丛丛柏树簇聚在墓地里，我们就在柏树丛中，借助灯笼的光亮烧纸、追思，仪式就这样匆匆结束了。我当时心里大惑不解，却未及细问。第二天一早起来，从我站立的地点望去，昨晚去过的山坡上仍然是香烟缭绕，可我发现这些烟雾都是从各自保持间距分布的簇簇柏树丛中冒将出来。询问后才知道，这些柏树丛所在的位置原来都有墓碑存在，“文革”中几乎全部被毁。改革开放后，“祭祖”又成为公开化的行为，但对“文革”再起的担忧，使人们担心墓碑竖起后有朝一日又被摧毁。所以村里人最后选择以柏树丛标示原来墓碑的地点，每年祭祖就凭借树丛的边界来区分各家某地的位置。

神话和记忆的一个世界是由物质方式被表达的，包括石头摆放的位置。哈布瓦赫就发现，西方的家祠之间都设有隔离带，无论这个隔离带用什么材料建成，都拥有划分边界的神圣性。墓地也可用石头和树桩分开，其功能是唤起对历史的记忆。以柏树替代墓碑行祭的行为也可称为一种“象征替代”。出于对“文革”中的政治记忆的敏感，物质化的象征“柏树丛”替代墓碑沿袭了原有的记忆仪式。这个行动包含着民间抵抗大政治的逻辑，也包含着在代表“空间”压迫的政治氛围下，民众如何巧妙地维系着对原有秩序的想象和绵延。我发现在乡村中，“象征替代”现象随处可见，如一年一度的“祭谱”本是在祠堂举行，祠堂被毁后被转移到“家庭”场所里轮流进行，变成了一种定期轮换制度。

又有一个故事是说，华北的一座关帝庙的显灵期只有三年，三年之后就不灵了，这让当时的调查者感到困惑。后来发现，庙里的关帝像背后有一只狐狸在作法，只有它作法时，关帝才会显灵。三年后狐狸挪窝了，遛到另一个庙里去了，关帝就失去了灵异，香火自然衰落。这个故事说明，历史上的“关帝”从一个地方神被帝王层层叠叠加了许多封号后才变成了全国的神祇，到处可见的关帝庙似乎都是一个面孔，实际上各个地区民众仍可能信奉的是一种能真正起作用的灵异动物。关帝作为普遍象征在表面上被崇拜，实际它的意义随时可能被这些灵类所偷偷替换掉。

南方泉州一带的“保生大帝”崇拜也可看作是种“象征替代”。“保生大帝”的原形是北宋的名医吴本，他死后不断被加封，据说从北宋到明有十几次之多。自古“巫医不分”，乡村中到处都是边行医边降神的人。这些人平时就是普通的农民，有时会把肉体出借给鬼神，以肢体舞蹈作法治病，中华人民共和国成立后南方还有巫人做赤脚医生的例子。吴本行医也被赋予巫人的色彩，据说他 17 岁被一异人引至昆仑山，西王母授以神方济世驱魔逐邪之术，行医是世间事，巫祝是神仙事，两重身份居然可以从容替换。“巫医”兼具的身份使吴本很容易被政治化，如北宋记载吴本曾协助官军剿寇，寇乱平息后，人们拥到庙里一看，发现庙中神像“汗透巾带”，还真是使出了大力气。

又一则传说是宋高宗在金人处做人质，思乡心切，在逃归途中，金人遣铁骑追到黄河，高宗走投无路，仰天呼救，忽见吴真人吴本唤起神兵，一时神幡遮天蔽日，吓退金兵，高宗才从容渡过。这是吴本作为医生符号被政治化的又一例。吴真人的角色光谱一直在“护民”与“护国”之间来回移动，至于何时趋向哪一极则是颇费思量。如果只是民间神，吴本凭医术精湛即可封祠建庙，变成“政治象征”程序就要复杂得多，乃至他的出生证明都要重新编纂一遍。

吴真人投胎转世的故事仿佛和伪经中孔子的际遇十分相像，说是吴黄氏被封为玉华大仙，梦到白龟而受孕，又说她梦有神仙降临家中，叫做紫薇神人，不久就生了吴本。一般说来，如果故事主人公的母亲是梦神而孕，这儿子一生下来负担可就重了。你看孔子不但要辛苦地站在鲁国端门等待血书的降临，还得忙着制礼做乐，昭显草莽当道后的文化气派。吴本光当个郎中也不行，还得汗流浃背地防寇保境，气喘吁吁地帮高宗“泥马渡江”。可见,“象征”一旦政治化就和帝王的某种欲望相连接，也就有了复杂的替代程序，和民间的平实真诚真有不同了。

孔子由“教师”（春秋）—“巫师”（两汉）—“教师”（宋明）的象征替换，显示的是早期中国知识人从草野进入政治的过程，这个过程使他们萌发了一些幻想，以为自从当过皇位继承人的合法监督者角色，那么皇家政治的内涵也可以经由道德教化加以转变,然而事实上他的身份只是从“弄臣”变成“谋臣”而已，象征替代的结果并没有使他们走出与皇家政治合谋的怪圈。相反，老百姓倒显得很聪明，他们也许不自觉地意识到，一个地方的神祇被官方不断加封捧为圣人，肯定是别有用心，这些神祇被尊为普天之下的超越之神后，常常承载着用道德划一所有人行动的阴谋，既然无法从公开对抗中阻止其扩散，就无妨采取另一种方式，那就是在日常生活中尽量“虚化”它，比如在关帝的背后安放一只狐狸。

“过渡期”历史的另一面

熟知近代掌故的人都知道,《采菲录》乃是至今为止收集缠足评论最为详尽的一本文集，同时也是观点最受争议的一本文集。因为当时缠足在公共舆论中已被贬为陋俗，文集中却多录奇趣诡异、惊世骇俗之论，读之每每让人拍案叫绝。其文本采择缠足史料不偏不倚，既有旧式文人嗜癖小脚的淫词艳语，也有对缠足之丑的刻薄谩评，对视缠足为美俗与恶俗者之议论均有载入。这既显示出作者均衡兼容的立场，同时也难免会被误解成有为缠足辩护之嫌。编者姚灵犀曾为20世纪30年代天津休闲刊物《南金》创办人，他在天津一家娱乐性小报《天风报》副刊《黑旋风》上主编了一个专栏,名字就叫《采菲录》。《采菲录》成书出版时，副题为《中国妇女缠足史料》。没想到初编出版后，就颇遭非议，舆论斥之为“专写妇女缠足的风流韵事”，甚至诋编者为“拜足狂”。

姚灵犀因此在续编自序中被迫做出反应和解释，对于那些“以此为提倡缠足相责难者”，姚氏表示不能缄默无言。他随即提出了一个尖锐的问题:“时至今日，缠足之风岂一编提倡所可得乎？”宣称编辑此书的目的“原欲于纤趾未尽绝迹之前，搜罗前人记载，或赞美之词，或鄙薄之语，汇为一册，以存其真，更取纤趾天足之影，弓鞋罗袜之属，列之以图，附之以表，使阅者知所印证，引为鉴戒”。目的纯粹是为风俗史研究者进行参考。这里随即又扯出了一个颇令人棘手的问题，即面对行将消失的风俗，一个历史观察者到底应持有什么样的感情尺度。

传说中的中国历史上第一个缠足女子——南唐窅娘

一提起“缠足”，现代人的脑海里马上会条件反射出一个古代畸形妇女的形象，各种文学和纪实作品中对缠足妇女双脚备受摧残的反复申诉，已变成旧中国黑暗生活的标准写照。与之相对比，处于另一极的“天足”女性却占尽了心理优势，成为印证女性解放的鲜活证据。几乎很少有人注意到，天足形象与一个世纪前文人笔下的小脚美妇形成的巨大反差，终于使生活在 20 世纪前半叶的两万万中国女性从“美”的化身沦为了丑陋无比的“弱势群体”。可历来的舆论和近代研究者却对此群体遭受的身份与情感的巨大崩落过程置之不理，不愿抛洒一点同情之泪，他们宁愿把所有的鲜花和赞美抛向了享受“天足”愉悦的女性们。

物不平则鸣，20 世纪 30 年代有个叫老宣的写手终于挥洒出了一纸荒唐言，他说“缠足”与“天足”之分应有一个时代界限，依当时之境况评价美丑的分野才是正理，因为“以古人的眼光议论今人的是非，固是顽梗不化，用今人的见解批评古人的短长，更是浑蛋已极”，“当今视为圣人的天足妇女，早出世 30 年，她们的祖父母，难免不会因为他们家中妇女脚不小，视为奇耻大辱，我们以古证今，更不当对侥幸的她们，妄加推崇！所以美的观念并无一定标准，随一时多数人的习俗眼光就是美。看熟了，就是美，看不惯，就以为丑而已”。

这段话出自《对于〈采菲录〉之我见》一文，其调子与现代化的主流声音极不合拍，很容易让人误判为“拜足狂”的同党。不过我倒认为这位老兄面对已经被凝固化的历史观提出了一个重要的问题，即历史如何“情景化”的问题，因为我们现在看待历史的方式多少有点“成王败寇”的心态，经过现代性目光的反复过滤筛选，有些论者把复杂的历史现场刷满了“善”“恶”二分的黑白对比色，却还自欺欺人地处处打着发现客观历史的招牌，让人误认为这“现代眼镜”下的历史就等同于“那个时代”的实况，他们没有意识到，缠足女性的丑陋恰恰是被一系列的现代程序“制作”出来的。正如缠足之美亦是在前现代的语境下被制作出来一样，它们分属不同的历史情境。

令人叹服的是，《采菲录》对两种情境的评论均有观照，文集中有述缠足之乐极尽美轮美奂者，如《相莲经》所谓：“双钩翘然，微露膝畔，红尖一角，纤瘦如菱。”再所谓：“房栊深掩，玉盆中注兰汤，背人轻濯双莲，时闻红中蘸水声，若竹梢泄露，濯毕抱膝展素帛，作春蚕自缚状，潜以玉尺偷量，恰在增一分则太长，减一分则太短之折中度数。”更有高呼小脚万岁者，搬出“穷变通久”的古意，歪批“因势利导”的原则，所谓“盖足自具可缠之性，人但因势利导，顺理成章”，高唱“缠足之乐无疆，缠足之福实大，缠足实为舒心快意之事，缠足更为消愁解闷之方”。字里行间喧腾着一股刁蛮的才气，可视角全是男人窥视偷情的目光和意淫的想象。然而谁又能否认，在那个特定场景之下，缠足的确给人带来了美感呢？

缠足被刻意进行由美转丑的现代“制作”，传教士可谓是“始作俑者”，一开始传教士认为，妇女缠足限制了女性走出家庭奔赴教堂，无疑对灵魂的洗脱不利。不久传教士又倾向于把缠足看作是应在医疗领域中予以观察的行为，试图直接建立起缠足与“疾病”表现症候之间的关联性，从而确立起了一种评价缠足的“卫生话语”。当时像《万国公报》这样的教会报纸曾经连篇累牍地发表文章，批评缠足是戕害女性身体，导致女性健康衰弱的祸首，这种舆论迅速在知识界传播开来，成为主流声音。如《采菲录》初编序言的作者陈微尘医生的话就很像标准的“传教士＋卫生话语”，他说缠足女性由于缺乏运动，“气先不足已成定论，加以足帛之层层压迫，使血管受挤，血行至足，纡徐无力。一人每日之血液，本应环行全身一周，若在足部发生障碍，则其周流必生迟滞之弊”。于是各种疾病纷至沓来，都和缠足攀上了或远或近的亲缘关系，有的说缠足是害所谓“节片淫乱症”

（fetischismus）的表现，有的认为缠足应为中国疯癫和灾荒的频繁发生负责。

不过具有悖论意义的是，医疗视角的介入其实并没有充分的科学证据证明缠足与健康优劣有什么直接关系，当时非常有名的西医传教士雒魏林在一份报告中就表现出了这种狐疑的态度，比如他说出的这段话真是既罗嗦又暧昧：裹脚的折磨以及其难以为人察觉的后果对健康和安逸带来的危害，也许并不比西方的时尚给妇女带来的痛苦为甚。尽管如此，医疗卫生评价体系的流行确实对缠足的传统形态实施了“丑”的再建构，这种体系使“缠足”与“天足”的区别从仅仅是不同的审美类型，转向了“美”与“丑”的二元对立状态，从而彻底隔开了与“性审美”的实际联系。道理再清楚不过，无论是“天足”还是“缠足”，在赤裸裸的解剖学透视下，只有生理上的公共差异性，没有私人化的审美意义上的差别。结果，解决生理差异性的办法就是寻求女性在生理上与男性平等，而忽视和压抑其原有的身体形态的性征表现，由此展开的“欲望的规训”终于成为近代中国女权主义的滥觞。

在研究 18 世纪以后西方医学的变化时，福柯曾经发现，西方近代医学总是把一些不可见的疾病症候通过医学表述为可见的，医学经过凝视与语言，揭露了原先不属于其管辖之事物的秘密，词语与物体之间形成了新的联结。更重要的是，医学视角不但重新设置了“正常”与“不正常”的边界，而且赋予了它社会意义，甚至与国家利益和政治动机也建立起了联系。18 世纪以前，治疗和健康的关系基本上被限定在属于医学范畴的圈子内，它和社会秩序是否正常的判断没有太多关系。换句话说，“医学”更是个人化、家庭化的选择，没有人把它硬拉到社会秩序的维持这个层面上来考虑。18 世纪以后，健康—病态的二元对立从医疗语汇扩散为一种社会行为，人们在社会中的行动甚至心灵活动也被用此二元结构加以区分。人们首先想到的，并不是在历史特定情境下的行为意义，而是由现代性视野内所规定的正常与非正常的两极表现。

传统中国妇女的一双小脚一旦被置于健康—病态的二元框架里加以审视，就会完全超出传统审美的范畴，进而层层被赋予日益复杂的社会内涵。如早年的官方话语就已反复暗示缠足与国运兴衰的关系，张之洞还仅仅是讥缠足使“母气不足”，袁世凯则已说到了缠足“其于种族盛衰之故，人才消长之原，有隐相关系者”这个程度。到了基层知识分子的嘴里，缠足女性又罪加一等，不仅要为女学不兴，民智不育，乃至国人智商的高低、体质的强弱负起责任，而且更要为“国势不昌”承担罪名，以至于各种煽情的结论愈来愈耸人听闻，好像马上就要“举国病废”，到了所谓“四百兆黄种人”瞬间要沦为牛马和奴隶的最后时刻。

进入晚清后期，缠足与国弱民穷的关联性就不是什么“隐相关系”，而是可以大说特说的直接因果关系了。一位四川地方官的表述更加直白：“女子缠足，就会把一国的男子，天下的事情弄弱了。”这种上纲上线的说法大多或间接或直接地源自传教士大胆的医学想象。至于缠足与弱种退化之间素有关联的无稽之谈，则更像是在医疗想象之外，平添了一种政治想象，根本无法加以验证。

在这样的氛围里，缠足女性一下子变成了万恶之源，她们恰如吸取男人阳髓的狐精，要为天下兴亡负如此之大的全责，这简直就是变相的现代“祸水论”。如果再说得严重一点，也可以说是男性中心主义话语。因为在这种评价的尺度内，天足妇女也不过被看作生育的机器，而没有女性作为主体自身的位置，其区别仅仅在于，缠足女性担负着家庭道德的象征角色，而天足女性则以隐喻的形式体现民族主义人种延续的实践角色，两者均是男性权力操纵的结果，只不过男性权力分别被贴上了“传统”与“现代”的标签。

如果再稍作申论，缠足女性的身体是在政治化的过程中被改造的，它其实是不断变换的政治需求的载体。这一套身体政治化的策略运作与女性的个体自主意识无关。当年老宣就呼吁：“劝人不缠应当以天理人情为题目，不必高谈阔论离开当前的事实，用虚而且远的‘强种’或‘强国’做招牌！说着固然是冠冕堂皇，好听已极，怎奈打动不了愚夫愚妇心坎！应从女性个体对缠足的感受出发立论，以免用高远的政治口号遮蔽了普通百姓的真实感受。”老宣发现，北平各处天足妇女所生的儿女，并不比缠足妇女所生的特别健康，缠足妇女的死亡率也不高于天足妇女，而且天足妇女的疾病也不少于缠足妇女，所以国家的强弱“在人民智愚勇怯，在内心而不在外形，更不专在妇女的两只脚上”。

健康—病态的二元框架也重新分割了“美”“丑”观念相对峙的内涵，同时又想极力剔除女性“性征”对现代社会秩序的危害性，对缠足中所表现出来的女性“性征”的欣赏，原先只具有私人化或家庭化的特征，可是在现代社会的医学管理观念中，对缠足的审美行为却有可能对社会秩序甚至国家利益造成威胁。因此，对天足优点的鼓吹一方面是在女性解放的大旗号下为足部松绑，另一方面又刻意强调在男女平等的意念下尽量消灭女性的特征，女性解放的这把双刃剑终于使缠足具有的审美内涵，经过卫生解剖观念的筛选，使女性重新变成了男性“管理的对象”，只不过这种管理不是在家庭和传统的社交视界内，而是在国家强盛和种族延续的意义上被重新定位。

近代以来，西方医疗观念对缠足内涵的“性征”意义带有“禁欲主义”色彩的贬斥逐渐扩散到了服饰穿着和社交礼仪等方面，出现了与男性趋同的社会风气。这很容易让我们联想到 20 世纪 50 年代以后出现的有些并不适合女性从事的职业中出现了不少新女性的面孔，其意义仅仅是想从生理特征上建立起与男性平等的表面关系。

有些历史读物中写满了激昂亢奋的现代化故事，可这些故事始终给底层的人群投射出的都是一幅幅背影，而且即使能模糊看到这些背影的存在，也只能是同一尺寸的批量描绘，如量身度做的“农民英雄”形象之类。却透视不出不同阶层的人群千差万别的日常境况，更别说他们的细腻真实的快乐与幸福、失落与忧伤。平心而论，现代化发轫伊始，即是以忽略弱势人群的境遇为代价的，但我们的历史观有时仅仅从总体入手评价其终极效果，而忽略了所谓“近代过渡期”中不同人群的历史处境及身心感受。我们缺少的正是对变迁中普通人群所付代价的同情性理解，并把这种理解转换为一种严肃的历史反思和分析。在这样的习以为常的历史观支配下，数千万缠足女性在放足过程中的呻吟与挣扎被压抑在了历史记忆的深处而发不出自己的声音,对由“缠”到“放”这中间地带的追忆被无情地抹去，变成了一纸空白，读这种“规律性”铸就的历史，容易造成某种阅读惯性和惰性，让人变得心硬如铁。

感谢姚灵犀！《采菲录》改变了我们越读历史血越会变冷的麻木感觉，尽管《采菲录》收录了不少驳杂斑斓的淫词艳曲，但其中也采择了相当一批当时为缠足妇女请命的文字，如邹英在《葑菲闲谈》中对缠足女性痛苦与愉悦心理相互转换的描述，就颇符合当时的真实历史状态。如邹英所言，在小脚盛行的那个时代，妇女们在裹脚的时候，即使痛苦的泪水直流，“待到双脚裹小之后，博得人人瞩目，个个回头，在家时父母面上有光辉，出嫁后翁姑容上多喜色，尤其十二分快意的，便是博得丈夫深怜密爱。所以在那裹足时代，凡是爱美的女郎，没有一个不愿吃这痛苦的”。

此话今人看来实属大逆不道的“怪论”，然而却是当时女性的真实心态。今人往往用变化后的眼光去揣摩评估过去人的心思，最终缺乏对历史现场事件缘由的同情性理解，也就难以把握“过渡期”历史转换的真相。而姚灵犀的采择标准却很独到，他把处于不同时期缠足女性的见解平行加以推介，特别注重从“缠”到“放”过渡期女性的亲身经验及其感受，关注她们的痛苦和需求，读起来让人心热。如有位叫余淑贞的女士就认为缠足女子固然深受痛苦，但是变革期的缠足女性除遭缠足的惨毒外，还要身受放足的痛苦，纵然勉强解放，一到寒季十之八九会犯冻疮，到了春天溃烂得无法移动。结果“唯及早复缠，仅肉部做不规则的扩张，绝难增加足力。倘御大而无当之鞋袜，更似腾云驾雾，扭扭捏捏，东倒西歪，转不如缠时紧凑有劲”。余淑贞的建议是，天足之大方既不可改，毋宁略事缠束，以玲珑俏利见长，犹不失旧式之美。不要以为这仅仅是复古怪论，它实际上流露出了对弱势女性的真正体贴，每读到这类文字，我都会涌起一阵莫名的感动。

按经验而论，半大足行走最为困难，缠小了反而容易行走，故时人云：“其不利于行者，多为裹僵之半大足，若紧缠之真小足者，步履反极便捷。”但那时的行政当局往往不分轻重，“禁缠”与“放足”均以“一刀切”的年龄为断，当即就有女性站出来说话，说“放足”与剪辫不同，当街逼剪，一下可以了断，而大多数缠足女性已成断头难续之状，“放足”之后反而难以正常生活。加上各地反缠足黑幕中甚至出现沿街鞭足，拿缠足女性取乐的镜头，更有贪污罚款的虐政曝光，所以才有了如何使“放足”妇女减轻痛苦的大量议论。另外，缠足痛苦的程度还取决于缠裹时的手法，比如在一篇题为《缠足小言》的文章中，就详述缠足疼痛与否的关键有“熟脚”“生脚”的讲究：“骨又有软硬之分，骨硬者不易裹，易软者易裹，易裹者越裹越小，越小越不疼，妇女谓其脚裹熟矣，不易裹者，一裹即疼，越疼越难裹小，妇女谓之生脚。”没看《采菲录》之前，我还真不知道缠足背后有如此多的讲究，不了解这些讲究，就不会准确知道缠足女性当时的心态，更不理解缠足女性在这期间遭遇到了多大的苦楚。

近代的缠足妇女

民国初期，有关“天足”与“缠足”的舆论正处于激烈较量的时期，虽然社会风气转变之快，使“天足论”在精英圈内已占据优势，但底层风气转换显然慢了半拍，这使得“缠足论”时时发起的短促突击颇能奏效。就拿女子体态来说，在持有不同审美习惯的人看来，确有见仁见智的效果，“天足论”以体态美丑攻人，显然占不到便宜。所以“缠足论”者反驳说：“故雅观不雅观，须就各样体态范围内而评定优劣，不可以龟鹤同列，而比较其颈之短长也。排斥者取缠足之拙劣者为标准以相讥，驳之者假使取天足之最笨滞者以相稽，其不哑然失笑乎。”

这就是那个过渡期的舆论状态，一切事物均没有定型，一切变化均没有定论。新与旧，美与丑，善与恶的伦理标准亦难定位。据《采菲录》中的记载，一些年龄偏大的缠足妇女往往以复缠的方式恢复自己理解的美态与舒适，这不但是那个过渡期的普遍现象，也是女性的自觉行动。如当时的复缠女性严珊英就曾在《复缠秘诀》中小心翼翼地说：“以未缠者缠，固属环境所不许，然已缠者之永葆此宝，与夫已放者之重加缠束，藉返其固有之美，则人各有志，似亦未可厚非。”

那个过渡期出现的“缠足论”与以往缠足鼓吹者的最大区别在于强调缠足的现代审美意义和内涵，如有一篇文章的题目就是《谈美和金莲》，文中旁征博引，专举列夫·托尔斯泰与苏格拉底这样的文豪对美的定义为缠足之美加以辩护。严珊英更把“金莲”的缠法分为“古式”与“近式”，增强了“缠足论”的时代感觉。她说：“金莲虽有认为古式美者，然亦有时代之价值，如光宣前犹尚弓底，民初则尚平底，今之复缠者，自应就近代式，刻意缠束，果能尖瘦称是，则底平趾敛，亦列上品。”这是复缠方式迁就现代审美趣味的特例。所以新法行缠，务求极度尖瘦，不求极度短小，而且也开始用现代卫生观念作包装。如复缠后要求多饮开水，多吃水果蔬菜之类，禁吃辛辣浓茶咖啡及其他含有刺激性的食品。

由此可见，转型期的言论，尽管反映出相当一部分民众的真实心态，却经过舆论机器的有意筛选被排除在了中心话题之外，难免有边缘化、碎片化的命运，需要有足够耐心的历史研究者把它们重新拼贴起来予以辨析。“转型期”这个词国人并不陌生，但国人心目中的转型概念是在欣赏对“封建迷信”打击的快感中获得的。只要能够满足现代化进程的效率，弱者的呻吟不过只是为美好旋律伴奏付出的些微代价而已，可以轻描淡写地忽略掉。

如此一来，太多“规律化”的事件使我们习惯于变得如此心硬，心灵感受弱者在历史角落中呻吟的能力脆弱得还不如几十年前的姚灵犀。我手头有一本 1998 年版的《采菲录》选本，这个选本打着全面保存四册《采菲录》中具有史乘价值资料的旗号，实际上仍明显倾向于收录丑化缠足与劝禁缠足的史料，完全无法反映缠足女性在过渡期的抗争命运和复杂心态。这不得不使我们发出疑问：难道我们还要继续心硬下去吗？有鉴于此，我开始考虑拒绝使用“转型期”这个词汇，而宁可使用“过渡期”这个相对中性的表述，虽是一词之差，但自以为颇有深意焉。

第二味

道德作为“意识形态”的活力与限度

2002年是梁启超《新史学》发表100周年的纪念年份，借这个机会，一些不同学科的学者在北京香山发起组织了一次纪念会议。回想起来，那会议的题目听上去有点“耸人听闻”，叫“中国需要什么样的新史学”。史学界以如此正面交锋的开放姿态面向其他学科的挑战，似乎以往颇为少见。会后听人议论说，这“引狼入室”的行动透露出史学界老大帝国式的僵化格局终于开始发生动摇了。

20世纪90年代以来，不仅史学界开始不断引进西方社会科学理论，而且不同学科的学者也纷纷介入历史研究，最初他们仅是为各自的学科寻找长时段的演变源头，后来则开始提出自身独到的历史解释，他们的“越界”参与又使得历史学科内部被“殖民”的危机感愈加强烈，比如思想史领域近年就被文学出身的学者不断介入，他们新见迭出的强势姿态掀起了阵阵波澜，同样触动着历史学家那根敏感的神经。这次会议邀请了九个学科的学者共同参与讨论，讨论的过程中可谓争议频出，锋芒时现。不同学科的高手过招碰撞得火花四溅，场面真是精彩纷呈。由于学术理路的不同，对历史理解的差异势必形成对话与争议并存的局面。其中法学家朱苏力提供的一个异类文本就成为争论的焦点之一。

苏力的论文讨论的是中国著名的戏剧《梁山伯与祝英台》的

故事。他的主要观点是：梁祝的悲剧不仅应该从主张婚姻自主与妇女解放的近代知识人和当代“小资”的角度加以理解，还应该从制度合理性与历史情境之间关系的角度加以重新解释。他提出的一个质疑是梁、祝两人当时的年龄只有十四五岁，根本不具备生活自理的能力，中国古代的交通和社会交往空间又使他们的活动范围受到极大限制，这些困难都使得梁祝不具备当代“小资”般卿卿我我的亲密条件。结论是在当时的历史条件下，“包办婚姻”作为制度安排具有相当贴切的历史合理性，梁祝的悲剧即在于生非其时，作为例外被这种历史合理性所压抑，悲剧不在于其自由恋爱的行为是否正确，更在于是否具备这种恋爱的条件，对“自由”的理解恰是历史境况塑造的结果，不具备放之四海而皆准的内涵。

苏力的观点乍一看貌似为“包办婚姻”辩护，听上去颇感

20世纪50年代范瑞娟和袁雪芬主演的
越剧《梁山伯与祝英台》剧照

刺激也挺新颖，极易为标榜政治正确之正统人士所诟病，幸亏场上没有迂腐的卫道士露面指摘，否则他难免被戴上什么“政治不正确”的帽子。不过其论点还是马上遭到人类学家的质疑，他们认为苏力的论说是一种典型的“功能论”的观点，似已过时，又有人把它归之于“后现代”阵营。其实事后在发展成书的《法律与文学》中，苏力并未否认他的解释具有“功能论”的色彩。我个人倒是觉得把某些“道德”问题放在一种功能论或制度主义的分析框架下加以理解，比仅仅把道德看作是意识形态本身，然后予以空洞的批判和说教式的评析显然要高明得多，更何况苏力的“功能论”解释往往与其历史的精敏感悟力时时相连，从而没有走向一种结构主义式的解释歧途，这恰恰是我所最为赞赏的。

苏力的“功能论”不仅强调的是物质力量对历史意图实现的制约，还特别强调个人的主观性在这种制约条件下所能做出的选择和遭遇的困境，其中他对大量中国公案戏剧中各种官员处理案件时所遭到的现实处境往往能用相当敏锐的体察心境去加以理解和分析，其曲折微妙的体悟和对这种体悟的精细解读和认知尤为精彩。特别是苏力想回答的一个核心问题是：为什么官员的努力在现有的历史制度下只能用某种道德支配的形式来加以完成？换个说法就是，道德作为一种“意识形态”本来可能仅仅被限定在狭义的文化层面上发挥作用，可在中国为什么却偏偏会取代法律成为一种异常强大的支配性力量呢？这也是我自己困惑已久的问题。

在中国古代社会中，最使那些帝王操心的事是如何有效地统治更广大的区域，无论何种形式，是道德灌输还是技术统治都必须在这个维度上加以领悟才能抓到关键，“道德”在多大程度上起作用，这种作用的程度和法律的作用相比到底孰大孰小也必须在这种状态中理解才有意义。问题的焦点还是在于“道德”作为一种意识形态为什么会长期代替法律发生影响。苏力多次提到了制度经济学家诺斯关于意识形态的理论。诺斯认为意识形态不是一个空洞的口号，而是一种减少治理成本的资源和工具。如果把诺斯的说法转而观察中国,就会发现用“道德”比用“法律”在治理成本上要低得多，至于低多少，当然不能仅仅从经济学的数字演算中得出准确的估计，却可以从历史的变化中捕捉其痕迹。

从历史上看，秦朝基本的治理原则是督使民众个体之间相互监督，这样可以在群体紧张猜忌的气氛中提高统治效率，减少成本。统治者想象着用此办法可以如渔翁般坐收其利。但是奉行人性持续交恶的治理逻辑，控制成本其实是很高的，真正实施起来往往坚持不了多久，效果自然也不会理想，既然假定人性险恶，除相互揭发之外，作奸犯科的可能性同样会增大，因此必须花心思动用同样邪恶的吏治手段。

秦政的严酷一度给人效率颇高的印象，因秦王及其行政机构几乎可以在村庄一级直接派遣官吏进行控制，直到汉初，最低一级官吏如亭长都是县长直接委派的。这样一来，所谓地方自治事实上根本没什么缝隙。这需要两个条件：一是空间控制的范围相对狭小。打开地图可见，两汉时的实际统治方圆距离基本不超过淮河以北，淮河以南的广大地区虽已设置属郡，但多由当地土著控制，有点后来土司制度的意思，属文明尚未被化之地。二是实际统治区的人口分布相对稀少。

秦的迅速灭亡证明单纯依靠人与人之间相互猜忌以维系统治状态的治理技术显然是失败的，这点连顾炎武都看出来了。他说如果“废人而用法，废官而用吏，禁防纤悉，特与古异”，必然会造成“人之才不获尽，人之志不获伸，昏然俯首一听于法度，而事功日堕，风俗日坏，贫民愈无告，奸人愈得志”的局面。

西汉的情况似乎要好得多，人们最常提的是“罢黜百家，独尊儒术”这句话，仿佛儒术在这时就已独霸天下，其实这是过于乐观的看法，儒在汉朝地位显然不高，仍是属倡优一类的人物，汉高祖刘邦还往儒生的帽子里撒尿，武帝尊儒也不过是口头说说而已，当时的儒生似乎很善于糟蹋自己，只要看看他们怎么制作出大量的谶纬假经去拍汉帝的马屁就够了。余英时先生曾提到西汉循吏已注意推行“教化”，且不说这只是个别现象，其“教化”的条规也一定不规范，未必都是儒家认可的内容。

说到“循吏”，我有一个想法是，“行政道德化”与行政以外靠道德维系的自治状态应是两回事，尽管两者关联密切，却是历史逐渐演变后的一种结果，不应该混淆对待。“行政道德化”基本是官僚制度内部的事情，比如循吏在处理棘手公务时也许会心血来潮地忽然想到是否可以用软化的道德去规劝众人，那很可能是他个人一时的兴致而不是制度本身所蕴涵的实际要求。特别是宋朝以前的吏治系统更是如此。行政事务被道德化实际上发生在宋朝以后，儒家规条在基层自治中真正发挥效用时反过来变成了行政程序的一种实施策略，而不是行政体系内部早期就生发出的自然要求。

几年前，我曾经提出过一种“儒学地域化”的思路，试图论证说儒家实际发挥作用是从基层非官方的民间儒学开始发动的，宋朝以后的儒学曾经星罗棋布般地在各地萌生出一种基层复兴运动，他们的论说形态和官学主流完全不同，他们通过在底层收徒讲学，用宗族等民间组织的形式把这些讲学的内容灌输到民间，才真正使儒学可以在世俗化的日常状态下被普通百姓所理解和使用，然后再慢慢渗透回行政机构，变成“行政道德化”的资源。突出这点非常重要，因为我们总在复制着一个历史错觉，好像汉朝就是儒家治理的天下了。

汉朝皇家实际仍继承了秦朝遍地普设官吏的制度，结果造成“兴讼”不断，既然假设人人都是罪犯，鼓励相互告密，那些官吏们就要疲于奔命地应付各种不轨的行为，这样在面对潜在恶人的威胁时，不但吏的数量和能力显得不敷应求，老百姓费于诉讼上的精力和时间也是惊人的，即使某个大官偶念民间之艰辛，说一句别上告了，干脆你们用村里的规矩自己协调解决一下就算了，这也纯属个人行为，与制度无关。

现在可能谁都知道用“道德”替代“折狱”可以节省制度成本的道理，古人向往的是“无讼”的社会，如果做不到“无讼”，至少也应尽量在官厅外“息讼”，不要打上公堂拼命。费孝通先生曾经用足球赛做比喻，大意是说，比赛足球时只要裁判吹了哨，判定谁犯规，谁就应受罚，最理想的球赛是裁判员形同虚设，因为每个参赛球员都事先熟悉规则，并自觉在心中不逾规矩地加以遵守。这样就使裁判督导的成本大大下降，至少他不用气喘吁吁地跑来跑去浪费热量，投入的精力也少得多。

古代的官吏就好比裁判，民众就好比球员，球员表现规矩就相当于节约了一部分雇佣裁判的成本。当然，“无讼”社会的形成绝非一朝一夕之功，底层的士人和普通老百姓一直在为此想办法，宋朝蓝田吕氏乡约这个民间规则算是第一次让球场上的球员自己定了规矩。球员是否自觉遵守当然需要时间，裁判也不会一下子就大撒把地不管不顾，保甲连坐法始终是官方提倡的规矩，官不信民是常态，至少表面上保甲永远比乡约的自主规则显得重要。

不过保甲连坐的出发点以后还是被悄悄改变了，明朝王阳明创十家牌法，其中主要讲“每日各家照牌互相劝谕，务令讲信修睦，息讼罢争，日渐开导，如此则小民益知争斗之非，而词讼亦可简矣”。这段话的着眼点还是“息讼”,建立一个“无讼”社会，可见认识的前提都变了。首先是寄望于百姓自己守规矩，当好“球员”,那意思最好百姓自己在村里把矛盾化解了,“裁判”可以不要，保甲连坐随即变成了吓唬人的一张狼皮。

王阳明是心学大师，他当然懂得操控人心的最佳尺度应该设在哪里，也懂得人心的相互制约可以节省治理成本。这样看来，王阳明的心和“裁判”制度的变革是相通的，至少是默契的。这可以从“裁判”数字的变化中反映出来。如果仍把帝国比作足球场，那么，“裁判”（官员）在“球员”（民众）中的数字比例随着朝代变化在逐年减少。比例从西汉的0.22%，东汉的0.27%，直到唐朝的0.70%，“裁判”总数都在十几万上下。

但令人惊讶的是，宋以后“裁判”人员锐减到了3万人，占“球员”比重的0.09%。清朝《大清会典》中更是只罗列了2万名公职人员，而晚清的人口数字已超过4亿。这就像每2万个“球员”只拥有一个“裁判”。再看欧洲国家的情况，法国1665年，人口总数2000万，国家官员有4.6万人，这意味着每500人中就有一个官员。法国大革命前夕，法国人口4000万，官员有30万人，每千人中有7.5人是领受政府薪水的雇员。

现在都知道，古代中国统治主要靠一些不领政府薪水的士绅阶级来维系，再辅以宗族等非行政组织。所谓行政外的道德自治主体指的就是这群人，他们的行动常常起着实际“法律”的作用。我们又知道，中国近代改革进程的一个总体思路就是多设行政“裁判”，这颇符合现代化进程所要求的科层官僚密度应加大的原理，好像“裁判”数目只要越来越接近当年的法国，咱们的幸福日子就来了，结果却比预料的情况要尴尬得多。最后经常闹得原来习惯自我约束的“球员”有点不知所从。我认为，关键的问题不在于“裁判”数目的增加，而是哪些场合比较适合这些“裁判”出场，哪些场合应是无“裁判”的状态，这界限应该设在合适的地方。所谓“秋菊式困惑”的出现就和此懵懂状况有关，当秋菊把属“人民内部矛盾”的村长告上法庭，双方变成了“敌我矛盾”时，按现代的“裁判”原则她算赢了，可按村里的规矩她却输得无法做人，因为她的事本不归“裁判”负责，她却破了这“无讼”的规矩。

苏力的《法律与文学》这本新著讨论的核心论域就是道德作为一种制度的活力和限度的问题，这延续了他以往论著的理论关怀，但细读之后，感觉多年的困惑仍没有得到根本解决。苏力的困惑无疑是源于历史和现实所遭遇的双重尴尬，他一方面强调古代官员习惯于仅靠道德进行自我约束，缺少现代科技的训练和侦破技术，所以导致冤案时有发生，暗示作为当代“裁判”的法官增强职业训练的紧迫性。同时他又设身处地地力图显示，古代官员虽屡次遭遇“道德困境”，可仍无法否认道德支配在具体历史情境中始终具有难以替代的价值平衡作用。他承认自己用了一个相对主义的叙事策略，却没有具体回答在现代社会中，法官及其律例在什么样的界限内充当“裁判”才是合理的。这界限的设定又在什么意义上，可以防止那自古就协调着社会机能的道德价值不会毁于一旦？

苏力处理的另一个问题是关于历史的真实与文学的虚构之间的关系问题。由于分析的材料都是戏剧，他必然面临着自己对戏剧内容的分析到底在多大意义上反映出的是一种历史的真实？这个问题不容回避。苏力的解释是，戏剧反映出的可能恰恰是某种一般性的共通心态，不必苛求这种心态与历史真实之间是否能够严丝合缝地一一对应，只要抓住其主要精髓就可以了，因为这种精髓已足以显露历史真相，戏剧同时还是传播意识形态的渠道。

道理虽简单如此，可事情却远为复杂。我一直以为，历史与文学的区别就在于，历史真相由于主观的不断介入而无法完全获知，这虽然已成共识，但历史的技艺由于注重证据的解读，从而对主观的随意想象进行了有意的抑制；而文学恰恰相反，它是对想象的肆意释放。因此，两种文本摆在一起，差别仍一目了然。我的意思是，如果承认戏剧中的想象成分必然要远多于对历史事实的复原的话，那么你的论点可能也同样更多地建立在一种想象的基础之上。戏剧中所蕴涵的想象成分无疑是其焕发生命力的基础，因为和相对真实的历史创作不同，戏剧不仅如苏力所说是一种意识形态传播的载体，更多的还应该是普通老百姓表达其情感的工具，这种情感往往正是其现实中无法实现的某种要求的反映。

最明显的例子莫过于充斥在戏剧和话本中的杨家将和岳飞的故事。宋朝是中国历史上最衰弱的朝代之一，民间却到处流传着各种捍卫疆土的超人式英雄传说。戏剧中表现杨家将神勇无敌的种种传奇，恰恰补偿的是宋朝兵弱将衰、文人领军屡战屡败的心理压抑感。岳飞的传说同样有此效果，历史上的岳飞对金人胜仗不多，对内镇压民乱倒是几次得手，基本属外战外行之类。当十二道金牌招他回朝时，他回师一方面是慑于皇命难违，一方面也确实无力北进。连后来的乾隆在《御批纲鉴》中都看出岳飞此时已是孤军深入，侧翼已失去支援。可普通百姓仍固执地想象如果岳武穆挥师进兵，收服中原指日可待。

不仅在戏剧中岳武穆的能力被夸大，功夫片里的造型也有类似的味道。近代中国人在枪炮上打不过洋人，就会在历史的重述中下工夫找回面子，比如在拳脚厮打上一定会描写得比洋人厉害。霍师傅打擂和岳武穆伐金的神勇图像实际上是由同一个逻辑在支配着。特别是和日本人较劲的民族情绪还要追溯到甲午时期。当时康有为就说过，挨西方人打还能忍，遭蕞尔小国日本的欺负自尊心最受不了。我举这些例子是想说，在戏剧中，民众的想象塑造了历史，往往可能与真实无关，甚至与历史相悖。如果你把戏剧中的内容作为建构历史的材料，就有可能只是其想象的复原。这对历史认知是有危险的，还是慎重一些为好，至少要与其他的材料相互验证才有可能更接近历史的真相。当然，戏剧有不同类型，其反映出的历史面貌也千差万别，苏力引证的公案戏比其他一些传奇故事可能更相对接近某种历史的真实状态，特别是在诠释法律现象时可以作为拥有说服力的证据。这我相信，但那也许毕竟是一种特例。

儒学内在批判的现实困境

余英时先生的新著《现代儒学论》包含六篇旨趣相近的文章。与他以往的论著稍有不同，这些文字意在从更为广泛的社会和思想层面考察儒学的变化。他的基本假设是：明清时期开始的儒学内部批判，逐步使儒学呈现出疏离王权政制的迹象。文中举示出三个典型因素的影响作为立论的基本依据：（1）民间社会组织的出现；（2）富民论的发展；（3）新公私观的流行。这三个支撑要素合力开辟出儒家“日用常行化”或“人伦日用化”的新方向，成为明清儒学变革的新基调，经过清朝覆灭等复杂的社会转型，儒学最终退出了“建制化”（institutionalization）的诸多领域，结果是导致自身无法全面安排人生秩序，从此变成了“游魂”。本书在对儒学历史基调进行悉心把握之后，提出了有关儒学发展动态的基本构想。这一构想的要点是：把儒学传统的“内圣”与“外王”的贯通体系加以分离，使之分属于“私”（修身、齐家）、“公”（治国、平天下）两个不同的范围，“私域”以间接的方式向“公域”投射影响力，这样既可复原儒学的价值意义，又可兼顾政制的有效运作。把对明清儒学基调的寻究与对儒学未来的设计沟通起来，表明余英时先生的学术关怀已从古代转移到了现代领域。本书在史料的甄别选择上也力求从思想史贯注到社会史范围，以期打通儒学“形而上”与“形而下”影响的多个侧面，这一研究进路无疑是颇有新意的。限于篇幅，本文的分析旨在对余英时先生著作中有关明清儒学基调的观点略加申说，并对余先生构建当代儒学的若干设想予以简括的评论。

在这部著作中，余英时把明儒的价值取向与民间组织的建立联系起来进行观察，他在叙述明清儒学基调时说："阳明说教的对象根本不是朝廷而是社会，他撇开了政治，转而向社会上去为儒学开拓新的空间。"[①] 阳明学在历史上确曾推波助澜使儒学疏离了官学的轨道，不过据可靠记载，儒学的社会转型却非始自阳明，所谓儒学教化的基层系统至少从两汉以后就开始运作了。与之相对应，明清儒学中"致良知"的理念虽起源尚早，却无疑是受了禅宗一脉的启发与改造，其最为完整的表达和修炼至阳明始才完成。我有一个初步的看法，就明清而言，儒学对社会层面的系统性教化应与阳明心学通过个人体验的感悟过程区分开来加以解释。前者是群体制度的凝固，后者是个人体验的沉积，两个层面必须加以分疏，不可混为一谈。为什么一定要做此区分呢？因为透过历史的观察，基层教化从萌生状态到初显规模是一个相当长的历史过程，按标准的说法，至少可以追溯至汉代的循吏，余英时先生在《汉代循吏与文化传播》中对此已有精到的分析。循吏教化虽属官办，但"三老制"的基层治道风格已为后来树立了模本，经两宋以后乡约与宗族制的强化，到明清已基本定型，没有根本的变动。特别值得注意的是，即以乡约为例，从组织建构和伦理层面而言，在乡约仪

① 余英时：《现代儒学论》，香港：八方文化企业公司 1996 年第 1 版，第 10 页。

式中奖惩善恶的程序（如记善恶簿）及聚族合堂，冠、婚、丧、祭的程式里，我们几乎很难发现心学的直接影响，反而是被官方奉为正朔的朱子理学伦理原则在其中有所强烈体现。尤有甚者，乡约在宋朝吕氏兄弟的眼中尚是“德业相劝”的自治系统，到王阳明颁布《南赣乡约》时已不复为其原貌，清初陆世仪更提倡“乡约”与“保甲”合一的主张，乡约教化的角色更趋于淡漠，至晚清就干脆演化为军事组织了。①

由以上叙述可知，明清政府对民间的控制似比以往更加严厉，基层儒士也未尝不加以配合。由此看来，王阳明心学虽在理念上对政治加以疏离，但在实际运作中却透露出颇为复杂的品格。王阳明其实并非不讲政治，一句“破山中贼易，破心中贼难”表现了他在事功一层的抱负，但是就他提倡的总体修养理论——“良知论”而言，却具有太个人化的特征，从实质上说并没有在儒家组织建构（包括民间社会）方面有什么真正贡献。心学受禅家讲究“无念无住”“即心是佛”是直觉观念影响，心灵感受的强化与对外在仪式的本能拒斥，实际上只能加剧儒学在制度层面的无组织状态。明儒确实曾关注民间组织的建构，强调“百姓日用即道”，然而作为个人体验的心灵感悟始终无法合理地转变成一种群体的制度支持。“良知说”在明清时期也确实极易触发知识分子的党议与个体自觉，甚至促成社会精英潮流的世俗化，但其成圣基础的玄渺性又使得其不宜泛化为普遍民众的心理要求。即使是在当代，阳明心学也一直无法合理解

① 杨念群：《乡约与中国治道之变迁》，载《学人》第11辑。

决这一深刻的内在紧张。当时左派王学吸引贩夫走卒的情况并没有大规模发生，这与源起于两宋知识精英的大规模书院讲会形成了鲜明对比。这大概就是为什么当我们放眼观察明清基层社会组织时，几乎看不到心学影响的实质痕迹的缘故。

我之所以在这里对心学精英理念与基层组织教化在历史上所保持的距离屡加申说，是想证明所谓民间组织的构建与明清儒学的思想基调不一定是完全合拍的。这里需要补充的一点是：明清民间组织的运作是否比前代更趋于自治是颇有疑问的，其形式上的自主性无法印证其内部架构的自治状态。虽如萧公权所论，明初儒生如方孝孺早已表明对专制政府失望，希以乡族为起点先自教养，以代政府之所不能。[①] 然则从政府控制的角度而言，两汉以后版图延伸至长江以南，进而达于岭南地区以后，其自身统治形式发生转变亦是一大关键因素。两汉王权运作虽借儒家以为意识形态主轴，基层儒学却尚未风化民间，故仍是以刑律为主的治道。顾炎武在《日知录》中曾说过，版图一大，以严刑峻法控制就会显得很困难。可见儒学能在宋明融入基层，亦是政府自觉输导的结果，向德治转化乃是不得已而为之。转型之后的治道系统，犹如纳入官学组织，完全是一种变相的政府操作行为。有关这方面的又一根据是，朱熹在南宋仍被贬谪，至元朝始奉为正统，朱学初起亦为民间之学，它被立为官学后，方在政府教化政策的推动下成为家族教条即为明证。由此而观，乡制组织有可能是政府与儒学“合谋”的结果。换言之，亦可

① 余英时:《现代儒学论》,香港:八方文化企业公司 1996 年第 1 版,第 12 页。

能是国家在行政版图扩大后借助儒学势力再次“建制化”的表现。因此，我们仍有必要划分民间建制与明清思想基调的区别与界限，二者虽有联系却并非一定是共生的关系。[①]

下面我们以上述观点为依据，简略地评述余英时对儒学在当代如何定位的看法。余英时认为，从历史的角度上讲，明清儒学思想的基调是逐渐从“建制化”向“日用伦常”的方向发展。“建制”被取为广义，“上自朝廷的礼仪、典章、国家的组织与法律、社会礼俗，下至族规、家法、个人的行为规范，无不包括在内”[②]。儒家建制的整体在辛亥崩溃以后,儒学价值遂失去托身之所。另一方面，儒家不是有组织的宗教团体，并没有专职传教士，过去儒学的传布主要靠公私学校，学校又与科举网络联为一体。1905年科举制废除后，儒学的教化系统趋于式微直至消失。尽管如此，余英时仍认为儒家的道德资源不会随建制的崩解而泯灭，而是存活于集体记忆之中。明清以来儒家不仅不放弃“得君行道”的旧途，更转而向社会和个人生命方面去开辟新的空间，这就是一种可称之为“日用常行化”的新方向。余英时揭示的这股明清思潮基调可以说颇具新意，可是当他延伸这条线索至当代，并据以叙说儒学变革的未来前景时，却并未提出什么令人为之兴奋的新论，反而透露出了诸多的无奈。

根据对明清历史基调的把握，余英时对现代“日用常行”式的儒学前景提出了一个自称“大胆的观察”。他以为，儒学在现

① 杨念群:《儒学地域化的近代形态·导论》，北京：三联书店1997年第1版。
② 余英时:《现代儒学论》,香港：八方文化企业公司1996年第1版,第35页。

世没有必要再沿袭“内圣”直通“外王”的原始教义，而是要自觉地斩断其联盟，使之干脆断为两截：“用现代的语言说，修身、齐家属于‘私领域’，治国、平天下则属于‘公领域’。”[1]“公领域”不是“私领域”的直接引申和扩大，但是“私领域”中的成就却仍然大有助于“公领域”秩序的建立和运作。在公私领域的分际确定之后，余英时继续把“私域”的理念一直溯至儒学的源头，并以之作为现代儒学复兴的理性资源：“在儒家的‘私领域’中，‘修身’又比‘齐家’更为根本，这是原始儒学的真正始点，在现代依然不失其有效性。”[2]我们不难看到，对儒学历史的外在评析由此终于转换成了对儒学原始教义的内在护持，在守护“私域”语境的同时，余英时也悄然步入了自己曾极力拒斥的新儒家之行列。更为重要的是，这一儒学价值的当代解说也基本放弃了儒学对政治“公域”改造的传统责任，而退守到了“私域”之中，试图以个人的道德能力去影射政治体制的运作，这是一种相当典型的新儒学的思想设计。余英时对此的进一步阐发还表现为频繁地引述《论语》《孟子》中的古义，用以证明传统儒家的“修己”与“治人”是站在社会领导阶层（即“士”）的立场上发言。他解释说，从表面上看，这种论调似乎已不适用于今天的民主时代，然而任何社会结构都离不开一个领导阶层，领导层的品质在现代民主社会中就显得尤为重要。在这个意义上，“修身”变成了制度运作的必要条件，因为“徒法不足以自行”[3]。令人惊讶的是，余英时

① 余英时：《现代儒学论》，香港：八方文化企业公司 1996 年第 1 版，第 40 页。

② 同上书，第 41 页。

③ 同上书，第 42 页。

如此持论几乎与最传统的儒学理论若合符节，不但没有发掘出儒学践履的新意，而且把牟宗三由“内圣开出外王”中对政治民主技术的追求都放弃掉了。

我个人以为，余英时新儒学论的问题乃在于，他通过清理明清儒学思潮由“建制化”向“日用伦常”转变的内在批判的基调，试图转至创生现代儒学价值意识的进路在逻辑上虽然前后是一致的，但这种推论是否只可能维持一种“个人化”的路线？“日用伦常”是否完全是与“建制化”相对立的个人日常行为？如果回答是肯定的，那么余英时所反复阐扬的就仍然是一种个体化的良知意念，在这种意念支配下，“良知论”通过何种途径转变为群体意识和行为的关注则是注定要付之阙如的。如前所论，这种人格化的个体取向恰恰是前面所认证的宋明以来“良知之学”的内在理路。“良知之学”由于缺乏对儒学的建制性贡献，它只能作为个人道德资源的起始点而存在。与此同时，余英时又拒绝了重建儒学体制的可能，由此一来，他也就无可避免地把自己日益逼进了道德内炼的狭路中去了。

正是因为余英时基本上堵死了儒学复兴的“外王”路线而复归于纯粹的“良知显现”，尽管这种良知体认是借白璧德（Irving Babbitt）之口以类似的语式又宣说了一遍，故而我们仍不得不说，余英时对儒学的内在批判已变成了内在依附，他对未来的构想同新儒学一样终于接上了王阳明之后被“五四”批判所断裂掉的一环。余英时曾借白璧德的理论说明领袖修养的重要性，从表面上看，白璧德强调造就民主领袖所需的“人的品格”（man of character）与王阳明的“成圣人格”颇有相通之处，实际上两者仍有根本性的差异。民主领袖的品格认证往往有强大的民主法律制度作为制约，民主领袖只不过是这一制度的符号和代言人而已。甚至他的道德品质优劣，根本已无法影响民主建制的自主运行。随便举个例子，尽管道德水准高超仍是美国公众对领袖的一种理论上的普遍期待，可是今天几乎已无人保证美国总统拥有多高的道德水准，当今总统的绯闻丑闻接连不断即是明证。尽管如此，民主建制的程序却仍能保证任何一个总统基本上会按照公认的法律与社会标准去行使职责。道德期待只是民众期许的一个目标而不是现实,现实是“建制化”的制衡结果，这在西方民主制运作中已是常见的现象，没必要深论。

在这本新著中，余英时注意到当代新儒家大多钟情于良知体验一路,而有意无意忽视建制复兴的层面。[①]因为正是“良知论”以外的正统主流儒家如朱学与儒学建制紧密勾连，清亡后它们也随着王权被涤荡掉了。发掘和复兴正统儒学无论从何处着手都会遭遇极大困难，而致良知一脉的反叛性格却极易成为近代以来知识分子得心应手的舆论工具。令人深思的是，近代知识人直到余英时本人所遭逢的最大困惑，恐怕仍是传统儒学历代面临的如“修己”与“治人”之关联性这些老问题。从本源意义上说，“修己”即是个伦理学问题，在深度意义上也是个知识学的问题，“治人”当属政治学处理的对象，同时也是个建制问题。政治学意义上的“治人”，在历史上常常与“修己”的目标

① 林毓生：《“创造性转化”的再思与再认》，见刘军宁等编：《市场逻辑与国家观念》，北京：三联书店 1995 年第 1 版，第 230 页。

没有办法完全协调一致。先儒在春秋即有“王霸之辨”的说法，在道义上否定治人机器的暴力性。不幸的是霸道往往总是得势，王道虽一直是高悬的理想，可是在从“修己”达于“治人”的策略上则难有成功的事例。与此相反，儒学的这个老公式到了王者手里正好被倒过来使用，变成了先“治人”后“修己”，“修己”策略常沦为权力的粉饰与工具。这种王霸颠倒的政治化过程又往往是阳明学者直接批判的对象。从学理上说，阳明心学确是想把这个公式从王者之手再颠倒回来复归原位，所谓“返本开新”大概不出此意，尽管类似的尝试也几乎没有成功的先例。原因当然很复杂，择其要点而论，“修己”的前提是一种许诺和期冀，它希望人人皆有善根，有孕育良知的机会，只不过其表现总是预定论式的，儒家从不反问和测量善意在人格中构成的可能性和真实图景。这种预言式的期冀一到建制层面就变了味道。比如前述的乡约初起时完全是一种自愿聚合的社区形态，到明代却需靠书写善恶簿的半强制性方式维系运转，已完全不见“修己”的自觉自足状态。

令人不解的是，余英时在《钱穆与新儒家》一文中曾仔细剖视了新儒学一脉在哲学论证与心体感悟之间的紧张关系，并且确证心学道统观的宗教性格只能是极少数人的体验，无法泛化为普世的良知。他曾批评说，宋明理学道德之传衍，即以心性论为内核的儒家之道，得之极难而失之极易。[①] 就儒学道德在当代的情况而论亦是个人化的选择。可是在阐明中国文化的方

---

① 余英时：《现代儒学论》，香港：八方文化企业公司1996年第1版，第139页。

向时，余英时本人提供的答案却恰恰把这种个人化的选择预定成了群体变革的走势，从而也许是无意识地站到了新儒家的队列中去了，尽管从他的本意上感觉肯定是站错了队。

余英时在论定新儒学的主旨时说："他们确是对中国文化的一切有形的现实都无所肯定，所肯定的仅是无形的精神。"① 这样一来就恰好在政治学意义上的现实方面日益疏离了重建的可能性。"无形的精神"首先立基于一种个人感悟，它要想发挥活力，就必须体现出一种制度形态。无论后人如何褒贬，也不管儒学自古以来是否有自己的宗教系统，它在过去尚能与文化制度紧密勾连，在价值承担上也总能通过制度运转的合理选择贯穿于民间。传统儒学在社会活动中的真正体现是制度建构的一个结果可谓毋庸置疑。因此，如果在毁灭了"有形的制度"之后仍不能在新的意义上重建这种"有形"，那么有关"无形的精神"的讨论也就会真正失去依托而变成一种哲学理论的游戏。余英时自己也认识到，"良知说"在明末就已使"先觉"的身份发生了问题，王畿和泰州学派的社会讲学终究无法普及。② 基于这个观察，对儒学"精英主义"（Elitism）必须予以抵制。然而，恰恰与此清醒意识相悖，余英时最终选择的仍是一条以道德影射制度的阳明学旧路，而全然不顾它在现实中的可行性。

由于余英时先生的新著内容繁复，提出的新论颇多，本文尚无力全面予以评述，只能择其要点略陈己见。也许行文中对

---

① 余英时：《现代儒学论》，香港：八方文化企业公司 1996 年第 1 版，第 143 页。

② 同上书，第 147 页。

余先生的论点有许多偏见和曲解，我愿对文中的错误负责。文中对新儒学的评论亦可作如是观。

构建“非儒”式的纵横家形象

“纵横家”一词在一般人眼中早已不知其确切内涵所云，即使在古史专家头脑中纵横游说之举也不啻是一幅苍白缥缈的乱世图像。甚至在后世以“有术无才”的定论被逐于“九流十家”的界划之外。纵横家湮没于后世，按傅剑平的推测殆不出于资料缺失与传统治学视野的局囿等原因，但最值得沉思之点乃在于，后世居于文化霸权位势的儒家如何在历史时序中有意或无意形塑和拒斥着纵横之士的形象。先秦所谓文化的突破时期，“九流十家”纷纭迭起，就其民间发展的态势而言，初无所谓核心—边缘的分野，各派活动多是各擅其术以吸引王者的视线，这大致是一个“历史性的事实”。对此事实的个别陈述如司马迁者尚未受后世意识形态语境的支配，汉武帝以后儒家脱颖而出，与权力系统构成连体之势，儒家之外的各流各派在学术场域中谋求各自的位置，就必须过一过儒学这把筛子，由此核心—边缘的不均衡态势自然形成。

如福柯所论，某一思想派别要想充任主导角色，是必须与权力的场域挂钩的，以便使自己转型为权力话语的一部分。想当年孔老夫子流浪四野，乞求王者用其言而不得，直到汉家弟子以谶纬之学宣示成儒家的“政治神话”，才使孔子登堂入室。按此线索而观，儒家以外包括纵横家流派的失落不闻，实际上是和权力场域无法融合有关。“九流十家”的湮没于世可以看作历史的选择，但对“九流十家”的叙述褒贬却由于必须经过儒家视域尺度的过滤而无法再行选择，往往成为定论。纵横家不见容于儒家的理由可分疏为三方面：一是儒家的道德决定论成为相当一部分士人的行为准则之后，纵横家出于功利目的运转的政治权谋显然有悖于儒家业已形成的霸权话语的控制。这在近世表现得仍十分明显，晚清纵横大家王闿运重叙儒学谱系，郭嵩焘就认为其人可友之，但不可师之，因为其言语会使“元黄异色”。二是人生哲学的基点有异，纵横家是实用权术的运筹大师，与“仁心”孕育的“自完之道”无关，在政治场域中，纵横辩士往往择主而从，不会从一而终，是不择手段的代用语。三是儒家虽讲事功，但王者之事的实现源于内心的修炼；纵横家也讲道德，但决不符合儒家处世原则，借助儒家“内圣”“外王”的尺子裁量纵横之士，显然不合尺寸，用“内圣”标准权衡，纵横之士大体属“市侩侠盗”之流而已，即如沾染了纵横之气的儒者，也学会断裂“内圣”与“外王”的联系。由此三条我们可以预见，“纵横家”形象的塑造其实逃不出儒者的掌心，先秦辩士诸般英雄业绩，在儒家哈哈镜的照耀下均会显现异形。纵横家的历史言行作为事实也会在儒家的叙事中变成了“社会性事实”，其流风余韵影响至今。当代的一些研究者仍持有古儒的近似观点，如认为纵横家不讲信义，无道德操守等等当可明证。

有鉴于此，我们现在分析纵横家的起源及其作用时，就应尽量回避儒家构设好的道德评判的历史框架，换一种说法就是应问一问在儒家视野里纵横家形象又当如何？傅剑平著《纵横家与中国文化》就是试图构建一幅纵横家的“非儒”图像。傅剑平的著作指出，纵横家虽起源于所谓“行人之官”，但是却尊儒家弟子子贡为前驱者。子贡曾以“存鲁、乱齐、破吴、强晋而霸越”的一系列令人眼花瞭乱的出使策略扬名于天下，可是子贡出使各国却完全运用的是权谋霸术，颇不吻合儒术中“以仁心动主”的理想规则，当这套纵横策略与孔子卫鲁以“兴亡国，继绝世”的儒家正统观念挂上钩后，才能使子贡划归儒家的阵营。所以孔子说直接能代表儒家境界者乃是颜回而非子贡。这至少可以说明先秦儒家内部并非同质的，其中亦有如子贡激赏个性风采与自尊，希图越出“见贤思齐”的单一型人格范式这类人物，其以狂情取代“中庸”的人格取向，颇有异于乃师的地方。子贡逾越“思不出其统”的行动实际上使儒学的原初形象已脱离了后世学者的厘定范围。子贡由不辱使命的一国大夫如何转化为楚材晋用，周游列国，凭口舌之辩以售其智谋、求其富贵的纵横家人物，不但具有异质于正统儒家的个案价值，而且反映了纵横家在突破了西周以来诗、书、礼、乐传统之后所采取的行动人生，是有其道德乃至学术根基的。建基于“受命不受辞”之上的纵横家道术，因为拥有清晰的“国际政治”意义与观念，故与儒家恪守“道统”的客观性和求古规范颇为不同。

重新估测纵横家在历史上的典型形象与地位，就是确认其在道德与思想史上的“非儒”特征的价值，超越儒学主体认知的框架。傅剑平的著作撮取先秦墨家、法家以及道家、纵横家的“非儒”言论相互比照，认为纵横家的“非儒”说揭示出儒学道德观的实质是一种基于“为己之学”“非所以为人”的“自完之道”。这与其他流派如韩非讥讽儒学困守尧舜先王之道德而不知变通显然要更具洞察力。正是对“自完之道”的哲学意念在现实生活中屡屡受挫有切肤的认识，纵横家反对儒家把仁学本体化、普适化为社会运转的共通原则，甚至泛化为国与国之间政治角逐本质规范的理想主义观点，进而力图在权力争逐中界定道德学问的限度。傅剑平的著作认为这种观点虽然“具有明显的功利主义色彩，却基本上是从人生和社会现实中提炼升华出来的纵横家道德观，导致了一个重要的结果，就是纵横家力图把道德伦理从儒家全盘社会政治化的模式中剥离出来，还其本来面目，恢复其作用于社会人际关系、相互约定俗成、共同遵守的某些道德伦理准则的合理效果，而把实际社会政治活动纳入纵横家外交政治思想轨道”。这就构成了所谓“乱世哲学”。

纵横之学也往往成为乱世烟云之中平衡各派政治势力的有效工具，与儒学以仁治天下的“治世哲学”恰相反对。难怪晚清末代纵横家杨度与梁启超争辩孟子之义时，特意针砭孟子仁治图景只在治世的前提条件下方能畅行于世，却无补于乱世的政治游戏规则。这也恰恰说明，儒家崇尚的理想主义式的道德圆融境界，与奉行冒险进取精神的功利主义纵横术是颇为异趣的，但从观念意义上来说二者应具有等值的地位。纵横家对人性趋利避害本质的认识，与儒家分流之一的荀子哲学一样，为王权官僚理性行政的形成与运转提供了重要思想资源，也弥补了儒学理想难以践履的积弊。对儒家“极高明而道中庸”的思想，纵横家反其道而行之，把其中超时空的本体性意念剔除掉，承认其有限与相对的价值和作用，同时赋以自身易于实行的世俗策略，这就是所谓“去高明而道平易”的道德观。

中国相当一部分知识分子历来恪守良知之道与权势作艰难的抗衡，牟宗三、余英时等新儒学奉行者更突出“以道抗势”“从道不从君”的历史人格价值。不过这大致以儒者的内心自觉理念为准绳，属于比较理想的人格状态，在现实生活中不易兑现。但纵横家的从道行为却以审时度势的权谋之术作为处理道—势张力的经验背景，比较能落在实处，同样会成为后世知识分子高扬“良知之道”的内在资源，所以晚清搞启蒙的康有为仍被御史胡思敬弹劾为有“纵横之相”。

纵横家作为“九流十家”之一，与儒家的重要区别还在于对一套远古传下来的诗书礼乐“托古话语”的忽视。从历史分化过程而言，儒家之所以在汉代大显于世，除了使自己的“道统”传承拥有丰富的“托古”依据之外，还在于充分完善了礼制的建构，成功地为西汉王权的一统理性建制提供了制度性的媒介。纵横之学却历来贱视“托古”行为，例如他们不从俗流，不以托古赋《诗》的方式言其志，这固然使诸多辩士维持着特立独行的狂狷风采，却也因比较彻底地决裂于诗礼旧典，无法使自己的进取之道在传统的滋润中逐步实现制度化，或在政治权力场中成功地定位自己的游戏规则，他们始终处于乱世则见用、治世则见弃的边缘游士状态。

其实，我们移目于儒学的衍生与发展，就会发现儒学也在不断调整自己的生存策略。比如宋明儒学已渐渐以经世之学弥补理想主义人格预设的不足，也包括从纵横之术中吸取注重事功的成分，出现了儒家流于纵横的局面。这就是为什么章太炎说儒学可与纵横家相表里的缘故。儒学之所以最有生命力，恐怕也在于它在思想与行为诸方面达到了理想与现实两大层面的高度契合，既能迎合于王者经营官僚体制之需，又能满足知识阶层对良知理念的欲求。由于儒学多多少少包容了纵横家某些事功之类的精华要素，并且在历史中持续发生着作用，因此，纵横家作为独立学派的存在空间自然会变得日益狭小。

傅剑平的著作对纵横家的起源与演变爬梳综理、考镜源流。据作者称，一句之得往往获之于月满西楼之时，一义之明亦多豁然于晨昏晓旦之际。从本书叙述观之，确显示出作者的辨析功力,其意义不可低估。以下只是仅就书中的某些观点略加引申，并与作者商榷。

首先是儒家经世哲学与纵横家事功的具体差别似应加以进一步分疏，如进取之道是否即为纵横家的专利？儒家也讲“天行健，君子自强不息”，荀子“法后王”之术更赋与儒家注重现实功利的色彩。如果仅知儒者以仁学为本位，而纵横家人格却体现于对事功笃行的期待上，似乎会忽略两者在人格特立方面体现出来的共性，因此我们要问，如果承认二者有共性，那么纵横家更为独特的精神内核又该是什么呢？

其次，尽管作者竭尽心力钩稽沉隐，企图理出纵横家传承的清晰谱系，只是由于历史概念中的“纵横家”已脱逸于“内圣”“外王”的儒家脉系控制之下，于是公众记忆极易把它营造为一个异端的形象。正因为如此，纵横家往往横空出世于礼崩乐坏、战乱频仍的衰世，于礼乐升平的治世却无所用。儒家居乱世时“德治”虽无所用，其学统却并不因乱—治世之分野而消长，它与王权权力网络的相互融合，使儒学形成制度化的运作空间，进而据于文化霸权地位。与之相比，纵横术在治世却几无显扬的余地，形不成系统的传承谱系，作为异端的进取之道常常若即若离地飘忽于历史的尘埃中，形不成与儒学足相抗衡的传承线索。这可能涉及到对传统的沿袭态度问题。我认为，儒学对诗礼传统的继承固然为其保守性的一面准备了资源，但也同时有可能为学统的阶段性传承提供了原始依据，这犹如一枚硬币的两面，“传统”既可为儒学的保守性格作注解，亦可为儒家的刚健进取的另一面学统注入活力。从这个方面而言，纵横家与儒家相比无疑只具有“乱世英雄”的单面性格，这也许是其在后世湮没无闻的重要原因。

第三，傅剑平的著作对纵横家的发展演变做了全景式的描绘，对纵横家起源的考证诠释尤见功力，但似乎对近代纵横学的评述略嫌简略。近代王闿运以今文说王道，演纵横，同时以研习老庄为帝王学之退身阶梯的理论都是异常丰富的，他并列先秦九流之学而观之，几乎否掉了儒家的正统地位，然后使“外王”之行剥离出“内圣”的制约，最终抽空了儒学的内核，在当时实是惊世骇俗之论。特别是《湘绮楼全集》中的《王志》，通篇颇多非常异议可怪之论，值得细加分疏，惜傅剑平的著作未在此处展开讨论。

尽管如此，傅剑平的著作在儒学话语支配的学术界中希求赋与纵横家独立的历史形象，勾勒其尘埋已久的历史演化真迹，仍是一件极有价值的工作，值得予以重视。

晚清今文学崛起的社会史理路

对清初乾嘉“国学”的研究大致属于思想史的范畴。近些年兴起的学术史更刻意模仿清人剔除“微言”之法，希图从思想的“内在理路”去寻究文本自身的意义。余英时曾撰有《清代思想史研究的一个新解释》一文[①]，通过从“尊德性”向“道问学”话语转型的精致描述，基本上总结性地厘定了清代国学研究的特征基调。这种解释的合理性大约可定位于乾嘉时代，可是这个框架似乎仍很难毫无遗漏地把握这一时期思想脉系中偶尔闪现的异常之象，常州学派向儒学正统弃置多年的神秘公羊学明送秋波，似乎多少昭示着文本解释原则的有限效力。于是把“文本”与“语境”再度结合起来进行历史的“重构”（reframing），就成了艾尔曼（Benjamin Elman）的核心叙事手段。

艾尔曼在别的场合就说过，写这么一部关于清代公羊学派的著作不是想取代人们熟知的晚清康有为叙说的今文经学故事，而是揭示出与其“同父”（今文学派）“异母”（地缘关系）的另一个同胞般的影像。因为，常州学派与晚清公羊学派的相异之点显然不能单以“内在理路”来加以诠释，而与文本之外的语境

---

① 余英时：《清代思想史的一个新解释》，见《历史与思想》，台北：联经出版事业公司 1977 年第 1 版，第 121 页。

因素，如常州精英的亲族结构及其与帝国正统意识形态的冲突互动实相关连。

与其第一本著作《从理学到朴学》(*From Philosophy to Philology*: *Intellectual and Social Aspects of Change in Late Imperial China*)[1]有所不同，如艾尔曼自己所说，由于更着重地强调思想的根源状态及其与周边发生地区的有机联系,《朴学、政治与家族》一书更具有“语境化”(contextualization)的特色。[2]全书的理论框架是建立在布迪厄(Pierre Bourdieu)的理论基础之上。例如第一章中提到的“文化资源”(cultural resources)一词，即来自于布迪厄的重要概念“符号资本”(symbolic capital)。但艾尔曼在运用此概念时，则以“资源”而非“资本”为核心理念分析常州学派的起源，因为直到19世纪，晚清中国尚没有堪与西欧相比较的资本主义形式的经济与社会系统。

正是出于“语境化”的考虑，艾氏研究常州学派并未依循习以为常的学术史研究寻绎“内在理路”的方法，而是投目于思想崛起的环境。他发现，儒学从晚清国家正统中显示出异议并非始于鸦片战争后，而是始于晚明。在被忽视了多个世纪后，今文经学再现于18世纪末，它的鼓吹者正重新追溯被17世纪抛掉的政治议事传统。艾尔曼于是设问:为什么在西方入侵以前，

---

① Benjamin A. Elman: *From Philosophy to Philology*: *Intellectual and Social Aspects of Change in Late Imperial China* (Cambridgc, Mass: Council on East Asian Studies, Havard University, 1984)，中译本可参见艾尔曼:《从理学到朴学:中华帝国晚期社会与精神变化面面观》，赵刚译，南京:江苏人民出版社1995年第1版。

② 参见艾尔曼与汪晖的对话，载《读书》1994年第2期。

儒家士大夫们已经显示出对异端政治话语的兴趣，而且为什么这种浓烈的兴趣偏偏集中于常州一隅？具有神秘政治寓言色彩的公羊学复兴，使人们有必要重新考虑儒学政治文化内部的紧张及其渊源。

艾尔曼常常把常州今文学群像与康、梁做对比，两者的最大区别乃在于：康有为使今文运动变成了上层制度变革的预言神话资源，这种资源的获取缺乏基层的社会根基，只是游士边缘人的新兴知识群体政治话语的隐晦表现形式，它基本上是一个相当个人化的选择；与之相反，18 世纪的今文运动则深深植根于区域性社会的生活范畴之中。常州今文经学的创始人及后继者庄存与和刘逢禄的家庭，在 1450—1850 年间的常州地区一直占据着很高的社会地位，而其学术传承的纵向网络又是和宗族亲属之间的横向关系紧紧契合在一起的。这样看来，今文学崛起自然就不是一个如早期乾嘉学派那样比较单纯的学术事件，亦非如康氏公羊学那样的“政治事件”，而是在兼有二者特色的同时，成为一个奇异的“家庭事件”。既然拥有“家庭事件”的特质，常州今文学的兴起便不能纯用对文本内在理路的解释，这与学术史研究区分了开来；它亦不能纯用政治史的范型，这又与晚清经学的“现代化叙事”区分了开来。

令人感到诧异的是，江浙地区特别是常州学派的学术传承线索背后，都有一部庞大的家族史以资注脚。如庄氏家族与刘氏的世代联姻关系，使庄、刘的今文学传承被生动的展示为家庭血统与文化资源孕育的一个逻辑结果。这与康有为今文经学仅仅与晚清的知识分子政治能动主义保持合理关系的图像是大相径庭的。这里其实亦涉及私人与国家学术体制传承的脉系问题。清初以来，江浙地区形成的知识圈由于介入了“家庭事件”的影响，使之已形成了不同于官学公共考试系统的私人汉学传统，其背后的逻辑隐语可能表述为：是否拥有“文化资源”是区别官私学的关键。中国的科举考试尽管已为贫寒之士提供了入阶官场的可能性，但私学传承的氛围从基层社会和区域界划而言还要靠文化资源的鼎力支持。比如苏州的惠栋家族以及江藩、戴震、王念孙、王引之之间的宗族师友网络成为形构汉学传统的潜在背景，不把它们揭示出来而仅仅进行文本研究的褊狭性是显而易见的。

同时我们还会看到，在“私学传统”通过家族网络定型拓展的同时，家族网络也会为官学体制输送血液，这是个平行互动的过程。西方历史学家估计，近代个人往往能从血缘团体中自治出来，但是在 18 世纪的中国则几乎没有这种可能性。在区域性的基层，家庭并非抽象的社会组织，地理—历史—血缘构成的三要素，显然使富裕的绅士阶层和家庭成员比贫困者拥有更多的地方优势。在江南，家庭、社会和经济力量很快与公共考试系统成功地结合在一起。经济剩余产生的富裕家族在国家考试过程中能得到很好的教育，这又导致了家庭因素之外的经济和政治力量对资源的获取，更多的教育机会总属于有更多知识储备和控制家族事务的那些统治家庭的有力成员。

以庄氏宗族为例，当从北方移民至常州时，庄氏通过联姻和科举博得了基层地位。在庄氏家族中，清朝共有 97 人获得过功名，比明朝的 7 人多出十数倍，其中 29 人获得进士，庄氏由此成为数代在政府中谋职的“专业化的精英”（professionalelite）。科举考试要求古典式教育，富裕的家族通过分享区域性的文化资源获得功名。

18 世纪庄氏家族的力量和影响不仅建立于自身血缘亲族的基础上，还与外姓宗族如刘氏发展了紧密的外部联系。在庄、刘关系的组合形式中，我们能看到更广阔意义上的国家水平网络如何与地方一级的家族组织相重叠及其效果，以及国家与地方之间的相互关系。刘氏作为北方人（安徽凤阳人），是随朱元璋进入常州的，最初作为外来者在地方精英圈中素无显名，直到 18 世纪、19 世纪，庄、刘两家的联姻并没有因政治观点的不同而受到影响。通过世代联姻，庄、刘两家不仅在地方社区中居于执牛耳地位，而且联手交替在中央一层机构中担任要职。联姻如同滚雪球，联姻越频繁，进入上层社会的人数密度就相应地越来越高，相互促动的结果使刘氏通过联姻终于与庄氏的官场关系接上了头，进而带动了刘氏一族科举的兴盛。刘氏科第越盛，反过来联姻的机会也会随之增大。“科举”与“联姻”互动的局面显示出庄、刘二氏的势力不仅在地方上加大，而且对上层的渗透也越来越厉害，至 18 世纪中叶，常州家族势力已居于北京政治的核心地位。

行文至此，我们无疑会强烈感受到所谓“文化资源”的力量，因为它成功地把地区性的家族声望转化为国家层面的政治势力，反之亦然。那么阐述这种文本之外的“语境化”因素的意义究竟何在呢？

我认为其意义可表现在如下几个层面：

一是使那些已摒弃“微言大义”多年、心如枯井般的乾嘉叙事者们又开始向疏离已久的政治话语频频招手，这是一个反向复归的运动。探讨清初学术兴衰的传统声音从文本外的意义来说，早已经把汉学中兴的缘由推诿给了文字狱；从内在理路的解释而言，学者们早已背熟了“尊德性”转趋“道问学”的老公式。可是用这两个框子去套常州学派似乎都不合尺寸。常州学派恰恰是“内在理路”研究和政治迫害假说的例外者。常州今文经学的崛起只能从国家与社会的重新互动中寻求解释。艾尔曼曾经提示到：庄存与在1780年转向非正统的公羊学与庄、刘两家退出全国政治舞台的时间相一致，而且与和珅的政治行为有关。那么我们就不难明白，作为官绅体的庄、刘二氏，当发现和坤贪污中饱而无所收敛，其行为之发生又是与官学体制内的价值观念相契合时，也就不得不从宗族血缘滋养着的基层非官学土壤中寻求对抗官学的资源。在这里，官绅体的特定行为角色起着至关重要的作用。因为仅仅由科举入仕为官，与基层的联系往往无法达至庄、刘二氏的深厚程度，或无缘浸淫江南文化圈的非正统型思想的魅力，所以自然不会标新立异地反叛；反之，如果仅仅是一介乡董士绅，则有天高皇帝远之虞，根本不会感受到政治轴心发生事件的冲击力度，他们的言行只能铸造汉学的培养基，而不是政治的转换器。只有如庄氏以血缘宗教的扩展力兼跨国家与社会的中枢，以至自身即成为二者的联动符号者，才真正具备操纵与转换一代政治话语，甚而扭转一时之学风的大气魄。

可是毋庸讳言，常州学者显示出的“语境化”表现恰恰是入了经学传统话语的圈套。清帝国的权力与以往皇家一样很少呈赤裸状态，它经常会披着证明自我合法性的儒学外衣，从经学中引申出来的政治语言，代表了帝国意识形态的声音，成为描述其存在理由的工具。政治权力也是通过儒学的道德和政治哲学折射出来而转化为强制性的制度和符号系统。从应然的状态而言，若要疏离意识形态的控制，就要把其中论证权力合法性的“微言大义”从经学话语中剥离出来,把它还原成纯粹的“语言状态”。乾嘉学术特别是古文经学的复兴，无疑会在非政治意义上确立经学的独立品格，但是经学传统一旦与某一政治机缘如和珅事件勾连起来，成为政治角逐的工具，则无论这种角逐是民间性的还是官方性的，儒家的诠释又不可避免地会跌回意识形态游戏规则中来。我一直认为，今文经学及其相伴而生的近世经世思潮，在相当程度上削弱了清代学术史自身发展的独立品格。今文经学大师少有在学术上享有盛誉者，这与其过于急进式的政治情结有关。以往有相当一批历史学者常常毫无保留地肯定魏源等今文经学家的政治取向，而没有考虑到这种行为取向正是在反向立场上轮回进了儒学作为政治符号和权力外衣的旧式圈套。也许正因为如此，艾尔曼揭示常州学派的崛起与政治话语的互动关系，可能恰恰说明了清代学术传统再次发生了“语境化”（而非“内在理路”）式的转型，即“学术的学术表现形式”重新遮盖了“学术的政治表现形式”，这是一个意义重大的转折。

第二点值得注意的是，18 世纪今文学与晚清今文学常被近代思想史家拼接构述为相关相联的同质图像，以其面具般的相似点而观，二者大致可同视为晚明知识界“清议”传统的衍生与再现，即所谓“东林意识”的故态复萌。然而二者在今文学统旗幡下的人生表演，却是被不同的组织运作机制操纵的。18世纪的“清议”活脱脱成了常州士绅的代言声音，和珅贪污虽说犯了众怒，可是对之进行批判的最有效语言通道和话语表现却具有如此强烈的区域性和血缘性的特点。

而晚清今文学群体崛起之过程与背景，与晚明和清初那种以血缘联系替代非血缘联盟以作为绅士组织策略的原则是相悖的。我们看到，18世纪的今文经学思想代表了一个地方学术流派与血缘宗族的有效合作，在刘逢禄之后，今文经学思想超越了他们在庄、刘宗族中的起源状态，政治气候的变化意味着公羊叙事不再要求以血缘支持作为合法性根基。19世纪的清议组织则越来越代表一种士绅横向的联盟形式，在地方社会中，血缘联系是凝聚士绅的重要资源，但是在更广泛的省区和行政地区，血缘构成策略已成为第二位因素。如康有为以今文学重构改革话语，就没有什么血缘宗族的线索在背后进行遥控。“今文话语”已变成纯粹上层知识群体表达不宁心绪的中介手段。当然，晚清今文经学的抗议色彩表现得如此浓烈，以至于到最后，持“今文话语”的人常常会犯规式地直捣堂奥去讨论起制度变迁的具体问题。今文经学从而变成了与传统经学无关的纯粹政治话语。这里边的原因的确十分复杂，仅从组织形态而言，以非血缘性的政治组织为行为主调的晚清改革表演早已决定了其话语形式的非学术特征。如艾尔曼所言，这是古典经术与政治话语在“后新儒学形式”（postnew-confucian form）下的重新凝聚。

如要对本书作总结性评述，我们可以说艾尔曼与其他论者的区别乃在于当他试图如某类思想史著作一样去描述常州学派思想本身时，多问了两个一般思想史范畴外的问题：这“思想”从何而来？思想构成的背后那双看得见或看不见的手在干着什么？这类问题使曾经断裂成两截的“思想史”与“社会史”在新的意义上被沟通了起来。

在神秘“叫魂”案的背后

刚到美国就听朋友们说，哈佛大学的孔飞力在沉寂20年后终于再度出山，推出新著，且冠之以“叫魂”之名，其意猛一见颇为怪异费解，多少有些侦探小说的悬念风格。于是匆匆从我访学的约翰·霍普金斯大学艾森豪威尔图书馆中找来原著一气读完，阅后果觉令人叹服。这位美国汉学宗师费正清的高足在闭门修炼多年之后，居然一改戏路，扮演起了“鬼话”说书人的角色，他纸扇一摇，演义出了一段乾隆年间源于江南水乡的神秘往事。这故事讲起来可说是有声有色，“鬼气”逼人，可此书之价值尚不在于其情节的跌宕起伏，一波三折，而在于孔氏准确捕捉住了“捉鬼人”的心态与其背后的行为结构的意义。

话说1768年清乾隆年间，社会上突然飘荡出一个令人战栗的预言，说有一伙巫师正在四处游荡，以摄取人的灵魂为业，他们通过在人的名字或辫子、衣服上施以魔法而导致被害人死亡，巫者将以死者之灵魂以为己用。这天一位在浙江德清干活的石工在放假回家后遇到一位沈姓的农民求他帮忙干一件以巫术行报复的诡秘之事。沈氏听说德清水利工程需要一些写在纸条上的活人名字，钉入桩头增加神秘的精神力量，据说这样做可以加重锤子的打击力度，这种行为被称为“叫魂”，被偷魂的人不是生病就是亡故。沈氏在字条上写了他所痛恨的侄子的姓名，请这石工操纵这门“叫魂”之术。同年的一个春夜，某个德清人在帮邻居办完丧事后，因喝了酒被赶出家门，他四处乞讨游荡到了杭州西湖旁的一座庙宇里。当本地人知其从德清来时，立刻包围了他，指认其在半夜游荡一定是个叫魂者，因为德清正在造桥。当地方官询问这位德清人时，他谎称带有50张咒文,其中48张已扔入西湖,靠两张做魔法取了两位幼童的性命，并说是德清石工给他的咒文。从此，叫魂恐怖的愁云惨雾开始笼罩于两江人的心头，并通过“萧山事件”再度爆发出来。

且说1768年5月的一个晚上，四个僧侣穿戴的人相聚于萧山境内的一个茶馆里，他们的身份属于游方僧，因庙里养不起而不得不四出化缘。其中两个僧人遇到两个十一二岁的男童在屋前玩耍，于是上前取悦逗乐顺嘴询问出了他们的姓名，讨好地说这两位男童以后要做大官，目的当然是想让孩子的父母施舍一些食物，这些孩子却并不理会。两人觉得无趣，只好又向前赶路，可是几分钟后，一对狂怒的夫妇追上来一口咬定他们是剪辫叫魂者，因为僧人无故问及自己孩子的姓名。争执引来许多人围观，见官后在游方僧的包裹里果真发现了三把剪刀和一截缠辫子的粗绳，还有两段辫子，这就是轰动一时的“萧山剪辫案”。

事后证明，“萧山剪辫案”中令人恐惧的叫魂术故事完全是一种虚构，包裹中的辫子是衙役陷害造成的伪证。但剪辫程式中叫魂仪式的神秘解释却随着“萧山案”的进展而风靡江南，并波及至山东、直隶、河南、山西等地界，由此构成了一个相当统一的叙述模式。“叫魂术”的方法一般是用迷幻药麻倒对方，迅速剪下被害人的辫子，在辫子上默诵咒语，就可摄取被害人的灵魂，继之就可用缠有辫子的五色纸人或纸马盗取财物。一般叫魂集团的组成人员大多为外地盲流，他们会经常用高价雇人割辫以作“叫魂”之用。

讲完这段故事，孔教授纸扇一收，来了个话分两头，各表一支，开始正襟危坐地细说起了这叫魂恐怖的缘由。原来，叫魂与中国人的睡眠方式有关，传统的中国人常常认为人在睡觉时，魂就会暂时离开，一般情况下会在白天返回，如若长时间不归，就会产生各种疾病乃至死亡。孩童往往由于恐惧而丢魂，治疗的办法就是带其到产生恐惧的地方，然后叫魂回来。人们普遍相信，灵魂从身体中分离出来分自愿与被迫两种，巫师可以自愿派他的灵魂到阴间地府去访问死者，期盼能把死者之魂呼唤回来，前提假设是魂能找到回归肉体的道路。所谓被迫丢魂，是指被“上帝之手”偷走了魂魄，这类操纵“上帝之手”的人被称为“走马天罡”或“半天秀才”。丢魂的人要让师公举行仪式“抢精神”，意即把魂从被偷走的无形之地中抢救回来。行巫叫魂之人往往手法多变，如明代巫者可用纸人行术，用剪纸人持双刃斩杀活人，用头发作法勾摄他人灵魂是相当常见之一种。

头发在许多文化中被认为有神奇的力量，从“剪辫案”中至少我们可以从中离析出头发的两层意义：社会意义和政治意义。从社会性而言，在巫术语境内，头发与权力、死亡构成了奇幻的三角互补关系。人类学家认为，对头发的祭祀常常标志着一种先验的隐喻行为如繁殖力、灵魂本质、个人权力，等等。据说，印度旁遮普文化显示，头发用于巫术是因为它有刺激生育的隐喻含义，不孕妇女如剪下初生儿头发，经过巫术程序处理能使之具有生育能力。“头发”在中国社会语境内往往具有区别社区认同取向的作用。“剪辫案”涉嫌范围集中于流浪汉、游方僧等人身上，正是在于这些群体缺乏紧密的社会联系和社区身份，无法在地方社区认同的人群中加以社会角色的定位。更因为这些人以剃发之僧侣为多，使头发在社会角色认同方面无形中构成了一种隐喻性界标，即无发之人很易被排斥在正常社群之外而成为异端行径的被疑者。尽管这种怀疑仅仅是一种假设而非实情，但在“剪辫案”这种特殊情境下，假设同时自然演绎成了一种似乎合理的判断。

从国家统治者与社会认知的互动角度观察，“剪辫案”却另有一番政治意趣。辫子问题一直是满、汉之间冲突的一个焦点象征，“留发不留头”在清初早已成为敏感识别叛逆与忠顺的政治口号，其更深层之意义乃在于种族间的政治冲突根源于文化习俗的不同所导致的误解，在满人看来适合于男子气的英武发型，对汉人来说就显得过于女气，剃头不啻为奇耻大辱。这种耻辱感有其历史源头，3 世纪时汉人法律规定剃发伴随刺面和肢体残缺之像，是犯人所受之刑罚的标记。

对辫子问题政治意义的过度敏感，还根源于满人以少数统治多数的疑惧心理。入关以后，清统治者不得不采取两种相关的统治模式：一是所谓“普世主义”的模式，清统治者无法否认汉文化作为高层文化的幅射能量和同化能力，在文化政策上被迫采取认同的态度。另一方面，清统治者又采取保护种族风习的地方主义模式，当遭到民族冲突的威胁时，都会毫不犹豫地首先维护种族生存的现实利益，其中对种族符号如“发式演变”的强烈敏感，就是一种地方利益高于普世利益的强烈表现。

在处理“剪辫案”时，乾隆正是处于这双重理念的矛盾焦点之上，其两难窘境在江南地域叫魂恐怖的气氛中被充分表现了出来。自从南北文化发生迁移以后，江南成为汉文化具有普世主义特征的中枢发射地带，这个地区因此也同时成为威胁满文化和价值的最活跃地带。它很容易使满人在其文化的浸淫之下失去自我和文化自尊。乾隆之心境也常处于既被江南文化诱惑又须对其进行抵制的矛盾状态中，因此，当“架桥”与“剪辫”引起的叫魂恐慌在无确凿证据指涉的不确定情况下，乾隆在下达的旨意中却仍反复渲染其严重性，下令继续秘密追查，以防止江南“叫魂术”的扩散。这种微妙的心理终于使“叫魂术”从个别的宗教行为被想象为一种反叛式的群体恐怖话语。

叫魂故事和发生缘由分两支表完，说到最后，结尾却似乎令听书人沮丧，原来令人心惊肉跳、悬念迭生的“剪辫案”，结局大多是犹如镜中观月，成了庸人自扰的笑柄。例如有的“剪辫案”是因负债人为报复做假，或是社区小庙为嫉妒大庙香火鼎盛而散布谣言所致。甚至有的是孩童逃学的自割嬉戏，闹了半天，叫魂恐怖案成了乾隆倾心导演、众官员勉力追逐的飘忽幻影。可是说书至此，如果我们仅仅把“叫魂术”演述为早在明末就如孤魂野鬼般在江南游荡的反清政治话语，恐怕听众就会因不满足而狂喝倒彩了，然而孔飞力却颇有控场能力，马上惊堂木一拍问道：“各位看官！你道是为啥乾隆爷火急火燎挥鞭驱赶，而众将官却如懒驴上磨，龟缩不前呢？”话外音的回答是，在叫魂惊悸弥漫四周时，其恐怖幻象恰恰是作为动力运转着整个帝国的政治系统，只不过这系统由两部分“恐怖结构”相互沟通互动而成。再具体点说就是“乾隆爷”（皇权）的感性结构与众将官（官僚）的理性结构之间的较量。在一般人看来，皇权与官僚机构实乃处于同一运作系统之内，但按韦伯老先生的说法，二者相处并不和谐，常有不平衡的现象发生，故有人区别为所谓“王朝专制主义”和“官僚专制主义”。皇权与官僚体系合起来常被叫做官僚专制君主政体，这其实是个两难的概念。君主与官僚之间存在着相当广泛的张力，比如这位乾隆爷就怕自己在日常官僚秩序的运作中变为其中的一个润滑齿轮被彻底“制度化”，因为帝国官僚系统的自转已经相当“理性”，众将官们表面上是他“乾隆爷”的奴才，实际上是官僚机器中的雇员，这就是为什么乾隆虽每三年一考选地方纠查官吏，却仍无法建立起信任关系，而不得不靠打小报告过活的缘故。

更明白点说，“叫魂案”特别能透视出清朝中央与地方一级的关系模式和问题。当时处理“叫魂案”时不少省级官员被下属所蒙蔽，地方最高官员不肯跨越省界去联合追踪“罪犯”，有的官员还故意做出追查姿态，实际却一无所获。这种对“叫魂案”大规模幻影式追踪的过程很能说明乾隆与地方官在对待相同问题时的心理落差。乾隆的心理位势总是处于一种感性的惊惧状态，考虑问题的方式自然更爱从国家安全的大处着眼，宣喻督令中总是弥漫着“政治情结”起化合作用后的凛凛杀气；而接旨后的地方官吏则是“理性化”的官僚机器的一分子，行文处事总是按不紧不慢的日常程序化节奏，“政治情结”当然要淡化许多。

曼海姆曾经这样形容官僚体制，大意是说它像个巨大磁场，容易把全部的政治问题转变为行政管理问题。官僚往往不屑于在其活动的社会有限平面空间之外去大而化之地玄想，其理性工作态度与“乾隆爷”的满腹心事自然常不合拍。他能把皇权的非理性忧思导入一种常规性的日常秩序轨道。有点像咱们常说的“上有政策，下有对策”，比如乾隆对“叫魂案”上纲上线的政治定位，在地方层次的具体运作中就被削弱了，这自然首先归因于官僚体制的运转基本凭的是事实，而非臆想。

一般说来，帝国官员与皇帝的联系中介主要依靠上下往来的奏折文书。可以说每份文件都是由某个事件引起的。无论是日常税收报告还是“平乱”的紧急奏折，身处事件中的官员大致有两点特别重要的反应：一是基于事实的描述或判断，如断案的程序；二是针对政治需要和个人利益做出的反馈，这里边包含着多元复杂的动机，如对皇帝政治神经的把握，对官僚自身体系运作的本能捍卫和自我明哲保身的选择等等。概括地说，基层官僚不是职能“复印机”，并非简单地接受社会环境所提供的事件原料和皇帝非理性的判断，而是有能力控制和选择，恰如演员形塑角色一样，只是主要场景不能虚构和更动。皇帝与官僚可以用文件系统去干预一个事件的再构造过程，叫魂危机的爆发与平缓，作为一幕生动的活剧，其真实内涵肯定已为其中的角色所篡改和限定。

“叫魂案”的渲染和扩大，无疑是出于乾隆对国家安全的深深危惧感，可是其隐性动机却不容忽视。如果断定说乾隆就是想利用“叫魂案”审理中的伸缩张弛性来调控“奴才们”的神经，使之纳入自己想象的政治事件的轨道，似乎缺乏证据。但如果说乾隆对官僚机器越来越异化出自己的主观轨道深感忧虑却是有案可稽的。乾隆在朱批奏折中训斥官吏的语言与针对巫术案本身的语言几乎平分秋色，说明他在不断强化语言的严厉力量以争夺官僚体制对“叫魂”审讯的程序控制。不幸的是，乾隆对“叫魂案”的紧张反应却为他所时常抨击的“官僚病态”，如常规化、江南文化的同化作用等因素所淡化，他几乎只能通过批阅奏折时的语言宣泄来面对官僚体制给自己造成的挫败感。

中国文化统一而又不同质的形态以及皇权与官僚机制的分野，使叫魂危机分别呈现出社会的与政治的意义。不同的社会团体会在叫魂恐怖中显现不同的阅历模式和宗教仪轨的表演。社会性的恐惧结构强调的是叫魂对个人身心的影响，与政治秩序的好坏无关。乾隆的君主式恐惧则总是习惯性地假设叫魂等民间巫术具有强劲的政治反叛力量，所以常常定义为政治犯罪。在“叫魂案”的处理中，官僚体制与君主个人意志的貌合神离往往又通过对江南汉文化圈士人心理的想象性判断而不断得到加深。“叫魂案”的恐怖效应就这样溢出了地区性限制，从一种虚幻式的个人稽查经君主与官僚的交互作用，在乾隆头脑中整合成了一场遍及数省的政治冲击波图像。

阅毕此书，感慨良多。以往我们搞政治史的学者，经常只关注于个别历史事件和人物行迹真伪的考证，或简单地图示历史事件的单面政治特性，而看不出这个别事件与整体社会场域的关系，即不习惯于解释历史的意义结构。对历史的阐释当然要基于对历史真伪的辨析，但不等于说历史真伪的考辨可以代替或涵括意义解释的功能，否则，“只见树木，不见森林”的历史研究法只能停留在社会科学最低层次的初始状态。以“叫魂案”研究为例，如果仅仅考证出这是一出追求幻觉的历史闹剧，这种真伪的辨析大概不会高于原始档案的价值。相反只有追踪揭示它由“虚幻”走向“想象中的真实”的过程，无论这个过程是乾隆头脑中编排的“故事”，还是官僚体制的“理性制作”，历史的意义结构才有可能清晰呈现出来。受传统国学的影响，我们可能不乏专辨历史真伪的史料考据家，而时代却呼唤能深刻洞悉历史意义的解释家，他们应有从历史流程的表象与虚相中把握其真实与多元意义的超卓能力，这也许是《叫魂》一书所能给我们的重要启示吧。

历史记忆之鉴

在人们的一般印象里，一提到“历史记忆”脑子里就会映现出书库中叠床架屋般的典籍文本。我们长期习惯性地陶醉于用浩如烟海来自诩史籍储藏得无涯浩瀚，岂不知典籍的官吏脸谱与政治剪刀的杀伤力早已为近代学人如梁启超辈以“断烂朝报”形容之。典籍储藏有意或无意的精英化选择策略，极易把历史记录演绎为某种虚构矫情、粉饰雕琢的神话，历史经过刻意剪裁被放到了同一号码的筛选模具中批量生产出来。与此同时，官史修纂的庞大机器在历朝历代的运作，又在不断绞杀排斥着平民生活史的日常性格，甚至连文人的私人日记都变成了拼贴官方记忆的脚注与文本，滔滔如海的历史古籍相当程度上变成了伪造记忆的流水线。在伪记忆全面阉割了历史解释的能力之后，乾嘉钩沉学的出现相继耗去了几代学人的光阴和生命，对历史的证伪居然辉煌为一门专学，这不能不说是一种颇为无奈的抗拒姿态，因是之故，对经典文本垄断历史资源的超越，几乎成了当代社会科学家们破茧而出、独辟蹊径的一条必由之路。

清末的考古发现使得王国维运用“二重证据法”初步揭示了官史文字记忆之伪，但是中国近世学术界运用文化人类学的田野调查法去勘破人类行为之谜则起步甚晚，至多可追溯到吴文藻、费孝通和林耀华们。因为中国的史家大多有官修文字癖，正统史学的训导使学子们往往热衷于用经典去构筑历史的记忆空间。

无人否认，中国文化传承的连续性依赖于一个相当复杂的知识转换系统，人们身处其中不仅记忆一些与过去相关的信息，而且把过去作为道德理性判断的基础。但是历史记忆的过程并非全然是通过文字来达致的，这在民间社会表现得尤为明显。龙船竞渡，新年庙会和搭台社戏年复一年仪式化了的表演，同样可能是社会通过动态的方式记忆历史、相互认同的感性表现。仪式认同的力量决不小于文字认同的能力。

展现在我们面前的这项研究，冠以名曰《神堂记忆》，副书名是《一个中国村庄的历史、权力和道德》，书名即已清晰界定了作者的立场，它会坚拒对官学文本记忆的传统迷信。《神堂记忆》不是一般意义上的文字记录所能覆盖，它尚涵括着仪式行为、家谱书写、痛苦的口碑叙事、复仇的政治与对仪式意义的冲突性领悟，等等，这也就注定了它必须从草根社会的百姓们口中眼中泪中笑中去感受些什么，必须把活生生的富有血肉灵性的日常生活史还给人类。同时也就意味着必须放下都市人的架子，去和村里人一起去感受歌哭，感受让人动情的痛苦与欢乐，对村史记忆的参悟变成了实实在在的行动，而不是枯坐宅中的依稀想象。不止一次，作者悠悠然地给我讲述过蹲点山村时孤旅行踪般的寻访轶事，他曾笑着说，那年参与拜神，为了按规矩抖落头上的红布条，磕了十几个响头，直到头上出血才完成仪式。那真是个苦地方，大葱蘸酱是常饭，回京后身上不但长满虱子还落了腰疼病，也许皮肉之苦总会这样如影随形地跟踪着人类学者。从他略带调侃的叙述中，我却读不出些许轻松，而是每每为之肃然，进而感悟到了什么是学术真正贴紧了生活脉搏后的那份灵动与自信。

“神堂”的具体形象是一座孔庙，这座孔庙位于甘肃永靖地区的一个名叫大川的小村落中。传说村里的孔氏家族是从山东曲阜分流出的一支，另一支则流向了广东。孔庙自然变成僻居偏地的孔氏后人超越时空、追慕先祖的记忆象征。可是作为孔氏后裔血脉遗踪的一点证明，私人对先祖的仰慕在甘肃一隅仍不能变成远离尘世喧嚣的纯粹精神行为，田野追踪不能仅仅简化为一次封闭的心理实验，在单调重复的生活中，大川人头脑中最重要的历史事件之一就是孔庙在“批林批孔”时的毁灭与改革开放后的重建。象征的消失并不意味着信仰的湮没，重构象征的奋斗史照样可使精神之火亮耀如初。然而一毁一建的历史间歇性时差却重塑了孔家人的“集体记忆”（collective memory）。怪不得当年杜克海姆的同事哈尔布瓦奇斯（Maurice Halbwachs）曾对那些在实验室内挖空心思检验个人记忆的科学家们吼道：忘记个人吧，任何对个人记忆之源起的讨论必须放在宗族、社区、宗教、政治组织、社会阶级和国家的互动之网中来解释，家庭记忆并非仅仅是个人记忆的大杂烩或拼贴画，而是过去的集体再现形式，换句话说，记忆是一种社会结构。

记忆的社会结构论被作者巧妙地挪用到了审视“神堂”重建的过程之中。他发现，孔庙的毁灭无疑是对孔氏家族权威的沉重打击，但权力张扬的沉寂恰如动物的冬眠，并未伤筋动骨，神堂重构犹如记忆精灵的复活，孔氏仍会重新支配社区生活，只是其权威的控制指向确已今非昔比，记忆的内容也受到了制度大环境的强烈模塑。最突出的表现就是孔庙祖先环伺孔子牌位的“祖庙现象”在新庙格局中悄然改变了，孔氏祖先的牌位被挪至角落，孔子各姓弟子纷纷簇拥在了师父的周围，占尽了大川先祖原先享有的风光。按照管理人的说法，这种空间安排的目的乃是向游人展示中国文化共同鼻祖的形象，孔庙变成了文化教育中心而非祖庙，祖宗脉系的荣耀就这样为普世化的神圣光环所遮挡。

以上所述可以说是历史与祭祀的再利用受控于政治权力的绝好例子，但是普世化的神位当然不能涵盖和代表孔氏家族的全部信仰，于是时空分割的技术被发明了出来：白天，孔庙中出入的可能是敬仰孔子的八方游人；黑夜，夜幕下蠕动的人群却是祭祖的孔家队伍。孔庙时空的人为切割表面上昭示着对普世（孔子作为文化偶像）和专有（孔氏祖先）特性进行的强制性功能划分，实际上暗喻着记忆已非个人心理或行动所能支配，通过记忆去重构传统的合法性已不能表现为偶然随意的行为，而是要受到诸多非个人心理因素的控驭和影响。

概括一些讲，时空的安置大体上受一种同心圆记忆圈的制约，内圆是对祖先祀拜传统的承袭，这是家族内部的事物；外圆是对地方神祇的崇敬，这不限于孔氏一姓。由于孔子兼具宗族偶像与地区神祇双重符号特征，他的形象逐步承担起了崇拜的分流与协调作用。早期的一些人类学家对中国特别是近期对香港和台湾地区的田野调查总是想证明，庙宇活动对一些非祖先偶像的崇祀是作为包容系统存在的，它提供了一个超越经济歧异、阶级分层和社会背景的符号，这种符号有可能整合多元因素进入社区，与此同时，仪式化的表现和祭祀作为系统的运作会起到排斥外来者的作用。

作者对永靖地区记忆圈的研究却否定了以上结论的普遍性，因为孔庙作为祖庙和神堂，有可能把世俗与宗教的事物通过时空分割协调起来，使之各就其位。孔庙重建后在庆典上所做的革新通过孔氏家族的历史经历、个人记忆及对宗教符号、礼仪概念的理解综合，把传统以祭祀形式为核心的活动与向民众公开的庆典仪式串接了起来，新与旧的文化谈判在此聚焦为一个奇妙的复合体。大川附近的小川村重塑孔子形象为文化谈判的妥协表现提供了一个说明：小川的孔子像在尺度上异乎常人，高达 3 米有余，全身涂以油彩亮色，为此小川村民特意请了一位曾为永靖地区所有神庙造像的名匠操作主持。孔子圣像的新奇在于它的内外结构分别应合着村民世俗与宗教的双重要求。孔子到底长得什么样似乎无人知晓，工匠只能根据从曲阜影印的图像加以营造，关键的环节是偶像内部的设计，按地方的习俗，偶像的内部构造必须近似真实的人体，以便激活神性对人类需求的反应，一颗人工红宝石被郑重放置在孔子体内代表他的心脏，动脉是由红线织成，内涵 12 种传统草药的丝绸小包构成了孔圣人的肾和心脏。如果细细考量，小川孔子像再塑的非祖先化设计肯定是孔家人对地方观念的一种妥协。当地人从未听说过有用如此规模为祖先立像的先例，朴实的村民们从来都是在佛堂道观的氛围中磕求偶像的灵验，孔家符号自然也须纳入地方习俗的记忆网络，被饰扮为世俗与神性的合体。

记忆就是这样被塑造的，它不只是个人回忆往事时心理的阵阵悸动，甚至不是集体情感的无序堆积。历史记忆更像是凑着社会变迁的节拍器律动的时空之流。比如一个偶然历史事件就足以改变记忆中的祭祖序列，大川孔庙祭祖时有的妇女唱起了秦腔，却被管理者出乎意料地制止了，理由是传播“封建迷信”。这使在场之人百思不得其解，秦腔演唱在许多寺庙庆典中被公开采用，从无异议，况且孔庙管理者亦是个秦腔迷。众人不知这封杀令牵扯进的竟是对20世纪40年代一段不幸经历的痛苦回忆，据老人们说，那年小川入城的生意人秋收后回乡造访，庆祝丰收，生意人花钱请了一个专业秦腔剧团在孔庙里搭台唱戏。尽管这个计划引发了争执，反对者认为祭祀之地非娱乐之所，表演仍然如期举行。演出后不久，大川及邻村均突遭大旱灾的侵袭，点数往事，似乎秦腔表演最易触怒神灵也最适合背上酿造痛苦这口黑锅，唯有这份记忆煎熬于心，才铸成了常人视为荒谬的宗庙禁忌。

本来，祭祀礼仪的反复排练曾经不断强化控制着身体和语言，形成所谓“习惯性记忆”，甚至在文字使用上都顽强地守护着宗教生活的纯洁度。在大川村，人们会发现与世俗生活相关的内容均运用简化字书写，如说明书、药方和公共告示；与宗教生活有关的诸如牌位、寿材装饰、春联、纸钱等等则必须使用繁体字书写，繁简体的区别构成了宗教与世俗界分的又一道切割线。就连复修孔庙时指导祭祀的“礼仪手册”，内载祭文挽联都维持繁体字的古典形式。这里面大有深意的是，改革前的宗教资源随着文字的流失迫使大川孔姓把头脑中的记忆片断拼合起来，通过书写复原，个人的记忆借助祭祀手册放大成了一种群体意识。文字改革推广的简化字运动使文言降为稀有资源，但却恰恰训练了古典文本持有者进行“记忆排练”（memory rehearsal）的能力，使之可以垄断近于神秘的祭祀记忆内容，尽管在歌吟宣示这些祭文挽词时，用文言表述的抑扬顿挫的节奏常使大多数百姓如听天书。

另一方面，祭祀仪式拒斥日常语言表明了宗教生活的规范化过程，每一种表达环节都在维护与精神存在相联系的纯洁性，用混同于世俗的语言操作宗教仪式犹如不洗手净身就进入神殿一样的怠慢不敬。世俗世界在语言的喧声与近于刻板的仪轨中被剥离出了宗教世界。更重要的是，古典语言喻示着正统与权威，标志着记忆通过仪式由过去转移到了现在。

如果说由此就可认定宗教世界的纯净度愈益清明如水，那可就错了。如前所述，集体记忆的传承力量虽然能够在形式上界分出世俗与宗教的双重时空，却无法在根本上维持宗教生活这盆想象中的清水不为尘俗搅得混混浊浊。一个有趣的例子是，与曲阜总庙的认同与追慕本是维系大川宗教生活的一条生命线，可是曲阜圣殿由于被日益庸俗化、符号化，致使远在大川的孔庙被拖进了宗教程序化的过程。宗教的程序化指的是个人或地区的崇祀行为与国家祭拜的认同呼应，国家权威借此渗入了宗教的地方组织。20 世纪初，孔子的冥日通常通过清明、过年的祭奠行为体现出来，孔子生日的祭祀则是地地道道的国家行为，1913 年，举行了孔子生日庆典，并定为“国祭”，这明显是民国在宗教方面区别于清帝国的措施。大川准确实行祭孔生日的时间是在1930年前后，即大川孔姓与曲阜总庙在失去联系多年之后重新认同的结果。这种意识的又一影响，清晰地表现在孔氏先祖进入兰州地区的时间定位上。礼仪手册上写着孔氏入兰州的最初时间是宋末明初，元朝时期被悄然隐去了，此绝非笔误，而是构造历史意识的技巧。大川孔氏对探寻真实的历史既无兴趣也不觉得重要，他们关心的是如何塑造出一位镇守边关的英雄祖先。这真是民族理念与政治思维混杂在一起触发的复杂感情，宗教记忆的纯度终于淡化了。

法国的结构主义者曾经把社会视为“时间之外”（outside of time）的存在，剖析社会似乎根本不必参照历史语境，不必费心去想象人怎么会突然一步踏入设计好的框架内按部就班地讨生活。文化人类学的传统方法也经常在封闭共时的准实验室状态下去赏玩原始群居的人类标本。本书的价值是，把社会从高架于时间之外的结构游戏中拉回到“时间之内”（inside of time）来加以观察体验，孔氏家族的人不仅通过思想而且运用动态的行为去记录和创造着以孔庙为中心的社区历史意识，以历史记忆的概念探测这股动态之流似乎是颇中肯綮的思路。我们只有随之纵身跳进这条永不歇息的记忆之流中，才能多少领略被国家政治、地方冲突、道德理性、宗教意念、痛苦记忆等等所规范着的草根社会的全貌，那真是一个不同于官史营造的世界。

礼物交换的本土精神

偶尔从朋友处听说，有位简居中国乡村达 12 年的老知青，自 20 世纪 80 年代起似乎就有意拒绝咀嚼那处于风口浪尖之上的“文化热”带来的大悲大喜式的理论狂欢，即使在跑到哈佛“洋插队”之后，仍默默地在一隅清点着他积累多年的常人不经意之物——礼单，从而不懈地破译那寻常礼物交换背后的本土文化之谜。

当我踏入霍普金斯大学人类学系阎云翔的办公室时，首先闯入视野的竟是一帧镶于镜框中的土坯房照片，其破败凋残之象让人想起了原始部落中穴居野人的栖身之所。注意到我的诧异神情，阎云翔用平静的语调解释说，他在这地处黑龙江的野洞里住了七年，冬天烧炕，有时捡不到柴禾只能挨冻。我的心为之怦然而动，许久无语。我当时默想，不知这陋室与马林诺夫斯基在特洛布里安德岛中那所观察哨相比条件如何，尽管阎云翔生活在下岬村的七年里并不是有意识的人类学观察者，而是处于尴尬边缘人的处境，但不容置疑的是，12 年（包括在山东农村的 5 年）乡间风情惯习的浸染，却足以使他在离去多年之后仍对中国农村的真实景观拥有相当的发言权，而不会患上所谓“洋泾浜”的学术怪症。

对中国本土认知资源的调动与对中国语境的切肤体验，使得阎云翔这本名叫《礼物之流——“报”与一个中国村庄的社会网络》的著作并非仅仅立足于一种细部文化现象的解剖，而是要挑战人类学有关礼物的陈说与体系。礼物交换一事貌似平常，其实是人类社会中相互交往的一个最重要模式，其给予—获取的双向选择维持、强化，并创造着不同的合作、竞争、对抗的社会联系。从本土的意义上讲，它直接与人情、面子等中国交往范畴相连，只不过生活于平淡之中的人们对礼物背后充满复杂微妙的网络往往习而不见罢了。比如导论中曾述及山东农村在新年时要互赠最普通的一种发面饼，礼物之低贱使任何人也想不出这与礼物具有象征贵重的意义有何关联，可发面饼的交换行为恰恰是日常生活运转的润滑剂之一。

人类学界对礼物交换的文化社会意义关注已久，如毛斯（Marcel Mauss）在《礼物》一文中已经发现毛利人有一种 hau 的概念，他们认为森林中存在着一种神秘力量，经由一个人传递给另一个人。hau 总是有回归原位的倾向，但是只能通过某种物质中介交换才得以完成，如果不能回赠某种礼物，麻烦就会发生甚至造成接受者的死亡。如此弥漫于人类交往行为之中的神秘回归力量被称为“礼物的精神”。毛斯的“礼物精神说”代表着功能学派的观点，他们对礼物的分析着重于人们怎样和物发生关系，精神的力量如何经由物的传递对另一方造成影响。20 世纪 80 年代以后，人类学研究强调礼物与所有者的不可分割性，礼物交换正如击打网球一样，虽然球的所有者会暂时失去它，但网球终会反弹回来物归原主，这无疑与参赛人的竞赛动机紧密相连，即送礼人在心理上是要求回报的。

放在中国的情境中观察，礼物交换的大格局与西方视界中的结论有所不同，礼物交换在中国是“个人身份的文化结构”的一种反映，个人被要求通过礼物交换来定位自己在不同种类人际关系中的地位，礼物交换不仅发生于社会承认的那些人群的活动界限之内，而且帮助创造出一种处理地方道德世界中社会事务的相关中介。怪不得梁漱溟断言中国社会既非个体本位亦非团体本位，乃是关系本位，其重点并非集中于特殊的个人，而是交换中个人之间的关系。由于阎云翔这本书研究对象关涉的是礼物互换网络与整体中国基层社会交往的相关问题，所以不同于以往研究只关注于特殊语境下的婚礼、葬礼过程的个案解释与习俗描述，而是检析一种农村“日常生活”的关系结构，它也并非仅强调礼物交换中个人动机和应对策略，而是剖视礼物交换的文化作用及其运作逻辑。本书凭恃上百张礼单中映射出的多元信息，用统计透视行为规则的微妙解析，其精细之程度，在中国学术著作中是少见的。也正是建基于对本土日常行为感性积累的执著刻画，这份经年参与观察的记录，相当逼近于中国历史与社会的基层实情，从而构成了对毛斯以来传统人类学命题的巨大挑战。

传统人类学几乎一致认为：礼物交换是一种互通对等的交往行为，“回报”则是由交换规则的内在精神所决定的。换言之，单面的给予会导致送礼人权势的增加，造成控制对方的有力位势。而本书的研究表明，“报”的不平衡理念在下岬村这块中国土地上鲜明挑战了人类学的传统，礼物的单面输出实则体现出了四个反叛旧说的面相：第一，下级递送上级礼物并不希望得到回报。第二，在社会秩序的金字塔结构中，捐赠者的数量大于收受者的数量，导致礼物积累集中于上层。第三，收受者往往保持着社会权势高位，尽管他们并没有回赠礼物。第四，重复型的单线礼物流动，在相邻的社会层级之间创造了一个交换价值的制度化的不平衡态势。全部以上面相都是与现存社会学人类学的社会交换理论相冲突的，这是因为大多数人类学社会学家对研究礼物交换地点的选择往往趋向两个极端：一方面人类学家喜好关注“野蛮人”的精神与行为世界，热衷猎奇那些地方经济与社会关系均处于边缘状态，或者没有完全被现代政治国家的势力渗透影响的社会，因为这样的社会呈现出的“简单化”的色调较易把握；另一方面，社会学家又往往着迷于考察现代工业社会中基于民主政治系统特性的社会交往关系，把礼物交换变成了“经济理性”原则的共通翻版。

坐落于中国情境中的下岬村则自然有所不同。下岬村至少从两个层面上体现了本土的特色，其一是对于人情伦理而言，关系网络的培养和确定是通过利益和非利益的双重联系来加以定性的，这里边有传统的因缘在起作用；其二是目前礼物交换与关系网络的培育，只有从人际关系特征入手加以考察方能得到准确理解。由这两条可引申出中国人际交往的“不对称原则”，因为社会流动和物质需要在改革前基本上要靠对权力资源的支配，比如村干部在集体所有制成为主要支配形式之后，其权力空间的运作能力和作用明显加大了，村干部与社区村庄之外的权力联网就会构成对礼物交换的支配力量，从而演变为不均衡的“社会交换”场域。很明显，没人在送了礼后，敢于发话让村干部还礼。传统意义上单方面服从于“忠、孝、节、义”的观念，其实完全可以从现今礼物交换中的不对称性现象中透视出来。

有的西方学者认为，人与物在礼物交换中的分离是基督教宇宙观的成果。基督教的概念是全体人类在上帝的形象中平等地被加以塑造，这样就发展出了一个纯粹的非利益性给予的普遍性概念。实际上中国式礼物交换的行为逻辑使得马林诺夫斯基以来礼物可平等回馈与均衡交换的观念失去了“普世”意义。马氏以为从物质财富、政治权力到符号性奖励之间都有平等交换的关系，而中国式礼物交换则有两点差异，即回报的多元形式和回报的可能匮乏，这两点差异都会受制于权力网络中礼物交换的不对称性规则，因为接受而非给予乃是权力的象征。

对于传统人类学所描述的毛利人和印度人有关“礼物不可分割”及礼物拥有内在精神的循环理论，本书的研究提出了反证。在下岬村中，村民们总是试图回避赠送相同的礼物，这昭示着礼物恰恰是可以被分割的，而且必须是被分割的，中国的礼物中并不包含着超自然的神秘特性，然而礼物却又是最有力量去传递诸如关怀、道德联系和情感交流等信息的工具，只是与传统结论相区别的地方乃是在于，不是礼物内部的神秘精神而是人本身的精神在形成互通的凝聚力。恰恰不是物而是为物所表达的人情是不可分割的，人情债总是要还的。

本书的框架尽管是基于对本土情境的多年感悟与体认，却并非忽略人类学传统方法的诠释效果。比如用工具式的礼物给予（Instrumental Gift Giving）和表达式的礼物给予（Expressive

Gift Giving）来区分日常交往结构中的多变情形。所谓“工具式礼物给予”比较强调礼物交换中的功利性原则，交换礼物的动机往往不是出于情感的必需而是效果的实用性。在日常社会结构中，村民无论什么时候需要帮助，都会首先求援于个人关系网络的效用，但遇特殊情形迫使一个人求助于网络之外的人时，那么就要等待合适时机去对此人情债加以间接的回报。这表明了礼节赠送的情景特性，对决定一个礼物交换行为的本质起着重要作用。书中曾提到所谓“溜须”和“上油”的行为都属于工具性给予之列。

表达式的礼物给予印证了中国本土交往中道德与情感的核心作用。礼物不是物类的相互机械交换，而是人的情感获此中介渠道得以抒发和沟通，这里边的工具理性价值未必能无条件地支配人情世故中的感性取向。在这本书中，阎云翔常常为传统人类学不注重礼物交换中的感情因素而感到困惑，因为大师们似乎太惊异于经济理性的无情与宗教观念的神奇了，以至于人类学发展谱系中充满着对详细的经济互通模式——“报”的多元运作规则，礼物给予与宇宙理念之关系或人与物之间相互沟通状态的描述，却很少展示出普通人的感情世界和礼物在表达感情时的作用。于是对道德与感情世界的洞察烛照，把对人情世故的感情实验统铸于严密的理论框架中便成了本书的目的。据此我们不难发现，现代汗牛充栋的所谓中国“关系学”研究大多是建基于城市生活的观察之上的，而本书剖视的下岬村个案则异样地显示出：关系的培养更多的是一种文化自身的建构方式，而不是与他人交换资源的策略。同样，“人情”更多的是个人道德世界的一部分，而不是能交换的资源，关系和人情的最初构成形式乃是受制于农村社区中社会流动缺乏的现实结果。甚少隐私的居民作为近邻紧密生活在一起，在如此环境之中，回报之期望与个人利益的追求是如此迅速地被觉察到，以至于以功利目的为运作逻辑的交往，常会为情感的游戏规则所遮掩，乃至会被人为地加以替换。对情感原则的发现也许解释了本书与以往研究模式的差异所在。

传统的人类学理论，特别是英国结构—功能学派的学者把亲属关系作为社会关系建立的基础。以亲属关系为分析架构源始于弗里德曼（Maurice Freedman）对南方中国社会的研究。自从20世纪60年代以来，这个模式已占据了南方中国研究的主流地位，其居核心论域的“父系的”“血统的”分析原则成为了所谓“看家概念”，在此之后，不断有学者对“看家概念”的阙失提出批评，如有的学者认为台湾村庄中可能由其他因素如经济防卫目的、原初居留模式和财富的分布来决定其结构的变迁。

沿此路径而行，对下岬村礼物交换的研究印证了一个观点，那就是社区的巩固与合作系统的维持是通过亲属与非亲属的双重关系来决定的。在下岬村，无论是故交旧友还是同事亲朋都是由村民自己创造培养的，而不是继承了父母祖先的现成遗产。村民利用这些关系为自己的实际利益服务，社区和亲属关系在此被并入个人异常灵活的网络之中。也就是说，1949年以后对宗族网络发展有意抑制的结果，正好为下岬村居民提供更多的自由去选择怎样构建他们的个人网络。这样一来，自愿构成非亲属式的朋友、同事之类的联系在关系网络的伸缩中占据了重要地位，这也许正是本书强调要把中国情境放在新型关系背景下加以考察的缘故。

当然，礼物交换的内容也会随时代而发生形式的变化。如收礼金的账房已不用红布装饰，礼单改用钢笔抄录于笔记本上而非用毛笔大刷于红纸之上。改革开放后，礼物交换更注重于实惠利益而不是感情价值的互换，人们开始习惯于为原本是属于义务范畴的人情行为支付工资和报酬。这些趋势使得礼物的实质更趋向于交换价值而非符号价值，但是权力网络制约下的交换行为似乎仍在延续，那么，旧有权力系统如何在礼物交换中发生变化呢？“不对称原则”在市场经济的狂飙催动下还会一如既往地起作用吗？它是否有趋于“经济理性”原则的可能？也许是囿于固有的生活经验，本书尚未对这些新情况做出系统的回答，下岬村乃至中国礼物的故事也自然不会就此完结而有待续篇了。

阅罢此书，不由得想到中国学术的本土化与情境化问题，西方社会科学的发展其方法可谓纷繁歧出，而中国自古即没有自己的社会科学理论建构，只有历史学的人文学解释框架可资利用，这就是为什么从王国维、陈寅恪起就不断引进西方社会科学理论以使旧人文框架开出新境的原因。20世纪三四十年代，吴文藻、费孝通等人辟路出新，使社会学有了中国的灵性与感悟，他们戴着方法的镣铐跳舞，似乎并未如某些人担心的那样被凄惨地分割于方法的搅拌机中成了模仿的碎片。本书之立意可谓是这股本土化潮流的再现与演绎，阅此书必须正襟端坐方可卒读，但展纸之间时时可感知到作者生命体验中跃动的活力与优容的情调，冷峻但不拘泥，反叛却不矫情。我以为，真正的思想者即应于此平实中见出真性情，而不是急于去标榜炒作思想失踪的新闻。

我总担心，所谓寻找思想失踪者可能只是一场顾影自怜的感伤游戏，而其中缺少的恰恰是实实在在的耕耘者的气度与坚忍。道理很简单，在寻踪者们看来，仪式的表达比表演的结果更形重要。思想者寻踪和目前的道德批判一样变成了话语独霸的表现主义手段，按北京梨园的行话来说，这叫“咱也是个角儿”了。记得在美国拉斯维加斯看歌舞表演，show让中国旅行社一翻译便成了谐音的“秀”字，与中国的“作秀”含义相当，这倒应了那位把中国人看得挺透、连鲁迅都有些佩服的史密斯先生的老话：中国人的人生似乎更注重形式。不用说“思想”一词本意原就复杂难辨，既可能是超越人类世俗时空的形而上终极关怀，也可以是一时一地紧扣人生路径的细微但又理性的感受。按时下的标准，阎云翔的东西大概属于贴着地面走的“土行孙”一类，无缘进入当年乡村俱乐部思想家们高傲不群的视野。而阎云翔又确乎是四十出头那一代从农村中摸爬滚打出来的“野蛮人”，只是多了份洋插队的履历，他的细微平实而又眼光独具是一种真诚参与的结果，而非一种即兴表演式的悲情高调。也许在某些终极关怀者们看来是跑龙套，但我以为这才是梨园中所谓“角儿”。干的活，真真是有分量！

亲密关系变革中的“私人”与“国家”

当谈到西方的中国研究时，很多中国学者常常习惯用怀疑不屑的眼光去打量，随之想当然地鄙之为“隔靴搔痒”，那意思是没什么“皮肤感”。的确，西人所用的诸多探测工具，诸如“结构”“规律”“主体”等，在勘察中国社会这个矿山的浅层脉络时，似乎总能得心应手，可一旦深入最深的文化矿脉，特别是中国人只可意会不可言传的那部分感悟会心之处时，往往又会觉得力不从心。

当年“中国中心观”的提出，当然有西方学术界自身进行方法论调整的意图在内，但就我们中国人的心态而言，却分明有一个错觉，似乎他们是在向国内同仁示好，那意思是只要观察立场一转变，自然会导致皮肤感觉的增长。最有讽刺意味的是，这种被虚构出的“示弱”幻觉，不但没有变成我们在研究中培育自身历史和文化敏感度的理由，却恰恰变成了肆意消费西式名词的借口，这里面隐含着一个判断：中国人具有天生的“在地化”的优势，即使疯狂挥霍西学名词到极致，还都改变不了“中国人”的身份，因此就自然天生具备一种洋人不具备的历史和现实敏感。

现实昭示的却是另一幅画面，在做出这种自大轻率的论断的同时，我们的学术界却日益钝化着自己的历史嗅觉，而习惯不加基本反思地滥用移植西方的解释，或干脆径直论证中国近代会自然出现类似西方式的变革图景。最让人困惑的是，被指为“隔靴搔痒”的诸多方式正反讽式地成为我们获得学术合法性的一个重要理由和必备条件。我担心这样下去,恐怕没过几年，那“隔靴搔痒”的帽子就要被扣在我们自己的头上了，而且还可怕地徒具“在地化”身份的空壳。

在这样的忧思中，阎云翔《私人生活的变革》一书的出版就尤其显得难能可贵。从题目中就可猜出，和几年前他第一本书中所关注的“礼物”与“社会网络关系”的论题有所区别，他这次处理的是“个人”问题。“私人问题”在中国研究的脉络里向来并不重要，那是因为人们总是基于一种印象，中国人似乎永远只是社会网络中的动物，不但没有表达个人欲望的要求，也没有安置私人感情的空间和条件。因此只要把“私人”生存的网络关系比如家庭关系搞清楚了，任务自然就完成了。

阎云翔对此感触很深，在过去的中国乡村研究框架里，“家庭”仿佛不是个人生活的场所，里面看不到个人的角色与作用，变成了抽象的制度。在他看来，乡村中的民众并不总是将家庭置于个人之上，缘于这个认识，他以为关注家庭生活的新重心应是“个人的生活体验”。表面上看，阎云翔做这个题目似乎再合适不过,12 年的农村经验足以使他具有“在地化”观察的资本，但实际上如果没有对整个农村变革的整体观照和宏大的历史视野，“在地化”的微妙优势反而会遮蔽在“个人经验”的局限之内而失去其学术规范的意义。阎云翔显然意识到了这点，他的研究即使在讲述最细微动人的私人感情的关节处时，其关注视野扣紧的仍是个人的命运如何与大背景下的国家变迁相勾连。

粗略来说，阎云翔新著中有两个主题值得讨论：一是“隐私权”的成立，二是“国家”在形成私人亲密关系中所起的悖论作用。

其实，“隐私”的观念在西方也出现得很晚，是19世纪后的产物。“个体性”即一种对个人独特性的强调的观念历史虽很悠久，但“个人”作为“主义”出现，即一种反对公权力笼罩一切的立场却是晚近的发明。难题随之出现了，当我们据此观察中国历史时，中国人到底有没有“隐私”观念就很难解释清楚，基本上处于标准不同、诠释各异的状态。随手举一个例子，如果说中国人的“隐私”观念可能会出现得更晚，那为什么当年梁任公却偏说中国人拥有太多的“私德”？孙中山更痛心疾首地大骂中国人如“一盘散沙”呢？“隐私”与“私德”虽仅一字之差，却有天壤之别，甚至正好南辕北辙。

中国人的所谓“私德”绝非近代“个人自主性”的一种表达，而恰恰是服从于集体伦理的表现，任公们痛斥中国人固守“私德”，也不是真的觉得他们太“个人”了，恰恰是觉得他们太“家庭”了，甚或认为，“私德”的泛滥恰是个人更多地服从于家族伦理秩序的结果，那副“各家自扫门前雪，哪管他人瓦上霜”的对子，里边的“家”字既可能是一个夫妇为主轴的家庭，也可能是一个规模庞大的家族。

任公的意见是，中国人应该服从现代国家所塑造出的更大的“公德”。这和西方意义上的个人“隐私观”不但离得越来越远，而且简直有点背道而驰的味道。这也证明，对“自我”的关注从来不是近代中国的主题，因为中国历史上从未有过真正苏格拉底式的对“自我”(self)意义的沉思。中国人所显示的通乐圆融，使“个人”在政治和日常生活中表现出了太多的功利品格。

“五四”前后曾出现过短暂的“个人自由”呼声,但这种“自由”很快被替换成了服从国家目标利益下的“自由”，并以扩大家族“私德”为国家“公德”为首选的道德训练目标。因此，所谓“人的解放”在中国就有了和西方完全不同的含义。在西方，“人的解放”除了对人的理性的发现这层意思外，主要就是重新核定了“个人”的位置,使之在空间上拥有处置私人事务的权力。而中国的“人的解放”则是从一种“私德”归属的家族式空间，转移到“公德”归属的国家空间的过程，所谓“解放”一词的内涵长期以来和个人自主性空间的获取基本没有关系。

那么，我们又该如何评价这种转变呢？如果按照西方规定的一般的批判逻辑，肯定会有人指责中国缺乏个人自由，“个人解放”一直为群体政治目标所阻云云，这样的批判俯拾皆是，很多人都能脱口说出，极易表达。其实情况远为复杂，按阎云翔的看法是，国家的力量介入及其对乡村毛细血管般的渗透控制，取代了家族统治，这个变化实际上营造了一种新型的公共空间。这个空间表面上看是对传统乡村秩序的摧毁，但在组织群体行动的意义上而言，却又有可能是传统空间秩序的某种延续，看不到二者的关联而仅强调其断裂的一面是不够的。区别可能在于，现代国家意识形态下的空间控制，比以往拥有更为强大的社会动员和整合能力。

在前现代社会，乡村民众出于“天高皇帝远”的地理距离和由此造成的心理距离都是巨大的。而现代国家对农村的渗透使得民众通过一系列的社会动员技术直接感受国家制度，“文革”时在农村待过的人都有如此经历，田头村口的大喇叭每日把政治宣传的信息不厌其烦地灌输到日常生活之中，对公共和私人生活干预的细胞化程度是以前所难以想象的。同时，这种干预又确实在很大程度上使农民个人从家庭、血缘、社区的权力支配下解放出来。

按阎云翔的说法就是，国家通过摧毁传统地方权力的方式使家庭私人化得以实现，同时也确实通过将家庭卷入国家政治的方式为其个人的发展创造了新的社会空间。怪不得有人为当时体制辩护时的理由就是，乡村民众史无前例地被卷进了各种政治运动中，具有了前所未有的政治参与意识和能力，并歌颂说这即是一种所谓中国式的“大民主”。岂不知这种民主可是自上而下规范出的政治参与，与个人从“自主性”出发的自发性民主要求不可同日而语，因此更谈不上具备什么真正的政治参与能力。

那个时代国家的介入到底在多大意义上带来了“私人的解放”，似乎仍是个见仁见智的问题。但“国家”的建立并没有在日常伦理层面上形成与服从国家政治目标相区别的伦理系统，以取代传统的伦理网络，确是个致命的痼疾。以致在放弃了家族集体伦理之后，只能用一些空洞的政治伦理去取而代之。这些“政治伦理”往往又是以摧毁日常生活道德伦理之间的信任网络来加以维系的，可当以对国家忠诚为主要政治伦理的社会动员结束后，随着“国家”的逐渐退场和市场利益为主导的伦理取向的出现，乡村中真正由“个人”觉醒所导致的自主性组织的缺乏，直接造成了乡村信任网络的崩溃。

因此，近代以来知识分子一味提倡的以放弃家族集体伦理为代价向国家政治伦理转变的二元对立选择，最终都是一种集体行动的伦理逻辑短暂发生作用的结果，缺失的恰恰是对“个人”的安置。也就是说，在做出向政治伦理转变的选择时，根本没有重新界定“个人”在日常生活中理应具备什么样的责任。或者说在实行什么样的责任义务后才能获得自己的利益。当约束忠诚行为的政治道德瓦解后，那些被“政治”摧毁的乡土网络又荡然无存时，“个人”还能如何选择呢？乡村中“无公德的个人”的出现恰恰是传统常规伦理与强制双双失范之后收获的畸形果实。

在这本新著的中文版自述里，阎云翔已深感这种困惑对心灵的强烈侵扰。他提到了许烺光的那本名著《祖荫下》对自己最初阐释思路的影响，在这本书中，中国文化的集体主义价值取向变成了一个诠释中国人行为的法定公式，但背后隐藏的却是一个近代知识分子的集体预言：一旦以觉醒的个人反抗祖荫的行动得以成功，中国人就最终得救而跳出苦海了，“个人解放”的过程就会自然完成。传统中受家族制约的文化人格只有为自立自强的个人取代之后，“富国强兵”的梦想才能顺利实现。阎云翔也一直为这个梦想最终到来的时刻所激动和鼓舞，并曾发誓要用自己的学识从一个小村庄的变革历史起步，通过展现其变化，描绘出一幅中国农民摆脱旧伦理枷锁的令人回肠荡气的雄浑画卷。

可就在这“百年之梦”一旦在下岬村这个地处东北偏远地

区的小乡村终于梦想成真时，他脸上兴高采烈的激动表情似乎并没有停留多久就转成了疑惑的神态，因为他看到的是，随着私人空间的扩大和隐私权的合法化，带来的是孝道的崩毁和家庭秩序的持续解体，带来的是利益原则的优先和人情的冷漠，带来的是极端功利化的自我中心与拒绝履行义务之间的并存状态。他开始怀疑自己当年的乐观想法是否过多受到新文化运动和现代化理论的影响，将独立自主的个人之崛起预设为走出祖荫的逻辑结果。这个疑惑又促使他决心把下岬村历史变革的写作继续置于一种开放的未完成状态。

正如他所说，“非公德的个人”的确可能普遍存在于全国广大乡村，并非是东北一地的个别表现。其得出的忧心结论自然反映的是对整个社会道德滑坡的一种整体焦虑感。最主要的忧虑仍集中在传统网络和政治伦理教化趋于消失后，我们意欲何为的问题。不过我倒是觉得，东北地区的特殊性也许和南方的乡村形态有所不同，从而导致了道德网络瓦解和重组的可能性或者是重组程度出现了重大的差别。

地处东北的下岬村的人口构成并非典型的单姓村庄，似乎更像是个多姓聚居的“移民社会”，我不太清楚其原始人口中到底有多少是当年从别处闯关东后定居下来的居民，但相对混杂多元的姓氏构成也许使这个小村无法像南方的典型单姓村落那样拥有稳定的宗族根基。对亲属关系的认同也会出现相对分散的状态，这还没有考虑更为复杂的民族混居因素。对同宗同族关系认同的相对松散可能会更快地导致传统伦理网络的解体，这样的过程也许对“个人”意识的觉醒更加有利，甚至会促成下岬村人更加迅速地摆脱传统家族伦理和国家政治伦理的双重束缚。不过这是不是东北地区的特殊现象呢?

据我在南方地区进行的一些非常零散乃至有些碎片化的观察，南方即使在改革开放之后，随着政治伦理约束力的淡化，以“宗族”为中心的社区重建仍是伦理秩序恢复的主题，而且进行得卓有成效。一进入南方的某些地区，由宗族和神庙组成的制约网络所营造的氛围，其强大程度足以支配民众的日常生活。去年元宵节我在福建莆田观看了抬神游行。这天许多庙里的神祇都被盛装抬出，沿固定路线巡游示众。长期在北方生活的人很难想象，莆田一个比较大的行政村居然分布着一百多座神庙，而且其中有相当一部分是20世纪80年代以后重修而成的。巡游的前夜全村要举行彩灯游行，从高处望去，一条灯龙从村内民居中逶迤游过，伴着不时在空中炸响的焰火。如果你晚间进村在朦胧中穿行，会不时忍不住停下来为某个房间中闪烁出的神秘祭神灯火而驻足观望。

白昼来临，漫长的抬神队伍蜿蜒前行，其中还有不少小孩扮着戏妆跟随队伍，长长的队列要绵延行进数里乃至十数里。孩子们的脸上不时显出疲惫之色。我当时心里就在想，这些孩子在学校受的是无神论教育，而在家里又干着这些正统教育视为“迷信”的勾当，他们是如何在心里安置这种相互冲突的教化资源的呢?他们的行为是完全出于自愿还是受制于群体规范呢?在如此神秘的压迫氛围之内，如果他们选择反抗，结果又会如何?在当时那种场合，答案当然不会轻易得到。

不过，当我在思考阎云翔所提出的“非公德的个人”可能已慢慢变成当代中国人带有普遍性的人格特征时，莆田孩子们脸上的那副些许无奈的表情仍唤起了我的一些遐想。其中之一是，传统伦理和政治伦理的双重缺失固然造成了“无公德个人”的出现和普遍化，但传统网络重建并非完全失去了意义，当然，重建可能性的大小在于切实了解不同地区的差异和特点后，再考虑如何更有效地寻求地方资源的支持。其中之二是，“无公德个人”现象的增长与“公德”含义的日趋模糊有关，必须在日常生活中重新划定公德的范围。难题在于，“公德”的推行往往不在道德倡导，而在权威震慑。这样一来，权威的唤醒与树立就变得甚为关键，然“权威”的界定最终还是取决于当地的历史和社会生态，无法相互复制。例如南方神祇的威慑放到东北也许会马上变得无效，道理很简单，下岬村也许早已无神可拜，村里的孩子自然不受那神秘力量的拘束，也不会出现那抬神巡游时的无奈表情。那么，如何兼顾不同文化地貌的特征，来重建我们新“公德”制约下的个人价值体系呢？

我胡乱猜测，这也许正是阎云翔下本书要解决的问题，我真诚地期待着！

有形的与无形的

遍览世界宗教传播的历史过程，我们注意到，无论是什么类型的宗教，都面临着一个与被传播地传统文化基因相互碰撞与融合的问题，这种所谓的“本土运动”往往决定着一个宗教本身的“传播生命”。中国自儒教一统天下以来，曾两次遭遇异教的渗透，佛教不用说是颠沛流离，几起几落，终于使禅宗挟着棒喝机锋，打入儒门。天主教更是几生几灭，历尽坎坷，虽然儒冠儒服的利玛窦初悟“中庸”之法门，把道成肉身的西方“天主”与混沌一片的中国“上帝”一勺烩在了新儒学这口大锅里，再加进些“修身事天”之类的中国佐料，也终未烹调出类似禅宗式的原汁中国基督。此中之奥秘何在，确实是个让人百思难得其解的有趣课题。《中国文化与基督教的冲撞》一书的作者法兰西学院汉学教授谢和耐，正是试图解答中国人在17世纪首次接触天主教义时的反应，在多大程度上显示了西方和中国在世界观上的根本差异这个问题。此书从三个层面对两个文明的冲突展开分析：政治与宗教的不同关系，中国与西方道德观的差异，中国“天”的观念与西方“上帝”观念的分别。

一部基督东渐史，从本质上而言就是一部与异类文明冲撞与误解的历史。当神情疲惫的利玛窦几经磨难终于踏上了中国这片广阔而又神秘的土地时，扑面而来的恐怕首先并不是在天主教神灵实体性与儒学的泛道德非宗教性之间所引起的心灵搏杀，而恰恰首先是应否把中国文化当做某种与欧洲平行的文明类型来看待的问题。每一个进入中国境内的传教士都面临着如下抉择：是应当脱下身上的西欧式服装，穿上传播地居民祖先遗下的衣物呢？还是应当把天主教作为自己祖先遗留下的一件文明装饰品，即作为西欧人文化象征之一的部族宗教来显耀呢？从表面上观察，唐宋至明清之际的中华帝国已臻于极盛，似乎足以使西方“蛮夷”们叹为观止，马可·波罗的游记仿佛已使口吟“华夏中心论”的中学硕儒们凭空获得了几许颇带洋味的口头赞助。岂不知素持“欧洲中心论”的传教士们从宗教意义出发早已在东亚地图上填满了“这里是一些怪物”的标记，从此便断然否定了东亚道德教化与天主基督信仰在文明嬗变中的平等意义。这种基于两类文化基因产生出来的无法言传的巨大隔阂，也许正是一种更为深刻的文化孤独。所以，横亘在东亚传道开辟者——耶稣会士们面前的首要问题，并不是调和宗教精神层面的中西冲突，而是如何在属于非宗教精神层面的礼仪习俗中，与传播地居民达于某种沟通和理解。

很有趣的是，西方作为“世俗之剑”的国家信仰与作为“精神之剑”的宗教信仰之间各自存在着一套既彼此独立又相互冲突的仪轨规范，以至于这两把利剑常常互争雄长，表现出一种巨大的张力。在两者斗争过程中，知识阶层及其价值体系也扮演了一个重要角色，在教权与王权的仪轨之间，他们是有权力做出自己的选择的，尽管信仰国家规范的知识体系几乎少有例外地明白表示，宗教应该以“绵羊式”（Sheep Pattern）的柔和谦卑来动员及支持“普遍王权”与社会结构。

传道士们尤其是多明我和方济各会的修士最初无疑沿袭了西方政教消长的思维模式。他们认为在国家信仰与宗教信仰之间，知识体系及其负载者——士大夫集团往往具有举足轻重的作用，他们的目标是通过从儒士阶层入手，把那些沉溺于道德政治教化的“迷途羔羊”，纳入到宗教信仰体系中来，或者至少在支持“普遍王权”与社会结构的过程中，保持自己独立的精神领域。然而，这些传教士却没有意识到，中国古代的集权结构不仅要像西方王权那样企图规约、转化或批判宗教，从而进一步要求宗教输诚、交心、支持既定的权力与社会结构、伦理规范与生活方式，而且要求对整体价值信仰和行为仪轨进行全面的垄断与独占。这种垄断具有绝对的排他性，不能容忍任何价值体系与“普遍王权”处于平等的占有地位。与西方的宗教类型相比较，中国的宗教有极为特殊的“政治性祭典”。谢和耐也指出：“士大夫的全部宗教可以概括为对于宗教仪式的尊重和在进行这些仪式时绝对的真诚。”从这种宗教垄断与独占的严厉程度来看，个人是根本无法跳出伦理之网去体验什么超越人世之外的纯粹宗教情感的，即使像“绵羊式”的依附性体验都决不可能，而只能是纯粹政治道德化的深层心理感受。这种现象在“信仰”天主教的士大夫们中间表现得异常明显，他们把宗教意义上的“天主”完完全全给道德化了。在儒士们看来，所谓“天主”不过是“吾六合万国人之一大父母也。我有父母，可不爱不敬事乎哉”[①]。至高无上的“天主”被异化为道德伦常中的人间大父母。照宗教本意而论，“天主”负有拯救人类的神圣使命，是主宰万物的超然实在，而在儒士们的脑海中，“天主”不过是一位凡胎俗骨的“华夷共生之父母”,耶稣亦不过是一位教人“敦王伦、尽王常”的耆宿鸿儒。难怪耶稣会士利类思（Lodovico Buglio）在《不得已辩》中要大讲特讲耶稣神性与人性的二性合一论。有趣的是，士大夫们似乎只对耶稣富有人性的一面大感兴趣，在他们的头脑中，一种纯粹的世俗教义和一种宣示超越宇宙真理的教义之间并没有明确的角色划分。与西方宗教体验的最大一点不同是，中国人几乎无法超越世俗之外去体验天主的真实存在，而只能以世俗的家族等级秩序为基点，以伦常教

传道士的太太在中国

① 李之藻：《刻圣水纪言序》，见徐宗绎编著：《明清间耶稣会士译著提要》卷三《真教辩护类》，上海：中华书局 1949 年第 1 版，第 172 页。

化为半圆，去揣测“天主”的现世异化形象。这样，“天主”就被生硬地拉入了中国伦理大家族的圈子中，充当了一名大家族的族长，神灵的光环被淡化为世俗的王冠。这种无意识的心理同化现象喻示出：即使一个小小的服饰变换问题，也不仅包含着某种文化类型较量的深层内蕴，而且还包含着是否承认普遍王权对宗教礼仪与精神的垄断与独占。中国知识阶层对“天主”概念的偷换，深刻地说明传教士与士大夫在 16 世纪末期表面上的融洽相处，恰恰来自双方彼此的误解。

如果换一个视角来看，16 世纪、17 世纪“普遍王权”对宗教及世俗精神领域的独占是通过许多外在的礼仪形式间接进行的，倘若通过某种途径超越这种外在的象征礼仪，就有可能突破甚至置换被普遍王权间接垄断的价值体系，从而渗透进异质于旧有内容的新的文化因子。当然，这类渗透主要看其对外在礼仪垄断的突破程度。比较佛教的禅学化过程和天主教的渗透方式，我们会从中得到不少启示。禅宗的诞生作为佛教界的一场革命，我认为之所以能迅速使佛教中国化，不仅在于惠能发动了一场类似马丁·路德宗教改革的世俗化运动，而且在于禅宗彻底超越了普遍王权对宗教仪轨的控制和对宗教信仰诠释的权威性独占。君不见，禅宗的棒喝交驰，机锋频现，把原始佛教的权杖仪轨统统甩到了爪哇国里，甚至呵佛骂祖，打碎偶像。而耶稣会士们则从外在礼仪的认同上入手，把耶稣的箴言偷运进儒学的道德训诫，他们儒冠儒服，打躬作揖，换文赋诗，俨然一派儒者风范。两者的共同点就在于，借认同或超越象征性礼仪之机，向儒学的精神领域进行大规模渗透。然而两者对政治礼仪与道德权威的超越在程度上有很大不同，禅宗对各种垄断的超越程度是相当彻底的。它从“无住为本”的潜在意念着手破除了佛教戒律与儒家礼仪的界限，成功地把儒家日常伦理与佛学的“悟道”方式结合起来，使传统的佛教烦琐仪轨消弥于芸芸众生的世俗行动之中。一旦突破了儒教所设置的外在礼仪构架，在精神境界里就完全可以潇洒地“无念无住”，心超世外了。禅宗经过这场“悄悄的革命”，实际上已经挤进了新儒学的合法殿堂，以至于宋明之后，出现了“天下皆归于禅”的局面。

与禅宗“逢佛杀佛，逢祖杀祖”的旋风性变革相比，耶稣会士企图经由对儒学外在轨制的认同，以偷传“天主”圣音的构想，并没有收到实质性效果。他们尽管从儒教经典中寻出了不少中国知识阶层“事天”或“畏天”的字眼，并用“上帝”与“天”的名称代替“天主”（God）以掩饰教义本身的神学色彩，从而把儒教奠基人留下的某些语焉不详的字句，通过阐释为己所用。只是耶稣会士们并不了解，所谓“上帝”与“天”的威慑力必须经过“普遍王权”这个中介才能与人间相沟通。“事天”“敬天”的各种祭典也必然为政治权威所独占，一般知识阶层的行为仪轨不过是政治权威示范行为的某种投射而已，他们无法越过政治权威直接沐浴在“上帝”的恩泽中。耶稣会士通过诸如祭礼器具、唱诗、行列仪式以及教堂庆典等宗教仪轨，并凭借散发神像、圣物、徽章、圣水等手段，企图使中国知识阶层与上帝直接相通。这明显触犯了政治权威作为沟通天地唯一渠道的垄断权，具体而言是触犯了《大明律》中所规定的严禁私家告天、书符咒水、隐藏图像、烧香集众、夜聚晓散等条款。我想这正是其屡遭查禁的一个重要原因。

从中国古代历史发展的过程来看,“普遍王权”对沟通“天人之际”的中介手段的占有是多方面的,比如对文字及其中包含的道德内容的占有即是其中的一项。据张光直先生研究,文字载体之所以能与它包含的信息融为一体,原因是一旦人发明了书写,文字本身便成了沟通天地之重要工具的一个组成部分。同时,这种沟通便被王权赋予了道德权威的意义。所谓“文以载道”就蕴涵着强烈的政治规定性及道德内容,几乎没有几个宗教传播者敢对此漠然视之。①

平心而论,在中国的耶稣会士们确实也为天主教义的中国化做出过种种努力,力图融合东西方“上帝”观念的“译语主义”运动即是表现之一。这种努力还由此造成了许多维护正统教义传教士的误解和不满,他们要求用“原语主义”来表达“天主”的本意。但是,早期来华的耶稣会士由于受过良好的西方神学训练,沿袭了中世纪经院哲学的传统,常常过分迷恋于对“天主”实体存在的逻辑论证,这种逻辑论证确实使一些中国士大夫教友的思维方式多少变得缜密起来,同时也为自己接近中国传统文化的内核设置了一道自我屏障。从传教士遗留下来的大量书信札记中可以看出,他们经常东奔西走、不厌其烦地与儒士僧侣反复辩难论战。著名的传教士如艾儒略(Giulio Aleni)、龙华民(Nicolo Longobardi)、汤若望(John Adam Schall)等都有论战的记录。尽管耶稣会士们凭着深厚的逻辑学功底在论战中屡辩屡胜,岂不知

---

① 张光直:《美术、神话与祭祀》,沈阳:辽宁教育出版社1988年第1版,第66页。

逻辑的力量根本无法代替和超越道德的力量，对“天主”实体与神灵谱系的论证常常引出令人啼笑皆非的政治道德化理解。如曾在钦天监供职的杨光先对耶稣被钉在十字架上感到大惑不解，认为如不是叛臣贼子，何必处此极刑，“然则天主耶稣者，乃彼国之大贼首，其教必为彼国之所禁，与中夏之白莲、闻香诸邪实同”。这是政治化的理解。对于圣母玛丽亚的未婚先孕，杨光先更是破口大骂：“世间唯禽兽知母而不知父，想彼教尽不知父乎？不然何奉无父之鬼如此其尊也。”这是道德化的理解。不言而喻，对道德权威的占有所铸成的思维定式根本无法使儒士阶层超越现世的伦理之网去体验彼岸“天主”的存在。对西方神灵谱系的逻辑论证既无力抗衡也难以融合中国的道德谱系，这就是为什么一旦认识到无法击破道德权威对精神领域的绝对占有时，禅学大师们就开始干脆拳棒交加地呵佛骂祖了，因为道德权威无法干预的领域恰恰是既非伦理亦非政治的深层心理体验。

天主教义由于自身的“外在超越”性质，与禅宗及新儒学的心学一派“井水不犯河水”，没有发生激烈的正面冲突。重要原因是禅家素来摒弃文字逻辑，不喜以辞害义。明末虽有袾宏和尚一派与徐光启、李之藻在杭州展开论战，但袾宏属净土宗一支，兼修禅教，故不应算正面交锋。到了清初，“理学”被奉为官学，“理学”家推崇“太极”的氤氲化生与万理有其宗、万事循其则的宇宙万物演进图式，表面上和天主教义所关心的世界本源问题可以“相互发明”，实则理学家所关注的宇宙本源演进模式早已包含着“圣人与天地合其德，日月合其明，四时合其序”的世俗道德内容，作为宇宙本源“天”的演化并没有超越于道德权威的威慑之外。

耶稣会士把“天主”实体与人世的道德秩序割裂并对立起来，引导士大夫舍弃内心的道德感悟，仰慕于外在的神灵拯救，这显然愈发背离了儒教的本旨。怪不得清中叶以后的士大夫对天主教少有问津者，而雍正以后的百年禁教不过是两种思潮冲撞以至破裂的外在反映而已。

记得汤因比在研讨耶稣会入华得失之时曾阐发过一个“高级宗教本质剥离论”的观点，他认为:“高级宗教是由本质的要素（教训与真理）和偶然的、一时的地方附加物（未构成本质的仪式与提案）构成的，而且两者密切联系并共同存在，高级宗教的移植是把从高级宗教中剥离的本质注入到其他文明上，进而使其染上传播地文明的特色；而强制地导入刻有诞生地文明色彩的附加物，就会受到传播地社会的抵抗、拒绝、排除，进而成为锁国的原因。”[①] 最初一批传播福音的耶稣会士们正是在放弃了自己的“宗教地方附加物”（如某些与儒教相冲突的礼俗）之后才认同于儒教的外在礼仪，这种认同为教义的传播奠定了可靠的基础。只不过由于耶稣会士们始终坚持宣示“天主”的实在性，并运用逻辑手段进行辩护，最终不能像贬斥理性思维的禅宗那样突破佛教与世俗的分界，彻底超越道德权威对意识形态的垄断，一个是认同，一个是超越；不仅程度不同，而且本质相异。

得耶？失耶？不妨参考《中国文化与基督教的冲撞》一书。

---

① 汤因比:《中国文明与世界——汤因比的中国观》，北京：东方出版社1988年第1版，第259页。

宗教功能的本土化阐释

中国社会中有无宗教？若有宗教其地位又当如何？儒学是否可称之为儒教？这些疑问语式似乎历来就是学术家殚思竭虑、攻讦驳难的原始命题。关于宗教在中国的“有”与“无”，《中国社会的宗教》一书之名已昭示出了著者的倾向性。在著者杨庆堃先生看来，中国城市中最宽敞最漂亮的房子往往就是庙宇，一般只有高级官员的住宅才能与之匹敌或超过它们；稍有感性常识的人，谁也不会对遍布地方基层的庙宇和神龛之宗教特性视而不见。当然，对这些问题的回答仅仅靠“跟着感觉走”是不行的，“跟着感觉走”已使梁启超这样的大学者的判断出现了失误。梁启超就曾认为，宗教史包含神学与宗教组织的变化两大方面，神学是超越真实世界研究死后的灵魂，传统儒学的注意力则是关注于现实。从这两个方面看，中国是否有宗教几成一大问题。任公划分神学（思想层面）与组织（结构功能层面）的视点是相当准确的，宗教研究的分野总括起来也不外乎这两个切入点，只是任公基本是站在“莫言鬼神”的儒家立场上得出了感性的结论，却巧妙地绕过了“结构分析”这一社会史研究的难点。因为中国宗教与西方基督教世界正规的组织系统不同，它恰恰始终处于一种模糊的位置，如果不加严格的分析，很难把握其跃动的脉搏。从一定意义上说，杨庆堃先生的这本书正是使其模糊的景象日趋明朗化的一个尝试。因为他的目的就是在纷纭多变的社会网络系统中寻究中国宗教的“结构性位置”（The Structural Position）。

杨庆堃引用 Joachim Wach 的著作《宗教社会学》中的观点区分出了两种类型的宗教组织，即“自然围体”（natural groups）和“特殊的宗教”（specifically religious），如果依据这两个概念，用结构—功能的观点解析中国宗教，那么它大致可以界分为两种形态：一种是制度性的宗教（institutional religion），另外一种则是分散性的宗教（diffused religion）。制度性宗教自身有独特的神学或宇宙解释系统和形式化的（包括符号性的形象和精神表征如上帝等）崇拜祭祀系统，并有一个独立的人事组织去促成神学观点的阐释和祭祀活动的进行。从结构角度而言，制度性宗教的一个最大特点是其自身可独立于世俗的社会体系之外，从而在某种程度上与之相分离。分散性宗教也有其神学、祭祀与人事的运作系统，但是无论其精神内核还是形式化的仪轨组织均与世俗制度和社会秩序有机地整合在一起，成为结构的一部分，它自身没有任何独立存在的价值和意义。总体而观，制度性宗教是作为分离出来的世俗宗教系统独立发挥作用，分散性的宗教则只能作为世俗社会制度的一部分发挥其功能。与之相关的是，缺席性宗教也恰在于其相对独立存在时显现功能。它在基层社会组织中的渗透力及示范意义也许是十分微弱的；分散性的宗教恰恰相反，它几乎无法以独立于社会基层网络的形式体现出来，但是它也许作为一个世俗制度和总体社会秩序的支撑力量起着很重要的作用。

为了阐述书中的两个核心概念，杨庆堃在逻辑运作展开中，明显借助了西方社会学及人类学的框架与方法，因为杜克海姆就已分析过所谓西方分散性宗教的特征。另一方面，杨庆堃的分析构架又不是一种抽象的概念演绎与比附，而是牢固建立于本土化经验与实证基础之上的。他认为中国宗教定位的模糊性，不仅取决于多神崇拜的形式，而且受经济模式与地理环境的影响，如宝山地区常受海浪冲袭，故崇拜海神；广东佛山地区则喜供火神，因为居民常受爆竹工厂的威胁。

用此二分法诠释宗教与国家的关系时，其中国特色亦会昭然若揭。在中国社会的集体性活动中，宗教的基本功能是提供一种可与世俗活动接轨的聚合性符号，这类符号将超越分散性的经济利益、阶层状况和社会背景，尽可能地把民众整合于社区之内。也就是说，中国式宗教的整合性有可能是纯功利的，而与纯粹的信仰无关，这种过程有可能是呈反比进行的，即宗教在中国愈趋于形式化，其宗教的精神特性就愈趋于淡化。针对具体情形述之，中国的制度性宗教几乎全部归王权所垄断，只有皇家才拥有十分严格乃至规模宏大的祭天、祭地、祭祖等仪式，这些仪式可伴随着大型歌舞式的表演，历代还存留有大量汗牛充栋式的繁琐典礼记载，民间仪式根本无法达此规模及庄重程度，但恰恰在形式化的顶峰之境中，昭示出了中国宗教的功利性与短期效应性。类似情形可以说在秦汉之际就已经定型了。春秋战国诸侯角逐就已把神祇当做踢来踢去的皮球，著名的宫之奇谏假道一事，争论的主题就是是否只要对神祇恭敬上香做个姿态（这与信仰无关）就可以骗取其信任。以后的方士儒生拼命造作谶纬神话，为王权合法性敲边鼓，更纯粹是知识分子与皇帝之间心有灵犀一点通的默契之举。当王权合法性论证在两汉完成之后，历代各朝的皇帝们仍可借此继续酿造一出出因灾异之变以自警的骗局。

官方宗教的形式化特征大多带有人为垄断的痕迹，其刻板的仪式化程式使之明显界分于一般的自发性宗教活动。民间宗教的信念和祭祀手段是作为基层社会模式的一部分来发展它们的组织系统的，其仪式演练的随意性与不确定性相当大，然而它在中国社会生活中的每一个主要方面却起着组织形式的渗透功能，它可以与家族社区的脉系传承、伦理教育，乃至经济活动的界限混淆不清。因此，独立的形式化宗教仪轨的淡隐并不意味着基层宗教结构性功能作用的缺失。

那么，制度性宗教与分散性宗教的沟通点与交叠区域在何处呢？这是个颇为复杂的问题。据我观察，二者起码均有一个游离于信仰系统之外的功利目标。皇帝祭祀是一种表演，目的是为统治寻求神性光环，百姓拜神在于求子、乞财，直接的世俗性结果是维护社区家庭的集体目标性利益，二者的意识中均不涵括纯粹的超越性宗教信念，更遑论所谓西式的天职观念。这使我想起当年在云南进行文化调查时，从大理去瑞丽的盘山公路上，有一段极少人烟涉足的偏僻路段，道旁不远处有一个墓碑，同路人遥指那是一位叫不上名字的传教士的长眠之所。据说这位传教士在如此荒蛮之地传播上帝之福音达 40 年之久，当时我就感叹，这需要何等坚忍的毅力！只有超越于世俗功利考虑的纯粹宗教信念才能支撑着他在此地栖息下去，否则任何人将失去任何传教乃至生存的动力。有人说佛家修行之苦亦同样遁迹于深山，但历史上毕竟遁迹于山林者多为有求而来，如逃役、求食等原因，不代表宗教精神的主流，这就像中世纪教堂出售免罪符并不代表西方真正的宗教情怀一样。

历史上制度性宗教与分散性宗教的叠合点尚表现在二者均被笼罩于国家政治控制这张大网之内。制度性宗教只有在王权同意和支持的境况下才有可能存在。比如佛教作为一个制度性宗教与统治阶级的利益和态度紧密相连，当大多数有效的法律控制趋于放松时，佛教运动的复兴与拓展依然要寻求政治人物的庇护。王权还会不断给分散于基层的地方神御赐封号，甚至有权力惩罚玩忽职守的地方神。由此我们可以感知所谓宗教功能与世俗功能的不可分离性。

关于宗教总是被遮蔽于政治巨大阴影之中的原因，按杨庆堃先生的看法大致有两条：一是中国宗教的早期发展已趋于分散，它与社会制度胶合在一起，形不成一个有独立功能和结构的组织。当宗教要自发拓展时，已需戴着政治体制的镣铐跳舞。二是社会对多神论信念的包容削弱了单一宗教信仰与组织系统脱颖而出趋于完善的可能性。这与欧洲的情况正好相反，欧洲在近代变革之前，宗教的团体凝聚力占有绝对优势。与之对比的是，世俗的政府常分裂为小的封建城邦。欧洲所谓“国际教堂”（the international church）甚至能决定国家之间冲突或和解的命运。而中国宗教全面屈从于君权垄断，各种复杂的宗教形态之间为了得到统治者的青睐而相互倾轧，正因为多神论的普遍存在与社会共容原则的传统源远流长，中国超越性宗教的精神与组织型构始终突破不了萌芽状态，受政治支配的宗教也常归身于多神论的洪流，沐浴其思想的影响。

讨论至此，作为结论，这里有必要对杨先生的著作提出两点商榷性评论：首先，作为一个西方式的社会学概念，对所谓“制度性宗教”的探讨似不应局括于其形式化的特征中。如果按本土化的经验来解释，中国式的制度性宗教恰恰缺乏西式宗教的超越性内涵，而更多的是中国帝王政治智慧和变通的产物。所以据此而论，宗教的比较分析就不仅是一个功能结构的问题，而仍可能是一个观念的问题。一些相关的研究，如中国社会的发展为何迟滞于西方等也同样可从结构与观念两面切入。大陆史学界一直热衷于讨论资本主义萌芽问题,所谓“资本主义萌芽”被框限于几个经济史概念的诠释中，并随着证据解释的不一致性而随时更改着萌芽出现的时间，这种结构式分析的困难是不言自明的，以至于此项研究还需靠韦伯式命题的重估，即对资本主义精神在东方萌生之可能性的研究才得以有突破性进展。

其次，本书对制度性宗教与分散性宗教沟通路径的考察有待进一步深化。就评价标准的一致性而言，政治控制与利益取向固然可以作为二者的共性加以认识，但制度性宗教对分散性宗教的非世俗性影响，特别是二者的分合环节还是应加以更细微的梳理的。本书应该进一步揭示的是，宗教与政治之关系的成熟程度与宗教本身发展的成熟程度应区分开来进行研究。宗教历史本身的发展形式说明，中国宗教显然缺乏西方那样完整独立的超越性精神形态，中国典籍中具有宗教文本特征的原始文献，如《易经》以阴阳、堪舆理论等，仍是世俗政治衍生的结果。

尽管如此，中国宗教并非作为一种道德资源取得合法性地位的，它没有儒学那样的世俗权威性，但它却可作为道德秩序的一种补充而存在。超自然的崇拜和伦理系统的混合为一是其特点，因是之故，其组织性的严密与精神的超越性无关。从这一点的分析来看，杨先生著作的结构分析模式又的确给我们提供了一个成功的例子。

女人会说话吗

女人会说话吗？乍一看这是个相当违反常识的陈述，书写出来更有耸人听闻之嫌。可是假设你要当面询问后殖民主义理论健将斯皮瓦克（Gayatri Spivak），她准会满脸严肃地说：这当然是个疑问。也许她会同样严肃地向你解释：女人在社会网络的编织程序中，早已被抛进了“次属群体”一类陷阱，在这个群体中，女人虽然是自主的，可是在殖民语境内，性别的意识形态构造方式掌握在男性的手中，女性作为对象被观察和解释都深深地植根于当代的权力网络之中，甚至那些寻求妇女解放的知识分子，也是以女性作为受压迫的隐喻形象而折射出了自己的优越感与虚幻般的解放热情。因此，在如此暧昧浑浊的权力烟雾中熏染过的女人，焉能发出自己的声音？即使有可能在男性浑厚的和声中嵌入一丝女声，也往往会被过滤得无影无踪，斯皮瓦克对此现象一言以蔽之曰：女人扭曲变态的失语现象。

斯皮瓦克对弱势群体的极度同情，源于西方后殖民时代对自身历史霸权轨迹的反思意识，他们对现代线性发展观所进行的刨根问底式的剿伐，曾一度弥漫波及不同的学术场域，点燃起了多处混战的烽烟，一时引得旗幡斗妍，杀声震天。其中“重构沉默之历史”与“历史记忆的重新排练”在如林的后现代旗帜中显得异常耀眼。后殖民学者走马亮相后，向现代叙事阵营亮出的一个相当致命的杀手锏，就是设定了如下问题：倾听与辨析历史人物真实的声音是否可能？这一回合的交手似乎只遭到现代化论者一阵微弱无力的抵抗，从此辨析弱者之声突然变成了当代历史学中“声音考古”的一门显学，颇有蔚成风气之势。然而出人意料的是，“声音考古”的结局却常常是令人失望的。人们发现车载斗量的历史记录，貌似历史主体原声的高亢表演，实际上是被弥散在他周围的各种庞杂声音和制度所构造着。即便最勤奋的历史学家，用历史复原的方法去开掘诠释那些被弃至角落的文件，以期显现那微弱到听不见的声音，其实也都是徒劳的。它似乎提醒我们，当历史学家使用复原方法时，全部的历史记录所表达的关系连结的方式，只能依靠历史学家自己的地方化先见予以想象的重构。怪不得斯皮瓦克用不无遗憾的语气声称要坚决放弃“声音复原”的考古计划。

不过除了斯皮瓦克等学者外，学术界对“声音考古”的热衷却似乎并未锐减，相反辨析声音的尺度与范围已达到毫微必究的程度，于是就有了我们面前的这本《危险的愉悦：20世纪上海的妓女及现代性》。这是一本初看起来让人颇感惊诧的奇书，整部巨著洋洋洒洒近600页，仅注释即达160多页，相当于一本书的篇幅。尽管自福柯首倡监狱研究、疯癫研究并予以范式化以来，至少在西方学界已经没有人对作者热衷于辨别妓女声音的行为感到大惊小怪，但是我国史界恐怕仍会对研究者如此细腻入微的追索方式颇觉有猎奇的嫌疑，所以在此仍有释疑的必要。

仿佛专为和斯皮瓦克唱对台戏，作者对上海妓女进行一番

“声音考古”之后，断定完全可以追索到妓女自己发出的声音。一个妓女虽然没有笔录于纸的自我陈述，但是其微弱的声音在娱乐指南、轶事集锦、小报闲谈以及禁止妓女沿街拉客的规定中，由医生和社工撰写的性病传播报告、援救被诱拐妇女的机构记录、妓女痛苦的小说化描述中，以及中外改革者关于取缔还是合法化妓女的争论等材料中隐隐约约地透露出来。在作者看来，妓女本身是否有一个能自主发声的主体性，反而是不重要的，我们跟踪的正是其在权力网络中所表现出的“关系特征”。作者有一点和斯皮瓦克的思想相似，即妓女形象进入历史的时刻具有偶然性。在一个大的社会全景下，作为符号被欣赏、申斥、算计、管理、治疗、警告、挽救、调度乃至消灭的时候，妓女才会进入历史记录的视野。然而与斯皮瓦克强调弱者主体声音的纯净度有所不同，作者承认妓女本身的声音有可能在社会的泥淖中为其他声音所污染，但是通过探究妓女声音与其他声音之间的微妙互动关系，同样能逼近复原妓女发出的原声。关键

旧上海的青楼女子

在于要辨析清楚各种噪声进入的方式与区别，并予以分类和界定。所以整部著作实际上讲述的就是上海妓女形象如何被各种声音反复塑造和转换的奇妙经历。

由于作者自称要做一位讲故事高手，故而这本书充满了妓院神秘生活中关于交往诡计、谋财策略、挟妓程序、主奴斗法等传奇场面的描写，使你往往能在品味故事的紧张与悬念中，具体领悟权力仪式在妓女身上的聚焦与构造过程，读起来引人入胜。现代青楼故事告诉我们：上海妓女有一个从“娱乐的主体”转换为“危险的主体”，从审美对象转化为无序及疾病来源的复杂变化，其中对“性”的控制技术与转变类型的划分与考察，颇可视为本书的一条主线。

19 世纪末 20 世纪初，上海对妓女角色的界定一直存在着“高层话语”与“低层话语”两套表述策略。前者由传统精英阶层所热衷宣示，妓女在他们的眼中是标准的男性审美消费的对象。上海绅界控制的指南类书籍和小报，总是以欣赏的姿态描绘妓女的美貌仪表，渲染浪漫的私通，传达的是男性主义的权力与荣耀。如此表述由于沿袭了传统士大夫青楼挟妓赋诗、秦淮宴饮歌吟的审美情调，所以一度颇占上风。

而在传教士控制的租界“低层话语”中，胁肩谄笑的妓女恰是备受压迫与疾病传播的代表，是黑暗中国的表征。“五四”时期，妓女作为一种关于性病传播将影响中国种族健康的科学话语开始进入知识分子的视野，“妓女问题”的讨论逐渐被导向一个有关“公共健康”的话题。与妓女形象被医疗化几乎同时，出现了针对妓女的法律控制技术，妓女被当做城市无序化根源受到驱逐、取缔或监控。20 世纪 30 年代的警察与法官在扩大城市日常生活管理范围的时候，加强了对妓女街道拉客的限制。到了 40 年代，妓女作为国家衰弱、民生不振的城市暗喻，已经完全从知识人构筑的优雅视野中消失了。

妓女作为“性”审美符号在男性中心视界内的衰落，昭示的不仅仅是简单的休闲时尚与风气的转移，而且是都市欣赏兴趣如何被各种权力取向塑造的过程。妓女形象中所包含的“性意义”不断被诠释、裁割、扭曲与抑制，恰恰是国家权力在地方空间中进行微观运作的符号体现。

具体言之，国家或地方权力对妓女行为进行仪式塑造可以表现在许多方面，其中一面即是“语言”的规训与控制。例如在 1935 年的上海，当某位妓女被捕后，警察都会问一句程式化的问题：“你为什么想当妓女？”妓女的回答经过时间之流的淘洗同样变得简练干脆：“为生活所迫。”其含义乃表示沿街卖笑是为人所强迫的非自愿行为。书中的追踪研究证明，20 年以后，许多妓女仍然沿用这套老话来陈述自己为妓的动机。很明显，这是长期训练出的本能反应。因为从直接的功利角度看，这样回答决定着被捕妓女有可能被课以较低罚款或被尽快释放。然而这样一来，女人自己的声音一旦进入警事记录就会变得极为单调和平淡。由此看来，无休止的捕捉与释放会规训出一套妓女“为生活所迫”的凄惨画面，在这里，“历史”与警事记录的内容无关，而是一个被创造重构的对象，妓女的自我表述是警察权力暗示和操纵的结果。

另一个仪式构造的例子是对“梅毒”传播的文化表述。“梅毒”

传播的文化社会阐释与下列思想有关：中国已被外国资本和致命的疾病双重殖民化了。女性身体已作为被侵犯压榨的形象变成了国家有机体受到西方侵略的标准隐喻，性病的滋长与抑制已和中国人为种族生存而斗争直接联系在一起。在这里，妓女的躯体变成了“身体的政治”的指示物。作为性疾病的传播中介，她使病菌延伸扩散至男人的家庭中，使他们的妻儿成为受害者，从而最终损害了国家肌体的健康和种族和谐的未来。

一旦把身体作为政治权力运作的一部分加以看待，我们就会注意到，中国女性的形象始终与现代性问题纠缠不清。“性”与诸如公共卫生、科学崇拜、民族主义、女性意识等相互缠绕，不可分割，成为中国激进知识分子想象中的“现代中国”与自己黑暗的过去加以对比的重要参照。“妓女”不仅成了国家贫弱地位的象征，也成了知识分子顾影自悲的自画像。与此心态相映衬，妓女活动的仪式化无疑具备了双面刃的功能，它既可使之成为救亡政治话语的组成部分，而达至相对合法化（例如“五四”时期有青楼进化团），又可成为恢复古老道德水准的“禁欲主义”的借口。

“身体的政治”仪式被长期反复地加以排练，使得对妓女的控制时松时紧摇摆不定，这种局面一直延续到 1949 年。在 1949 年以后，妓女已不被作为“现代性”的组成部分，而只是现代化过程中必须被割去之毒瘤而得到了根除。在国门开放以前，禁绝妓女的行动是在与全球资本主义体系隔离的状态下进行的。中国一旦融入全球体系，妓女作为现代社会的一部分就很难从资本主义鲜活的肌体中割除出去，这在西方也是难以解决的问题。西方现代社会科学在讨论妓女的作用时，首先会把道德意识撇在一边，主要集中在妓女是“性奴隶”还是“性工人”这一区分上。比较一致的意见倾向于“妓女”作为一个社会阶层在现代性的语境下已具有合法性，她们是提供性服务的有执照的劳动者。

阅罢此书，一幅20世纪中国社会风情沐浴下的妓女图像会逐渐变得清晰起来。对于妓女的身体，上海的传教士、学生、市政官员、医生、社会改良家、警察等各阶层均从不同的角度予以窥视、检查、研究和规范，并通过对妓女身体的借喻，创造出相互之间的联系线索。在20世纪的上海城市氛围中，妓女并非处于公众与精英话语的边缘，而是男人讲述欲望、危险、性及国家命运的故事主角。而这幅刻意描绘出的图景所昭显出的意义，显然与作者的初衷不相吻合。妓女成为故事的主角与妓女能发出自己的声音显然不是一回事。

作者的笔触游走于大量罕见史料所构建的“声音迷宫”之中，以图寻觅、拼接直至复原妓女游丝般的声音时，她给人的印象其实仍是在对“复合的声音”进行考古，而真正妓女的声音并没有从中被剥离出来。因为整本书的史料，包括各种公安局的档案、街头小报和当事人访谈，都似乎在极力证明着妓女从未治好过久患未愈的“失语症”。

不过我们大可不必为此感到失落，尽管我们会因为听不到妓女的真声而略感失望，但我们仍会从作者在事实、事实制造者和事实阐释者之间的转换关系中，清晰地发现遮盖妓女发出声音的机制是怎样运作的。就学术立场而言，“声音考古”的过程分明是宣称，在人类创造意义的过程中，事实是被构造的，而不是被发现的。复原妓女真声的努力表达了想终结现代化叙事的一种鲜明态度。

国内学界看待妓女问题基本采取了两类极端取向。一类是企图通史性地展示妓女的畸形特征，通过把妓女与鸦片、黑帮、赌博相并列来构造出现代化叙事模式的权威感，妓女一旦被定性为“社会病症”，一切论述都围绕着这一先入主题展开，而妓女生活的一些细节和活动，比如妓女的分层模式，妓女与男客之间围绕各自利益构成的交往系统，妓女自我意识的结构等好像都自然被消解了。因为“被压迫”的主题是现代化叙事中妇女解放的一个意识形态组成部分，这一意识形态必然有意删除着断断续续压抑在历史岩缝中的不同声音，从而遮蔽了对围绕妓女身体所构成的复杂权力关系的揭示。

另一类极端取向是把“妓女”作为古代文化的本质性产物予以溢美式的描述，而忽略了各个时期各种势力加诸其身的不同暴力仪式所产生的作用，其中不乏相当阴暗的赏玩心态。因此，国内史学界在“现代主义”与“复古主义”的两个极端来往徘徊，最终造成了妓女形象的残缺与学术诠释的贫困。而这部上海妓女的研究则在“现代”与“复古”的缝隙中穿梭掘进，也许据此拼贴出的画面略显琐碎断裂，但是其中凭借多元复合的手法重构出的妓女图像，未尝不具有相当合理的学术观赏价值。特别是对于中国史学界已呈现出的“资料越多，问题越少”的“学术内卷化”疲态而言，也未必不会是一帖清凉剂。

历史研究如何人类学化

当20世纪80年代中期，一些新生代的历史学家开始意识到所谓“历史事实”不仅是历史研究的对象性存在，而且也是文本建构的主观叙事策略时（比如大通史中的政治想象），史学界中一片“狼来了”的呼声不绝于耳，不过那时情急之下祭起的打“狼”法器看上去似乎总有那么点单调，比如仅是些“新三论”之类的自然科学方法。所以20世纪90年代“国学热”和学术史一兴，史学界又热闹起来，在一阵喧嚣过后，人们忽然发现“狼”并没有来，也许一露面就跑了，好像根本用不着什么新式武器，大家于是猛然觉得有上了“新三论”当的感觉。与史学界这种已恢复乐观自信的状态相比，其他学科倒显得危机意识重重，也许是想尽快脱去身上的洋味膻腥的印记，许多学科都自觉把中国史当做了“本土化”的源头活水，如法律学的文化学派对清代习惯法的关注，文学评论家向思想史研究的倾斜等都是这一迹象的反映。人类学民族志方法被引入历史分析的维度，也是这一潮流冲击的鲜明表现。

与王铭铭以往关注乡村题材的著作有所不同，这次他送了我一本他写的有关城市史的大书，说是讲他们家乡泉州的。我开玩笑说你真够别出心裁，给人感觉有点像拍惯了乡村题材的张艺谋想改拍城市生活的感觉。细阅一过之后，我发现这个城市史研究并不属于现今流行的通史式叙述，这种叙述往往把某个城市的兴衰仅仅看作是世界民族—国家建构史想象出来的必然性趋势的一个组成部分，比如总是想象式地建构出以海上丝绸之路为起点的泉州学脉络，以满足自己与西方历史相对抗的“古已有之”的心态。相反，这种城市史研究却更加关注泉州作为一个历史空间是如何在文化与权力网络的交织作用中被构造起来的。这个空间不会像以往通史式著作如数家珍所津津乐道的那样，幻化成了东方学式的乐园，而恰恰是多种权力交错争夺的角斗场。也就是说这一取向既要避免市面上重复流行的以西方民族—国家叙事习惯撰写的通史体例，也要避免殖民主义支配下的世界史观念。在这个意义下，泉州作为城市空间就不是庞杂的地方史内容的承载物，而是国家与社会张力关系的聚焦所在。

这本书讲述的是泉州从帝国的“边缘化”位置，逐渐被国家权力“同质化”的过程，泉州历史在此框架的叙述下被分成了几个不同的演变阶段，泉州经济发展期恰恰是帝国控制最松弛的时期，与之相应的是存在一个多元文化共生的状态；其后明清时期的全权统治强调疆域内部社会群体的同质性，推动了国家权力向基层政权的渗透，西方文明进入中国以后，在实现民族—国家振兴的现代性旗号下继续延伸了这个过程，20世纪初的民族主义又以民族文化复兴的形式强化了这种历史趋势。这样一来，城市史研究变成了中国从传统向现代权力空间建构转换的一个表述形式，而不仅仅是一种从传统到现代的历时性过程的碎屑描述，这是个颇具匠心的方法论转变。

当然，历史学与人类学的结合，并非空言可以达致，在学科交叉互动的意义上，这本书对史学界的启发主要表现在：它把中华帝国关于思想史与制度史截然二分的传统叙述，改弦更张地放在了一个十分具体细微的空间转换的内涵设计中予以检视，试图打通思想与制度相互阐释的途径。我认为，这样做非引进人类学的民族志方法无以办到。以往的思想史研究，由于受到近代以来西方观念史分析框架的影响，具有自身特质的传统精神往往被分隔为诸如价值论、认识论和本体论这些自足式的范畴。这些范畴的作用虽然也会偶尔与某种社会语境相勾连，变成了某个阶级身份的表达。但却并没有揭示出思想活动与历史上的各种制度设计之间所发生的复杂关联。许多制度史的研究仅仅是制度演进的现象描述，而无法反映制度运作的权力支配关系和意识形态根源。

王铭铭则认为，泉州城从宋元时期的边陲城市走向明清国家一体化系统的过程，正反映的是中华帝国有关秩序观念的转变。明以前中央政府对于边陲地区的政治宽容，具有一种“天下主义”的意识，而泉州世界性空间的萎缩，并不开始于 19 世纪中华帝国所受的海外势力的冲击，反而与其所属的朝廷内在意识形态和政治变动息息相关。具体地说，明清时期的意识形态转型，造成了两个相关的后果。在国内，作为官学正统符号体系的理学世界观，导致了国家对于民间社会的严厉监控，从而使国家与社会的关系从明以前较为疏离的状态转入一个密切监控的时代；在对外关系上，官学正统符号体系在空间上的扩张，导致了人们在以“华夷之别”为核心的文化问题上采用了一种二元对立主义的态度，使“文野之别”极端化，这不仅鼓励人们把海外的空间、人群与文化想象为“异端”，而且迫使国内原来一度存在的文化多元主义态度受到了极大的弱化。在这个意义上，国家意识形态显然是通过制度化的建构与配置向基层社会渗透的，具体会表现为在极力推行官方的仪式和象征体系的过程中，与民间社会中的仪式体系争夺对地方资源的实际控制权。如果我们要想理清意识形态和制度建构的关系，就不能仅仅停留在对制度变迁的历史梳理工作上，而必须自觉意识到，官学主流支配下的历史观念之所以具有说服力，是因为他们借助权力的运作把“历史事实”分离出了具体历史场景而变成了破碎的图像，对此破碎图像的再编织，已不是客观复原历史的过程，而恰恰是建构主观意识形态的过程，对于这种历史观念的最大否定，就是想方设法使历史事实回归到一个具体的地方史场景中予以复原，比如对各种民间仪式祭祀与社会生活的复原。这种复原并不是没有跌入另外一种权力支配圈套的危险。因为按照后现代的说法，任何所谓“复原”历史的努力，都有可能不过是某种权力意识支配的结果，对此我们也只能说，任何复原的努力尽管仍可能是某种历史想象的表达，而无法达到纯客观的标准，但这种想象毕竟是反思主体和官学叙述的结果，它极有利于使研究方法相对单调的史学界呈现出多元分化的异彩。

人类学对历史学最直接的贡献，我认为应体现在对具体历史微观场景的“深描式”分析上，从而挖掘提示出历史大框架叙述所无法触及的深层衔接点。这部泉州史明显受象征人类学方法的影响，对民间仪式和祭祀符号的描述有相当细致的分析，但在分析以理学为代表的官方意识形态对地方社会生活的控制方面，特别是官方与民间资源如何相互转换方面，却还没有达到真正的“深描式”研究的程度，因为历史上的宋明理学一开始恰恰是以民间化的形式出现的。它虽然后来成为官方控制社会的有效资源，但由于其讲究人伦色彩的特征，使之与以往儒学强调结构化暴力控制的形态已有不同。按照我所建构的“儒学地域化框架”进行分析，宋明以后儒学在人事监控方面反而有趋于“软性”的迹象。这与福柯所揭示的西方社会控制的取向有异有同，同者在于东西方都有“软性”控制的特征，异者在于中国更加明确地强调人际网络而不是社会结构外在控制的作用。据说作者现在正进行泉州理学家真德秀的研究，希望我们能从中看到其对此问题更细致的分析。

第三味

传统到底是怎么了

知识分子研究近几年成为“显贵之学”是有其原因的，经过近代史学革命后，在浩瀚无际的国史大叙事中，到处看到的多是“群氓”造反的人头攒动，几乎已很少看到幽灵式的知识精英在指点江山。在“人民史观”的咄咄逼视下，边缘化的知识分子作为“老九”只能做到“不能走”而已。可经验告诉我们，在“世俗群氓”与“知识圣人”之间寻求合理的平衡，或欣欣然地趋向于一端，或投机式地摇摆于两极，似乎永远是历史学的一个微妙景观。于是20世纪80年代就有“文化超越论”出现，为挤压在茫茫人海中的“士”阶层重新加冕升级，史学家极力想让人们相信，作为知识分子的“士”在剥掉身份外衣、撞开阶级分析的紧箍咒后，心里边剩下的似乎只有一颗亘古不变一尘不染的“精神水晶”。此“精神水晶”名之为“道统”，持有它即可上打君王，又下抚黎民，它真是一件宝物。可罗志田虽师承于此门，却显然不想抱着这件宝物不放，更不指望它能呼风唤雨，其首先有别于师门者，在于他承认知识分子持有的思想资源肯定与他的身份界定有关，也与生成这种身份的制度有关，身份制度一变，“精神水晶”就会变得不那么清纯了。皮之不存，毛将焉附？制度不存，思想焉附？失去制度轮廓的支持，传统就如落日余晖，在太阳轮廓消失后，也会慢慢在地平线下褪去自己的颜色。

罗志田这本文集以“权势转移”为题，实际上精确地点出了一个问题，那就是西方文化优越观在中国是如何成为中国权势结构的一个组成部分的；以及我们应如何看待在这种权势观的支配下，中国传统与社会风气在“变”与“不变”之间的交错关系。西人东来所策划的远东阴谋，根本与其他地区的殖民方式有异，西人眼见中国土地辽阔得让人炫目，于是把直接占领一变而为间接控制，文化总以绵绵轻缓的形式输入，实际上是笑里藏刀，达到的全是铁血策略所不曾昭示的不战而屈人之兵的效果。最典型的例子就是，与西人搏命相拼的中国知识分子最终却被训练得只能用习得的“夷语”来批评西方，以至于到了20世纪初年，终于全体传染上了“集体失语症”，然后就是“传统健忘症”的间歇发作。他们已不会用真正中国味的表达方式讨论中国自己内部的问题了。甚至连最保守的士人都在用最西化的仪式去攻击对方，梁漱溟不就是用了一套西方“观念史”的框架去区分三种文明类型以便为儒家传统张目吗？

最让人惊异的是，清末文坛动辄一片“商战”、“学战”的喊杀之声不绝于耳，知识分子个个面红耳赤奋拳张臂地争相与西方一较短长，可是其堂堂阵容背后悬起的却是一面“争”字大旗，颇违中国文化以柔弱胜刚强的古义。原来流于“黑道”旁门的重力尚争的观念，通过拍岸而来的西潮一变而为可书于前堂的正面口号，的确说明以不变应万变的文化中心观念发生了根本性的动摇，甚至可以说，尚“争”而不尚“让”的新世训已成为区分中国近代与前近代的一个重要分界线。以强弱而不是以文野区分夷夏的边界，确实是中国近代一个值得反复深玩的现象，传统“文化帝国”中士人显示出的雍容的儒者风范，一转脸就变成为争强斗狠的“狰狞”面目，而且居然面目越“狰狞”就越显得可爱可敬。杨度甚至在《金铁主义》中大呼非野蛮不足以立国，仿佛真要把个“恶人”做到家，于是就出现大家高喊爱国，却在通力做着挖祖坟的工作，一向主张“治国”需用温补疗法的士人，请来的却全是擅切瘤子的西洋外科大夫，结果是破坏即救国，爱之越深破之越烈，遂挥发成为一种惯性运动。

对于这种诡论现象，罗志田诊断说是一种“新的崇拜”导致的权势转移在作祟，这种“新的崇拜”意味着所有反西方的努力也要用西方的观念来使之合理化。“以夷制夷”，“师夷制夷”的传统命题，本是应对西潮的功利性策略，却一不小心变成了支配近代知识分子“崇西”“尊西”的合法化资源，再一不留神就铸成了新的文化霸权。

这一观史方法我以为也可适用于今天，在我们的近代史研究中，往往是研究者在研究前就已自觉或不自觉地挤进了西方“权势崇拜”的历史当事人的队列里，而相当彻底地把自己给“情境化”了，甚至发生“叙事重叠”的现象。也就是说，历史研究者主动把历史当事人派分为现代—传统两种对立的角色，然后自己粉墨登场，参与到“现代”的角色阵营中，直接展开对“传统”丑角的进攻，最后戏里戏外已分不清自己是历史现场的参与人还是历史过程的诠释者，真给人以“人生如戏”“戏如人生”的感觉。在《东风与西风》这本书中，罗志田就曾指出，国内在讨论所谓“人文精神”时，最后居然分不清是讨论西方还是东方的人文精神，说明这种不自觉的角色置换现在还时有发生。

同样，这种对现代化历史参与过程和诠释过程身份的混淆不清，使得中国历史学界与西方世界发生了一个有趣的错位，当我们匆忙地磨砺现代化理论（基本上是“二战”之后美国式的乐观现代化论而非20世纪初欧洲的悲观现代化论）这把快刀，准备任意切割“传统”以获取粗糙的现实快感时，西方中国学界却在拼命地通过各种田野参与、文献深描等种种“移情”方式贴近中国传统的本来面貌。结果是不言而喻的，我们只能离传统越来越远，中国史学界至今贡献不出一部像《叫魂》这样细致入微地描写中国历史的作品，反而总是不厌其烦地以一种复杂的心态数落洋人看中国问题只会“隔靴搔痒”，这多少会令我们感到汗颜和尴尬，除非像以前那样对这些著作视而不见。谁也没有意识到，我们在现代化剪刀的修理下，早已快成了数典忘祖式的失忆者了。近代以来，面对西方文化这一“温情杀手”，我们始终没有自信建立起对自身传统进行合理解释的有效性框架。相反，我们从羞羞答答到理直气壮不间断地学习着如何用现代化观念来衡量剪裁中国的社会、思想和传统，陈序经就说得很干脆：如果说西人进来之前，中国还存在所谓“南北文化”之分的话，那么以后就只有一种“文化”即科学的文化能够一统中国，“南北文化论”从此可以休矣。而一度风行的“五阶段论”的机械阐释，则更是把中国社会描绘成了东方“历史停滞论”的翻版，从而纳入到世界历史发展的公式性版图，这恰恰应了黑格尔老人所发出的，中国是背对海洋的国家而没有自己历史的早期谎言。

但以“权势转移”界说新旧之分，仍有一个如何把握时间和范围尺度的问题，有学者就认为19世纪的中国士人如魏源辈还是基本上在传统之内来考虑问题，而“权势转移”强调的则已是“五四”以后在传统之外探究问题的方式了。但我们都要统统问一句：传统到底是怎么了？对这一问题大约可以有三种回答：一种回答是，传统并没有被怎么样，因为它具有超越时空的特性，它就像个古陶器，只要扫去盖在上面的现代灰尘，照样可以用。传统并不时髦，关键是因为附加在它身上的东西太多，如社会结构、身份认同什么的，把它掸干净就是了。第二种回答是，如果传统仿佛是一件古陶器，它的存在是没有意义的，只有在涂上一层现代理性的涂料后，才能再加以使用，而涂料对陶器结构改变渗透得越多，陶器的使用率就越高。此为现代化论者对传统的态度。第三种回答是，人们所熟知的那种所谓传统其实根本就不存在，因为每个时代都会建构出满足特定需要的传统形式，我们观察传统不是要捕捉它的连续性，而恰恰是要解释它的断裂意义。此为“后现代”的观察方法。

罗志田显然不会自恋式地把传统当做古陶器来把玩，因为本书所致力的恰是揭示“士”作为“四民之首”的身份丢失后所导致的传统崩解。他也似乎不想做古陶器的现代涂料工，借此机会把传统粉刷得面目全非。因为书中揭示的恰恰是：中国人在传统弦歌还未成绝响之际，却为什么偏偏选择了一个自觉失语的过程。可以看出他想走“内外缘”相合的诠释路子，用他自己的话说是相对思想史进行社会学式的研究。说实话，这条路其实并不好走，中国当代史学大多喜欢走“外缘解释”的路子，注意外力冲击下的社会结构转型，而对学术史意义上的思想内在理路变迁的解释比较薄弱。20 世纪 80 年代“文化热”和韦伯资本主义新教伦理研究的再发现，直接引发了学术界对思想史内部研究的重视，但进入 20 世纪 90 年代，人们又不满足于编织传统思想藕断丝连般的线索，而把目光重新投向了外部世界。“权势转移”的解释框架在“内外缘”相结合方面确有探索，既不僵守“同情式理解”的老套路，又避免专从“外缘”寻因，导入偶发性解释的歧途，从而切碎了思想内部的传承关系。但社会学层面的解释恐怕仍需有相当程度的“深描”功夫作为支持，而不应只作为思想史解释的若干点缀，否则“思想史”与“社会史”的结合仍会有两张皮被机械地缝合在一起的感觉。

中国视野里的西方思想

后殖民主义在20世纪90年代初传入中国思想界时一直名声不佳，按照德里克的说法，后殖民主义自打20世纪80年代一贴上“造反有理”的标签，就变成了寄居欧美学院中的非西方族裔教授们自娱操纵的文字游戏，与第三世界人民对帝国主义惨烈渗透的切肤反思没有什么直接关联。可是后殖民叙事一旦进入中国的语境，问题却要复杂得多，它至少需应对两种批评。一种做法是把后殖民与后现代一勺烩在一口锅里翻炒得丁当作响，最后难分彼此地把两者都搞串了味，然后批评说，无论是后现代主义还是后殖民主义，都是西方学院派教授对自己所处社会已到倾颓崩塌边缘的魔幻式想象，根本就与中国人的处境无关。相反，当中国人正迅猛扑向代表西方文明的蔚蓝色海洋时，如果有人出来说：嗨，别往里跳，那是个死亡之海！这显然就像庙堂里的和尚念错了经，定会大煞风景。另一种批评认为，所谓中国意义上的后殖民批评，不过是传统民族主义情绪的一种死灰复燃式的表现，如果只在文学层面上强调反抗西方的压迫性，而不去刻意分析造成这种压迫性的权力网络关系，那么这根本就与那些赤膊上阵高喊“刀枪不入”的义和团师兄做出的姿态没什么两样。匹夫之勇总架不住被本土与域外的权力一起给联手算计了。

第一种批评显然唱的是现代化论者的传统老调，那意思是说，中国人刚刚站到现代化的门槛上向里张望，经犹疑再三后正准备迈进去，躲在门后绷着脸的你却高举后现代的大棒呵斥着给人家当头一闷棍，显然是太不近人情了。可是这派没有考虑到，当中国人一脚跨入现代性门槛时，里面早已不是仅仅用现代化材料构筑的纯净空间，而是现代与后现代问题纷然杂陈的英雄与鬼魅交错并存的世界。我们显然没有时间像西方人那样从容排出社会发展的历史进度表，然后再按部就班地由现代步入后现代。所以这派拒斥后殖民批评的理由过于武断简单，大概基本上不能成立。源于国内的第二种批评倒是曾经风靡 20 世纪 90 年代的中国思想界，成为重要的争论景观。而这一批评图景的主要思想来源，恰恰是要越出现代化理念设置的连环大阵，再杀出一计“回马枪”，猛然挑开后殖民与现代化理论合谋时罩在头上的诡秘面纱。

我们可以在此列出一大串举枪闯入现代化连环大阵中拼力厮杀的文坛好汉，但要寻出有能力挑开面纱的真心英雄却也不易，其中德里克可算是一位，这倒不仅仅因为德里克是研究中国问题的老牌专家，所以和咱们中国人总透着那么点亲近，而是因为他在以下几个方面常常言别人所未言，其中包括后殖民主义的叙事逻辑与全球资本主义发展的隐秘关系，后殖民与民族主义及东方主义的合谋关系，东方主义与新儒学的默契呼应等。

后殖民批评出现的最初动因，是想迫使人们彻底重新思考和塑造由殖民主义和西方统治创造并认可的知识形式和社会特性，首先要摧毁的对象就是现代化叙事逻辑支配下的各种“主义”形态，其中最主要的就是民族主义和马克思主义，民族主义试图剥夺西方对现代化的垄断权，但在通过革命的形式颠覆了西方的政治统治后，沿用的其实仍是殖民主义制定的理性和进步的秩序。马克思主义在成为殖民主义魔鬼的终结者后，却又以普遍主义生产方式的叙述呼唤回了东方主义。

后殖民主义的态度是，要想避免重蹈类似的覆辙，就必须不但要摒弃欧洲中心主义式的主导假设，而且要拒斥一切空间上的同一化和时间上的目的论。因此，后殖民特别强调“地方感”的作用，希望通过重构地方历史解释来对抗西方整体论和目的论的霸权式预设，但由于后殖民主义知识分子的身份大多是西方学院派的教授，而不是第三世界的本土学人，这一尴尬的身份定位使他们在构造后殖民体系时，往往回避了对非西方国家的本土式经验研究，特别是回避了对社会、政治和经济权力网络的批判性分析，而是满足于把西方与非西方放在文化差异的格局中进行抽象比较，这样一来，地方性经验就往往变成了鼓吹文化民族主义的资源。可事情到此还没有结束，文化民族主义在大闹了现代化整体论的殿堂之后，同样是不甘寂寞，真可谓“造反的草寇想称王”，民族主义照样指认了自己的历史代言人，悄悄地开始把地方性经验兑换成了全球流行的通货，人不知鬼不觉地把一种未加验证的新型整体论，再一次领进了刚刚被拆毁掉的现代化殿堂的大门。

在德里克看来，要想彻底剿灭欧洲中心主义这条死而不僵的百足虫，又要防止其病毒蔓延缠身，转嫁他人，最好的办法就是严格区分欧洲中心主义与历史上其他中心主义的不同。对于欧洲中心主义而言，如果没有资本主义的权力和一切随之而来的政治、社会和文化组织方面的结构更新所造成的全球扩散能力，欧洲中心主义恐怕就会和任何一种种族中心主义一样，没有什么特别之处。如果从历史的经验中寻求类似的样本，结论恐怕是历史上没有任何一个实际或想象中的霸权，能在势力范围和改造力量上与欧洲中心主义并驾齐驱，共享扩散全球的荣耀。如果还有人侥幸想举出类似欧洲中心主义一样全球化和一体化的例子，那么它的底盘也肯定是端坐在欧洲中心主义已实现全球化和一体化之后的基座上。换句话说，欧洲中心主义设置的世界一体化的底盘就像如来佛的手掌心，而如来佛只有一个，想篡位和与其平起平坐决没有可能。

以文化主义超越性讨论对抗经济主义的物质性扩张，变成了后殖民知识分子表达抗议姿态的全球通用话语。这个全球通用话语波及到东亚，就迅速披上了“儒学复兴”这一鲜艳夺目的民族服装，其服饰颜色和内涵的精神底蕴被想象成为东亚和东南亚一起认同的符号表征。这里用“想象”一词是想强调，任何打着儒学旗号的复兴运动，都是传播抽象儒学的集体表演，表演者脱离了具体的历史和人文场景，再通过某种仪式生产出貌似客观写照的基本程序。我们所看到的儒学没有社会性，没有历史性，无论把它摆放在什么背景下，都会呈现出同一副道具式的面孔，对任何人都适用，“极像商店里出售的消费品”。儒学为应付时势所需被不断制造和推销出去，必须具备一个重要前提,那就是把历史上的“政治儒学”与现实中的“文化儒学”彻底区别开来，然后通过让前者消失来维系儒学的纯洁性，儒学的政治与历史底座被抽去之后，它才似乎有资格被重新想象为全球人民景仰的精神资源。儒学就这样被“本质主义化”了。

话到此处，最为出人意料的结果出现了，儒学的本质论证不是表达地方性文化的独特性，而恰恰是为了说明中国历史中本来就含有西方现代化类似的特质，海外新儒家说完这番话还特意把韦伯拉来和孔夫子一同登台献艺，条件本是安排韦伯扮曹操式的白脸，专给扮红脸的孔子当批评数落的配角，可没想到一场戏还没唱完，韦伯早已是反客为主。成为台下观众喝彩声一片的力捧对象。怪不得连德里克都摇头叹息地说了一句颇为幽默的话：这真是“儒学的韦伯化”。其幽默处在于，挑战韦伯的儒学想在自身历史中找出与韦伯式新教相似的特征，以此来断定资本主义并非西方的专利，这恰恰是给韦伯反客为主制造出了绝佳的机会。资本主义不但毫发无损，而且得益于儒学的所谓“挑战”，因为如此讨论问题的方式与韦伯的现代化叙述习惯非常合拍。韦伯到处飘荡的幽灵真是毫不客气地给中国人开了一个大玩笑。这个玩笑有人认为不应都记在以西方想象为基础的东方主义的账上，因为中国人在20世纪以来也自觉参与了这种为西方制造东方想象的过程，所以照样脱离不了干系，德里克称之为“东方人的东方主义”。我以为，我们在从事研究的过程中，潜意识里也肯定经常渗透着东方主义式的情绪，这正是我们需要特别加以警惕的，否则我们总是难免会常常陷于那种反客为主的尴尬现象之中。德里克在批评后殖民主义时，出于中国研究专家的身份和敏感所做出的提醒，同样应该引起我们充分的重视。

学术空间与权力话语

现在回想起来,《读书》1995年刊载的文章中，最具有争议性的文字可能属于那篇寻找思想史失踪者的“寻人启事”。其满纸寻人不见的惆怅悲凉与余晖唱晚式的一咏三叹，犹如一首悲弦绝唱。文字中流露出的无边落寞，萧萧悲鸣之气颇可撩拨起1968年这代人的怀旧心绪。文中极具象征意味的核心词语“民间思想村落”在形式描述上被神秘地隐喻为一座思想黑洞，其幽深难测恰可对应于现实世界的浅薄与苍白。由此找寻那一代人的思想踪迹顿时被衬托为一种神圣的冒险之旅。可是，当围观者读罢那“寻人启事”，若暂时略去那文字的华美，却又分明能感觉到“张榜人”内心的彷徨与不自信，行文中标示出的思想宝藏图给寻踪者的承诺未必不是一场所罗门式的古典探宝神话，因为就“老三届”们当时拥有的知识资源与接受条件而言，所谓“民间思想村落”作为神秘之旅的终点，恰恰只能体现出一种相当形式化的象征意义，即他们脱离主流话语不认同于当时体制控制的边缘角色。也正是从这点出发，“张榜人”刻意把这种形式用爆炸式语言相当精致地包装成了一种颇有审美震撼力却又多少有那么点做作的苍凉。这从寻踪者那悲怆萦怀“前不见古人，后不见来者”的仰天独鸣之态，以及自我塑造为独行侠式的形象设计中可以明显感觉出来，其实我们完全可以不在意寻踪者们在怀旧的同时，如王朔们粪土当年文化人那样地贬斥着自己的同类，以至有意无意变成了伐剿地位本已弱小的知识人的同谋。我所关心的是民间思想群落作为象征符号是否只能被设计为一种以个体对抗体制的外在仪式，其边缘状态所体现出的思想与普遍意义（非历史意义）上的学术体制的疏离是一种历史偶合还是一种历史必然。换言之，思想产生的渠道一定表现为个体灵魂的受难群像，还是有可能与真正意义上的学术体制的集体操作形式相协调?

中国近几年的学术界出现了一个有趣的悖论现象，以有关思想和学术分合关系的争论为例，寻找思想失踪者的“张榜人”在为个体思想群落趋于灭绝而叹惜惆怅的同时，自己恰恰是自觉经过体制化训导而又是在大学里占有一席教职的一分子；而不懈追求体制内的学术规范化的首倡者之一尽管在此之前也受过体制内学术的训练，却恰恰在当时是以文化个体的体制外身份和立场对思想失范加以点评的。如果舍弃形式化的判断，从本质而言，这两类人又均属于某种边缘人，他们拥有自己一套颇为独立的价值观念与评判标准，不追随意识形态的潮起潮落。可他们又明明是学术体制运作的直接或间接的产物，尽管体制的影响对其而言有可能只具备形式的意义，这明显反映出转型期中国人文与社会科学的独特景观。

如何透视这一现象，简略点说，居于“民间思想村落”内的个人未必如浮萍般被想象为散落飘零于真空之中，他们同样可以介入体制化的知识长流中获取与形式化的群落形态并非冲突的思想资源，这些资源有别于权力话语支配下的内容。也就是说，民间思想村落采取的形式完全有可能与学术体制内的知识话语的内容相协调，这是其一。其二，思想寻踪者们显然是把自己当做硕果仅存的思想余数来加以自诩的，其回眸往昔时的故事叙述又是明显把民间思想群落和体制内的知识生产对立了起来，但就其学术经历和现任职称而言，他显然又是站在现行体制内的立足点上发言，这一矛盾形象本身就说明思想产生的能力与体制内知识话语的形成并非毫不相关，关键的问题是知识生产的相对自主能力如何转化成一种个体思想的判断资源，而不是一种权力话语支配的外在力量。

不能否认，学术体制对知识生产过程的形塑历来具有强大的支配作用。《现代中国》（*Modern China*）杂志上曾发表过一篇美国学者罗伯特·马克斯（Robert Marks）撰写的题为《中国领域中的国家》的长文，针对美国中国学研究中话语权力的支配问题做了很有兴味的分析。这篇文章处理的并非美国的中国学 40 年来如何建构中国史的解释构架，而是审视学术社区如何制约和影响知识范式的生产过程。作者认为，库恩所提出的“范式”这一概念不仅仅是一个知识构成的问题，也是一个知识如何嵌入科学社区的问题。接受范式的那些人为知识和财力所支撑，不接受者则被从社区中排除出去，思想的力量不能与强制他们接受的制度力量分离开来。有关中国领域研究的争论也不是一个简单的知识权力或思想连贯性问题，而是这些意念如何与学术社团功能相联系的问题。比如柯文曾提出：冲击—回应解释模式背后的现代化理论支持就与战后美国社会科学的需要密切相关，是符合美国政治、军事、经济干预亚洲的意识形态架构的。按照库恩的说法，范式不仅与思想系统有关，而且也与学术社区的工作有关，要理解范式的意义，人们不仅要注意思想理念的构成，而且要关注“团体结构和认知一致性”的关系，学术社区的功能决定范式是否被采纳，与自然科学有所不同，社会科学范式的变化不是从对原有理论所无法解释的“异常”进行探究的过程中产生出来，而是源于世界的危机，社会科学理论一般均产生于危机时代，很少有正常情况下的产物。自然科学范式的实施多少由科学家团体本身来承担，而社会科学理论家往往在国家领域中寻求庇护人，或通过如大学、杂志、专业协会和基金会等学术制度实施范式，范式的问题已不只是知识权力的问题，而且是实施权力的问题，对于战后美国的中国学研究，作者特意使用了一个字“圈地”（enclosure）来加以形容，其意是说，中国学研究已成为美国对外关系理论总体框架下的一个分支，成为解释美国国际关系角色的一个注脚。这基本取决于三个因素：一是“二战”对美国的影响提供了“圈地”的理论基础，二是20世纪40年代福特基金会的重组为学术“圈地”提供了外部财政的资助，三是20世纪50至60年代大学的扩展为之提供了设备和人员的基地。这种国家、基金会和大学的互动造成了相对隔离于社会的“学术事业”，如亚洲研究协会（AAS）在福特基金会资助下成为学术“圈地”的有效工具。“圈地”所造就的学术机构会控制其目标和防止研究的偏向行为。

社会科学的范式不仅从制度中获取权力，而且也与基本的主导社会思想相符合。作者特意研究了20世纪60年代施坚雅教授代表的以研究中国地方市场模式为特征的中国学流派，是如何通过体制化的运作使之成为一种“普遍科学模式”的。由此可见，美国社会科学界在范式运作时把市场社会理论作为行为与思想的整体预设前提也就不足为怪了。而这种预设又使许多其他理解中国社会的历史理论被视为非法，美国的一些基金会组织并非仅仅垄断学术研究，而且也要求在价值、程序目标和指导者与学生的关系模式方面建基于美国国家与军事需要的基础之上，一小批人往往垄断研究经费，只同意探讨那些在支配性权力范围内的项目。

文章的结论是，一种范式或观念不能仅仅通过思想的力量支配中国研究领域。它必须进入学术市场，但由于它被传播和购买，因此没有绝对自由意义上的学术市场，而是只有意识形态的控制。作者认为，也并非没有散布于主流支配之外的个体性挑战，只是这种挑战很难在制度意义上对支配性范式构成威胁。

这篇文章本身包含着一个有待澄清的问题，那就是思想批判与知识增长的制度化过程是否绝对处于互斥的状态。换个角度说，思想是否能成功地回避学术制度内任何权力话语的支配。从历史上看，思想与体制的分合关系确是颇有曲折可述，如长于思辨的德意志人在17世纪的宫廷文化时期就纷纷鄙薄大学等学术机构的作用，莱布尼兹、莱辛等人一度纷纷舍之而去，然而18世纪学术体制却又成为理性主义和自由主义哲学的温床。比如著名的哈勒大学就成为理性主义与现代科学的大本营，在这一过程中当然出现了一些插曲，如卢梭提倡的自然主义精神对古典理性主义的反叛是不受制度化权威束缚的，这与其意识到体制有可能压抑个体存在的先觉有关，但思想运作的总趋向毕竟随科层制的强化终被纳入了理性化的制度轨道。同样不容否认，19 世纪以后的思想大师们均少有逾出这种理性塑造程序的，可他们最终仍成为卓尔不群的思想巨人。由此我们会感知，体制对思想在形式上有限定并非具有绝对负面的意义，因为它可能具有促进知识积累与增长的中介作用；反之，知识积累一旦形成权力话语，同样可能阻断非体系范式的思想向外传播的路径。在上述文章的末尾，作者提出的解决体制与思想自由矛盾的方案是：多元主义应该被制度化，垄断则会被摧毁，也许在这种条件下，学术社区接受思想是因其有力和唯美，而不是因为它们是制度所兜售的某种范式，这一切的运作仍是在学术体制的范围内得以完成的。中国社会科学与人文学科的体制并不非常完善，可这并不意味着可以仅仅以此为托词去无奈地感叹思想的流失，而不去参与重构那理性发展与知识积累所赖以依存的形式空间。

这篇文章给我们的另一启示是：中国民间思想界要想与世界对话，并非要回避和排斥学术制度的形式化建构，或者把个人认知与制度建设对立起来，而是要力争在体系内部建立自身有别于传统意识形态的知识传承方式和自律性格，这是提倡学术规范的真实目的。与此同时，知识生产在取得相对自律的品格后，仍可能受某类知识社区中定向霸权的支配。民间话语也仍有可能在现代知识机器的轮盘赌中输尽其浪漫的幻想。即便如此，我们仍应从知识构成与话语支配的类型及内容着手来判定具体历史情境中的现象，并使之与意识形态系统界分开来，而不是全盘抹杀由知识积累达至的学术成果和方法。学术自律的暂时缺乏并不意味着所有学术社区都会成为腌制霸权标本的酱缸，或意味着我们必须返璞归真到秘密结社式的思想群落状态中去讨生活。

回到原来的话题，也许我们不必过于认真地对待这张招贴已久的"寻人启事"，因为它本就拒绝讨论知识的产生及其类型，而仅仅只是在追踪个人选择的身份和态度。这里边昭示的问题是：思想群落在形式上对学术秩序的拒斥是一种无奈抑或是一种自觉？如果说1968年的学术秩序尚不足以骄傲地自诩为拥有严格意义上的规范，1968年人对其拒斥尚可视为一种无奈的话，那么，高考制度恢复后对体制的进入与认同恐怕只能以自觉投入来加以说明，否则，"寻人启事""张榜人"在体制内的学术履历恐怕不会是毫无意义的，它喻示着知识范式在体系内的积累与个体思想的自觉形构之间会产生互动格局，并为思想超升提供潜在的导引作用。其影响方式有时并非体现于具体的某个大学、研究所或某类基金会，而是作为一种"实践与信念的整体"而存在着，它可能是文化垃圾处理站，也可能是知识精品廊。你对此可以褒，可以贬，可你就是不能拔起自己的头发吊出这个现实的影响之外。这也许就是20世纪思想界的悲剧抑或喜剧？即如众口皆誉的顾准先生，如当时有良好的学术体系以为支撑和丰富的知识增长以资参照，其作品的学术价值或许会更大于目前的精神象征意义，这决不是对历史人物的苛求。因此，对现有知识体系的改造而非拒斥似乎并非一种让思想缴械投降的逃兵策略，而是真正富有建设性的选择。

干脆点说，所谓“民间思想村落”的故事无异于精心构设的成人童话，它如一声抛送给西下斜阳的叹惜，又如废墟中的挽歌，美则美矣，可人如果总在这种诅咒现实的炙热激情中生活，我不知这种仿古式的“猎奇之旅”到底能走多远。正因这则“寻人启事”的描述并没有批判性地反思过1968年民间群落到底拥有多少知识前提，而只是用小说家语言把它作为一种形式化的文学现象加以叙述。结果，文学语言形塑的群落形象反而会在当代知识爆炸面前显出自己无骨的苍白。

终于，思想寻踪就这样被诠释为形式美的追踪，变成了对逝去如斯的历史遗迹的迷恋，可是如果我们不从“思想者”的思想前提本身入手去寻绎历史的真正价值，那么其形式化的东西之真正意义何在也是令人怀疑的，正如我在以往的讨论中所言，“思想”与“学术”的分野互动不宜放在一种形式化的浪漫描述中加以定位，以至于把“思想”（自由个体空间）与“学术”（压抑性群体空间）作为对峙的两极加以文学性的褒贬。

“常识性批判”与中国学术的困境

去年美国汉学界曾经发生了一场追剿和捍卫后现代史学方法的学术“事件”。“事件”的主角是美国学者何伟亚和他那本得了汉学大奖的《怀柔远人》。和以往一样，对于中国主流学术界而言，这类后现代语境中出现的时髦故事因为过于玄妙难解，自然波澜不惊般地被悄悄边缘化了。然而在短暂的沉默之后，中国学者终于站出来说话了，这一出手就仿佛宣判了书中所虚构的后现代神话的死刑。理由很简单，何伟亚根本就“不识字”，因为他把“怀柔远人”解说为平等对待远方的客人，实则中国朝贡体系的实质恰恰是一种不平等的构造关系。再往下推导，类似后现代创设的文化多元中心论根本就是个历史幻觉。

颇堪玩味的是，在中国传统史学脉络中，这大概属于一种典型的“常识性”批评方法。特别是清朝乾嘉以来，是否识字变成迈入学问之境的基本阶梯，因为“识字”既是明晰“义理”的必要条件，也是充分条件。故学问之径向来有“尊德性”（重义理）与“道问学”（重识字）之分。而且在清初以后，“道问学”取向大有垄断学坛之势，思想史也随之形成了一种新的内在转向。

自章学诚倡导“六经皆史”以来，以“识字”为先的传统迅速从经学弥漫至史学，并内化为一种带有根基性的批评方法。然而识字与阐发义理之辨在学术传承谱系中虽屡有消长，却基本属于治学态度的选择，二者之别无分优劣，具有中性色彩。可是在现代中国的学术语境中，“识字”的常识性批评却具有了某种权力支配的意味，从而在强调其话语力量的同时，有可能遮蔽乃至封杀极富创见研究的申辩和伸张观点的权利。比如这次我们对待何伟亚的态度就是如此简单，你连“字”都不识，义理层面上的东西根本就免谈。话外音就是，只要老外识字功夫不够，无论你的著作在更高的理论层面是否有所创设和突破，一辈子也顶多是个“小儒”而已。以清朝乾嘉时期识字功夫聊以自慰的虚骄心态，变成了学术界长期拒斥或悬置西方研究成果的一副挡箭牌。

这种虚骄心态的产生自然有其复杂的远因，这里暂且存而不论；单就近因而言，这与20世纪80年代中国学术界呈两极摇摆态势有关。进入20世纪80年代，中国学术界忽然发现，以往史学与哲学的结构化叙事，逐步使“人”落入了决定论的陷阱，对人的一切活动的描述似乎仅仅是被动性地置于预设的线性目的论框架之中。港台话语中强调文化内在解释的观点被大量移植和模仿，并迅速成为一大景观，它正是此类转折心态的反映。港台话语的典型特征是一种变相的“文化决定论”，如当代新儒家所刻意强调的中国文明与西方文明的异质性，及其在现代性转折中的作用，其实与西方现代化论者对中国文化的定位是一致的。无论这种取向是否有与西方合谋之嫌，它都已确定无疑地成为东方主义叙事链条的一个组成部分。

港台话语中的史学派并不认同新儒学对儒学精神和中华文明做出的本质性规定，而是把“文化”还原为一种具体的历史形成过程。但是，如此明确的历史主义态度往往限于表现思想史内部的诠释效果，我们尤其应该注意这种态度发生的特定语境。如余英时在阐释知识分子的产生过程时所表示的：我们所不能接受的是现代一般观念中对于“士”所持的一种社会属性决定论。今天中外学人往往视“士”或“士大夫”为“学者—地主—官僚”的三位一体，这是只见其一，不见其二的偏见，是以决定论来抹杀“士”的超越性。

读罢这段话我们会发现，由这一进路返归的思想史方向，由于过于强调对社会属性论的纠偏效果，结果对知识分子身份做出了非历史性的解释,即由于过多地强调“士”所持守的“良知”具有不容质疑的历史正当性，从而不知不觉地把自己划归进了新儒家的队列。另一方面．史学研究也相应地从关注外部因素的社会经济史传统被纳入“内部解释”的循环圈中。在这一循环圈中，思想史的任何演变几乎都可以从国学自身演进的脉络中找到答案。大陆学术界当年热热闹闹地向“文化”彼岸的摆渡，正是舶运这种合流意识的结果，以至于我们总有理由站在国学的立场上对不识字或识不好字的外国人说“不”，以掩饰自身缺乏具有世界性问题意识的困境。

奇怪的是，当大陆学术界与港台意识正急迫地合流汇入东方主义旋律中时，西方汉学界却在不断调校着观察中国的视角。其主要特征是认定“文化”并不仅仅表现为一种由文本负载的思想形式，如抽象化的儒家思想，而是应作为物质化的表现形式被关注，如“文化”可能是时间使用的模式，可能是身体的位置、服饰表征和公共雕塑。如果这样界定，“文化”就可能处于吉登斯所说的“使动—被动”的中间状态。

何伟亚在美国 *positions* 杂志上发表的一篇追溯和批评美国汉学界研究方法的文章中，就试图摆脱中国“朝贡体系”由“文化”设计决定的陈旧观念，而把它放在更开阔的背景里进行观察。何伟亚曾经批评费正清受帕森斯和韦伯的影响，把中国社会构造成一个单纯由精英控制的社会，在这种观念支配下，精英对一些文化符号观念的再生产可以直接关联到对外政策的构造层次，并决定其走向。“文化”在这里被视为是与“贸易”“法律”等纠合在一起的因素，并规定其运作的方式。后来美国汉学界盛行的“地区研究”，就是要尝试把“文化”剥离出整体论的脉络，重新进行具体的定位。

也许有人会说，这个观点并不新鲜，20 世纪 80 年代以前中国学界早已摆脱了“文化决定论”的模式，力图从社会经济的角度寻求历史变迁的复杂原因。如果披览现代史学演变的曲折轨迹，发轫于 20 世纪三四十年代的中国社会史论战，确实为中国史学的结构化研究奠定了雄厚的基础。种种迹象表明，其研究方法及进程大有超越以国学视角为基础的“内部解释”和建构于文化想象范式之上的东方主义猎奇取向的态势。

可惜这一取向被庸俗化之后，古史研究就被简化为经济决定论式的图解，并一度出现“五朵金花”（即集中于中国封建社会起源于何时、资本主义萌芽等五个论题的讨论）代替满园芬芳的局面。就在此时，我们中国人也照样陷于假问题而不知，闹出过“不识字”的笑话。如不知“封建”二字的真义，使得反复揣摩“封建社会为什么延续这么长”这个假问题时所度过的漫长岁月变得没有什么知识增量的意义。话虽如此，这个账却不能完全算在社会经济史研究方法的头上，我们显然不能把“庸俗化”的责任都推到从涂尔干到韦伯、到福柯对社会制度运行的出色研究上。中国史学界需要摒弃的是两极化的立场，否则在反思庸俗化经济史观的同时，会一不留神把社会理论这个大盆里的污水和婴儿一起泼掉。也许在泼掉这盆水后，他们才终于会在重新穿起国学长袍的一刹那，为自古即有的“常识性批判”找到一个最好的借口。

我们追究的“常识性批判”方式是以识字为依据的，目前学术界尚流行另外一种“常识性批评”策略，这一批评取向往往以个人经验为原点，把对某种信念的应然诉求与实际研究中所应采取的价值中立立场混同起来，作为判断学术研究优劣的根据。比如现在有一种很普遍的说法，由于中国社会还没有完全实现现代化，那么任何属于西方后现代范围的方法观点在中国都是不合时宜的，甚至有碍于中国的现代化建设。对现代化的应然认同这种已相当泛化的“常识性态度”，不但被表述为政治乃至个人的诉求，而且成为衡量学术合理性的唯一标尺。在这一标尺的裁量下，像《怀柔远人》这样采取后现代视角的著作，自然会遭到激烈的批评。这次倒不是因为不“识字”，而是书中所运用的方法违背了现代化义理。

如何看待后现代显然是个大而无当的问题。在西方，支撑后现代话语的理论背景也十分复杂，可是落实到历史研究的具体层面，后现代的取向其实相当简单，其目的就是试图把研究的场景移出受现代主义（presentism）意识形态熏染过久的整体认知框架，而力图站在历史当事人的立场上发言，或倾听他们的声音。

比如对中国妇女缠足问题的研究，“缠足现象”按现代化的历史标准衡量，早已被确认为是丑陋落后的符号象征。可是在后现代的视野里，反缠足运动有可能是现代化程序实施的一个理性结果。然而他们敏锐地发现，反缠足运动发起之初完全是由男人策划设计的，可以说是一个纯粹的男人运动，而女性自己的声音却在现代化的大潮中被彻底湮没了。我们不禁要问，作为缠足对象的妇女到底是怎样感受和认知这一现象的？在中国传统的历史语境中，“缠足”向来是被当做审美性行为而被叙说着。也许现代化论者们会辩解说，“缠足”审美性的发生也是男人权力话语塑造的结果，不过这一在现代性框架支配下的判断不一定有充分的证据。

因为持有现代化合理性的立场反而极有可能遮蔽妇女当事人自己的声音。后现代方法就是要复原和发掘这些被遮蔽的声音，其合理的价值是显而易见的。我想当年福柯解构现代叙事的深意也就在于此。福柯肯定已意识到，如果历史故事只能按现代化叙事程序包装成标准产品，历史将变得索然无味，这条包装流水线建构出的话语霸权，会使得历史中出现的多元合唱曲谱被压缩成单调的独角戏剧本。

需要申明的是，对“缠足”妇女当事人感受的追踪，并不表示研究者就赞同缠足这一社会行为，而是重构历史的一种策略，而我们往往误解为是一种反现代化情绪的表述。当然，也有一些后现代的研究著作，如高彦颐在《闺塾师》中对 17 世纪江南妇女所进行的女性主义视角的观察，就是预先设定“五四”所昭示的妇女被压迫的历史情景是虚构的政治神话，内中包含着相当明显的反现代化立场。但是就其后现代的研究策略而言，其对妇女社会生活细致准确的把握能力，仍可弥补现代化男性视角观察的不足。

对后现代研究方法予以同情性的了解，就是要试图把现代性附加于我们身上的支配痕迹与历史原有的痕迹区分开来，这不是说要在抱有复原历史希望的同时，放弃自己现代化的立场，而是把个人的现代性经验放在历史的具体场景中重新加以验证。如能运用得当，后现代理论无疑会给中国学术界带来巨大冲击，这与文学界某些“后学”票友们的即兴玩票姿态是完全不一样的。

后现代叙事的一个重要特点是，它企图用历史考古的眼光去解构由现代化的逻辑创构出来的群体经验，特别是从某些个人经验出发拼接起来的“群体经验”，依凭如此的解构方式，我们可以对许多现代性问题重新发问。比如我们可以设问：对“文革”痛苦的反思为什么总是超越不了个人痛苦的层面？我们当然不能说这些“痛苦”都是虚构的，但问题是我们如何超越这种痛苦的感受语境。有些中国学者长期满足和局囿于个人经验的价值评判，而没有在多元历史的考古层面定位这种评判的合理性标准。对“文革”的反思，基本上是基于现代性价值理性支持的个人痛苦的咀嚼式直观反映，而要复原众多历史人物的体验，恰恰需要与个人的痛苦表述保持“间距感”，这就是后现代方法有可能做出的启示和贡献。

目前，中国学者在面临后现代的挑战时，很少能从学理上反思其优劣，而是急于标示出其反现代化的立场，然后予以抨击。其实，从论域上而言，后现代性问题是与现代化问题纠结在一起的，二者很难严格加以区分。然而有些学者却仍是把对现代化的应然诉求，与学术问题中某些策略的有效运用，包括后现代方法的运用价值混淆起来，仿佛采取了后现代的视角，就理所当然地应该被贴上“后现代主义者”的标签。这个人自然就无可救药地成为一个反现代化论者，就会自绝于奔向小康大道的中国人民。这种“站队心理”成为 20 世纪 90 年代“主义”标签爆炸横飞的最佳表征。

基于现代化情结的“常识性批评”的另一重要表现，就是把对现代化的应然诉求通过个人经验予以“信念化”，并以此为标准裁定其他学术理念的合法性。由此而观，现代化论就仿佛变成了学者占据知识领域优位的身份证，采取现代化立场和是否用现代化论分析研究变成了同一个常识性问题，包括成为衡量一个学者是否站错队的标志。

这样一来，对现代化的信念认同往往使之忽略许多现代化过程中出现的冲突和问题。仅就中国历史而言，我们一直沉迷于对现代化过程凯歌行进的合理化描述中，而没有打算对这一过程中出现的细腻冲突予以关注。所以中国近代史的图像显得那样苍白单调，变成了干巴巴的几条线索。后现代把历史碎片化后尝试构造出的新颖图像，虽然仍使人觉得多有疑点，但落实到具体的细节研究则无疑会校正及丰富被现代化叙事扭曲的历史图景，同时也并不妨碍我们对后现代观念持同样激烈批评的态度。

本文不是一篇何伟亚观点的辩护词，也未专门讨论《怀柔远人》中的观点，这并不说明作者就完全同意其中后现代的理论预设。本文的真正目的是希望学界摒弃虚骄的“乾嘉心态”，正视当代思潮中所隐蔽的核心论域，而不是以常识批判为名回避实质性问题的交锋和讨论。在20世纪90年代流行“主义”和泡沫思想的时尚里，我愿重申那始终不合时尚的观点：谈“规范”比谈“主义”要难，比急于“站队”要难，这个盛产文化明星的喧嚣时代始终需要“多研究些问题，少谈些主义”的默默耕耘和拓荒者。

什么是思想的原创性

刚拿到《学问中国》时，我就注意到其中的编辑旨趣，大意是说书中的作者所表达的观念不仅有着明显的原创性，而且具有与西方思想家的观念同等的思想现代化水平。《学问中国》内的文章是否都具有思想的原创性，无疑会得到见仁见智的评价。我自己的感觉是：就方法而论，文章大致仍可分为两类：一类是文化取向的，如经济、教育；另一类是非文化取向的，如历史、哲学。前一阵子和朋友聊天，说到中国政治界、学术界和西方人辩论似乎总是落入了人家的圈套，在人家设定的概念圈子里跳舞，有些聪明的政治家和学问家干脆避开这些西方范畴划定的圈子，谈些本土的问题，反而显得强硬一点。如李光耀就对西方人说，你别跟我谈什么“个人本位”，我们东方人从来就是“家族本位”的，自古就围绕家族功能处理问题。当代新儒家也比较强调集体的作用，这样好像就跳出了西方的圈子。由此看来，摆脱西方强势话语的唯一选择就是谈谈文化。在人们的印象中，不谈文化而创立出西方承认的东方国际理论者只有毛泽东，他一提出“第三世界”的理论，西方话语中的东西“冷战”和资本主义与社会主义两极对峙观就被打破了。这也许是极少的特例。

话又说回来，中国近代以来用来对付西方的武器就一直是文化，当年舆论界流行近代发展经过洋务、制度、文化“三阶段”论，似乎一落实到文化就透着深刻，前面全是为它的出场铺垫。这个观点在20世纪50年代以后渡海到台湾，殷海光搞了一个“同心圆模式”，说的仍是中国怎么样从物质引进，经由制度变迁到文化更新的老故事。这个老故事的翻版在20世纪80年代重又在“中国大陆”出现。故事的结尾却更为极端，讲的是中国现代化的成功根本在于“国民性”的改造。其实有时也怪不得先人，因为至少从表面上看，文化因素始终更为强烈地塑造着中国社会结构的运作方式，这一点连西方人都不否认，如艾森斯塔德就干脆说中国是个“文化取向”的国家，与西方其他国家的运作方式颇为不同。

从理论层面上说，中国人自古并没有西方那样的系统“社会理论”，社会概念往往是通过文化观念表述出来的，如法律秩序用礼治的理念加以解释。至今有些论者一提社会建构，就条件反射式地直接想到儒家。对东亚奇迹的解释也与此有相似之处，制度变迁的复杂过程被还原为一种“儒家文化决定论”。

另一个例子是韦伯思想的再发现。在中国，韦伯是通过《新教伦理与资本主义精神》的翻译而成为“圣人”的。可以设问的是，为什么偏偏是这本书备受青睐？以下被曲解的命题是个完全可以解释的动因：新教伦理作为文化因素是资本主义崛起的决定因素。尽管韦伯本人已多次否认了此命题的真确性，可是就20世纪80年代的中国思想界而言，没有比这个命题更为实用的思想武器了，西方的“圣人”韦伯已口出“真言”，这无异于为东方的孔子做证，尽管可能做了“伪证”。

过于青睐文化的人可能没有注意也可能故意忽略了一个历史现象，那就是西方文化具有现世的普遍力量，是与其具有强烈的侵略性有关的。而且这种侵略性不是文化孤立作用的产物，而是结构性权力运作的一部分,西方殖民史对此多有验证。因此，中国文化的阴柔之美不能成为世界人民共有的欣赏对象，就不可能仅仅是谁轮流坐庄的风格传播问题，而是权力的控制问题，那种把文化孤立出社会结构而企望“三十年风水轮流转”的梦呓之语，其无力的表述显而易见。

但反过来说，文化不具备侵略性，却并不证明文化不受各种社会权力运作的支配。当年较早看出此点弊端的是早期中国的马克思主义者，经过20世纪三四十年代的中国社会史论战，注重社会结构变迁的历史观终于诞生了，这条路径至今仍是抗衡国学人文传统的重要力量。颇为可惜的是，这条路径极易蜕化为阶级斗争和经济决定论的简易图式分析。20世纪80年代中期，针对这种“大陆结构史观”，有两套观点破门而入一度成为中心话语。一套观点认为，大陆史观对古史起源的形塑太过于关注经济支配的因素，从而为“五种形态论”张目，比如认定青铜器的制造直接促成生产能力和社会结构的变化；反面的分析恰恰证明，青铜器的资源分布不但与王权核心的位置相叠合，而且绝大部分被用于礼器的生产，这就基本推翻了经济单纯决定社会组织形式的观点。只可惜没有由此进一步构建出中国本土的完整社会理论。

另一套话语是处理道、势关系，主张中国知识分子自古普遍拥有和持守道的能力，与王权的政统相抗衡，这是对以阶级斗争划定历史人物身份的一种质疑，并由此推导出中国思想“内在解释”的合理性，然而这一思路对知识分子角色相当纯化的理想分析，恰恰忽略了知识背后的权力运作对思想构成的支配作用，从而过度简化了对各种复杂关系的研究。从某种程度上又回归到了国学化的分析老路上去了。国学风格的基本假设是，在传统这条从远古漂浮过来的思想之船上，作为舵手的知识分子身份是纯而又纯的，他们不会受权力的污染，他们口中吐出的箴言警句只能是权力支配的解毒剂。道德同样不是由各种权力围剿下的积累过程，而是衡量纯洁心灵的当然标尺，由此我们很难想象，由“内在理路”分析提纯出来的思想少女，会在尔虞我诈的后现代世界中不被奸污而失身，因为他不能回答知识产生是由哪些因素支配的，它的播散方式与垄断特征为何？道德为什么在历史上会常常异化为杀人的工具？

我在此要表达的意思是，中国思想界要生产出真正具有原创性的作品，就不但要必须超越日益浓重的国学情结和文化至上主义，而且需在克服经济决定论等庸俗结构主义的基础上创构自己的社会理论，当然新型社会理论同样要包容古老中国的文化内涵，这种有容乃大的新建设难度之大常常令人难以想象。因为近代以来，中国最出色的学者就常常不得不面临两面作战的困境，他们既要被设计为“国学大师”，又要兼具“西学通儒”之角色，大多数人早已不堪重负，真正被公认“中西兼通”者却是少之又少，这与西方学者比较是绝对不公平的。因为人之智力毕竟有限。西方学者可以死守西学一隅，指点江山，韦伯用二手资料写成的《儒教与道教》，虽常被讥为讹误不少，但仍不妨碍中国学人在韦伯划定的圈子中发言，而少有越出雷池者，这里面包涵的权力压迫是不言而喻的。近代以来的中国学者总是被迫在“中西兼通”的大牌子下小心翼翼地处理自己与西方人的关系，结果往往只能在“西学专家”与“国学大师”之间来定位自己的前途。

循此而论，《学问中国》中的文章无疑为思想的原创提供了一种可能，但还仅仅是个开始。按我个人的歪批，“学问”之意乃是学习如何从中国本土出发提出问题，而尽量消化西式思维的影响，同时又不做学问上的“九斤老太”，老是炫耀那点“国学”家底。这无疑是一个漫长而痛苦的过程，但又是必须去趟去闯的荆棘之路。

为什么要重提“政治史”研究

政治史为什么“消失”了

以上的标题看上去似乎有些耸人听闻，在人们的记忆中，政治史曾经在现代中国的历史叙述系谱中占有至高无上的地位，除了社会经济史因论题内容与之相呼应，可以配合其某些讨论而拥有较为显赫的位置外，历史学几乎完全可以和政治史画等号。但进入20世纪80年代末期，政治史这块“帝国版图”迅速被文化史和社会史等新兴学科所吞噬和肢解，最终沦落成为边缘学问。这倒不是说政治史没人研究了，而是其作为方法论支配地位的急剧衰落至为明显。政治史遭此际遇的大背景自然与中国史学界受当代西方理论影响，开始转向关注下层日常生活的社会史趋向有关。其严重程度几乎到了任何政治现象似乎只有涵化到地方史的框架里才能得到更为精细与合理的解释。

从表面上看这是西方知识话语霸权制约下的无奈结果，可毕竟也与我们传统的政治史缺乏解释能力和叙述魅力不无关系，除了在社会发展趋势的宏观叙事上颇有建树却又不乏机械教条的图解这个众所周知的原因外，中国的政治史叙事基本是“制度史”研究的一种翻版，人们在政治史的表述中除了了解到堆积出的一系列事件序列和机械的制度描述外，根本无法感受到中国政治运作奇诡多变的态势和与人们日常生活的关联意义。这就是为什么当人们读到钱穆先生那本薄薄的《中国历代政治之得失》时，不禁感叹政治制度史居然还可以这样被激情洋溢地书写的缘故，更不会惊讶于《叫魂》的畅销，因为那一桩满含多种意义却又长期被简单化解释的政治案件，毕竟让一个讲故事的高手重新生动地演绎了一遍。

然而，政治史终于还是被碎片化了，碎化到似乎只能是一种地方文化实践的表达形式。没人能否认社会史所表述出的千姿百态的魅力，传统笼罩的村庄、香烟缭绕的庙宇、温情脉脉的宗族、质朴有趣的民众生活……我也很欣赏从地方故事的脉络中去理解国家政治渗透和表现的地区史路径。但这些路径毕竟都替代不了政治在跨地区意义上的整合作用。要理解这些整合作用，就要把政治当做一种相对独立的运转机制进行再研究。

把政治当做相对独立的因素进行研究的想法似乎并不新鲜，但我这里要强调的不是传统意义上的事件史研究，而是要在新的视野里说明，近代以来的复杂情况使得政治史要想真正得到复兴，就必须在与其他研究取向，特别是与社会史研究的不断对话中寻求灵感，同时也要不断超越地方性的感觉重新建立起整体解释的意识。因为有一个现象值得注意，自近代以来，政治对于千千万万的中国人而言，不是一种抽象的概念，而是和许多血泪横飞的苦痛记忆密不可分，它既是地方的也是整体的，既是上层的实践也是下层的感受。尤其是在进入 20 世纪以后，政治由于现代国家建设的不断介入，具有了远较古代更加复杂的含义，也非分析古代社会的研究手段所能胜任。

从整体上理解中国政治和从地方上理解政治肯定感觉不同。从整体而言，不少学者已经从各个角度对近代政治难以把握的复杂性做出说明，有一种观点最近越来越得到认同，即在中国近代社会的演变过程中，中国自身不但在不断建构起现代民族—国家的形象，以适应在强权林立的世界中竞争生存的需要，而且这种“国家”意识和制度的确立是不断通过对地方社会的渗透和榨取得以实现的。这倒不是说中国以往的帝国形态并没有向地方社会索取资源，而是近代化建设对资源动员的需求要远远高于古代社会，所以其榨取的强度也是空前的，同时这种竭尽全力向农村基层社会的渗透又是以摧毁当地的文化运行网络为代价的。

另有学者更加关注这种渗透和榨取过程所采取的手段和形式。中国近代的国家政权建设是伴随着民族主义的极度焦虑感出现的，也即是在不断处理频繁爆发的民族生存危机的过程中逐渐建立起自己和以往帝国形态相区别的合法性。在内忧与外患不断肢解着中国传统社会肌体的情况下，要重新整合各种资源使之变得有效，就要采取非常规方式。所以有学者认为近代采取的是全能形式的非常规政治治理手段，而非西方极权主义式的改造社会方式。“全能主义政治”依靠政党的组织形式，通过动员的过程实施一场社会革命，由于可以随时无限制地把政治意识灌输到社会的每一个角落，所以现代政治在近代中国人的生活中被赋予了空前的敏感性和实际地位。我们甚至可以说，政治成为中国人生活的主导和支配性要素完全是现代性的一种独特的本土表现。

参与政治成为中国人日常生活的核心行为之一，在以往的近代史表述中被作为正面的依据不断被叙说着，比如好像民众的阶级意识乃是一种自发感情的抒发，而忽略了国家意识形态的复杂构造作用。在我看来，这种叙说本身就应成为中国人被政治化的一种表现而得到解读。因为中国“群众”如何参与政治和西方“公民”对政治行为的认知毕竟差异很大，“公民”更大意义上是自主性的产物，而“群众”意识到自己成为与国家命运相关的主体则是政治规训的结果。这种政治的强烈渗透性不但作为一种历史和当代的现象而存在，而且被赋予合法性的意义。这种合法性不应该作为研究前提，而应该作为研究对象被认识。目前的情况恰恰是，这种合法性如何确立，且对中国民众生活到底意味着什么，仍是当今政治史研究的一个盲点。

政治史与地方史

我推想，最近盛行的从地方史的角度来理解近代政治的思路可能出于以下考虑：近代政治的过多渗透瓦解了传统社会的文化格局，并不意味着中国乡村社会中就不存在对抗这种瓦解的基层力量。地方史研究者假设，只要在中国社会找到这些力量，也就等于找到了疏离和对抗政治的历史和现实条件。人类学方法的引进和流行，恰巧形成了一种难得的契机，使得社会史研究有可能获得一些在传统史学中无法找到的研究手段，使得对宗教与地方组织构成因素的考察，获得前所未有的崭新视野，从而根本扭转了中国历史学的兴趣走向。

近几年兴起的地方史研究仿佛有意无意地强调地方文化资

源在现代社会变革中的正面影响，这种表述的背后隐含着一种对近代以来不断加强的政治规训现象的反抗意味。他们对宗族的复兴与寺庙重建的解释大多摆脱了科学—迷信二元对立的科学主义式解说，而赋予其地方合理性。这样一种解读路径的好处是容易突显地方文化演变的历史脉络，以及政治如何在地方情景下重新得到理解，特别是能够说明近代乡村与城市在政治干预下的不同境况。

地方史研究还有一种十分明显的思考取向，那就是其中蕴涵着强烈的逆向于“现代化叙事”的关怀，即试图通过寻找基层社会中异质于现代化的传统品质，比如所谓“地方性知识”来重构中国社会历史的基本框架。中国区域社会史的研究深受人类学和社会理论的影响，特别讲究通过象征和其他文化传承的形态来理解中国乡村社会的运作方式，以避免仅仅从上层政治经济学角度出发来理解乡村社会的外部变化，而忽略了乡村不变的一面。

但对“地方性知识”的过度强调也容易使人误认为乡村社会的传统一定是和上层社会的价值处于一种截然对立的状态，代表乡村的“地方性知识”变成了和代表精英上层的“普遍性知识”相对抗的一种反控制资源。其实近代以来，和西方有很大的不同，政治意识对中国人生活的影响可谓是前无古人，近代中国的历史在很大程度上是国家如何以政治力量支配地方社会的历史，所谓“地方性知识”也只能在如此的背景下才能得到准确理解。

最为关键的是，我们需要把研究过程中无意识地认同目前意识形态赋予的政治史解释框架，和自觉超越“地方性知识”的新教条而赋予政治史以新意的努力区别开来。所以，对“区域社会史”的理解也应更多地关注政治作为一种强有力的空间表现形式，是如何与“地方性知识”达成了某种张力关系的。“区域社会史”的研究最初是以抛弃传统意识形态式政治史研究而直接进入乡村社会的，可是在进入乡村之前，其潜在的台词是政治史在相对社会史研究时的次要性，然而最近的事实证明，如果对上层政治运作的历史没有突破性解释的话，那么，从事地方史研究后所得出的结论仍是值得怀疑的。

几乎与乡村研究的盛行同步，对市民社会和公共领域的讨论使人们产生了另一种冲动，想在城市中寻找出与西方近代启蒙运动所依赖的公共舆论场所相匹配的公共空间，结果是令人失望的。因为花费力气寻找出来的“空间”根本不具备创生现代因素的条件，有人甚至认为中国的城市在政治的强力支配下“消失”了，所以现在寻找城市公共空间的努力变得没有多大意义。与之相比，乡村却有可能复兴，那是因为乡村有宗族和庙宇作为支点。如果说到这种解释的弱点，那就是它无法理解政治之所以在近代中国会成为区别于以往的主导要素的复杂的跨地区原因，而且无法解读为什么只有到了近代，政治才成为中国人日常生活中的主调。

尽管有人提出从地方史的角度呈现整体史的框架和视野，但目前只有个别著作是从地方史的角度解读政治在基层运行的模式，大多数作品仍强调民众以各种文化和社会象征的形式与政治相对抗的行为。地方史对政治史的重新解读无疑贡献尤大，但却是从各自的地方性视野和脉络中来重绘这张地图的，所以如何拾掇起碎片重新拼贴出一幅整体的政治史图像，仍是有待完成的有趣课题。

重审“政治史”的意义

中国近代的“政治”与社会革命的特性密不可分。实际上也是面临解决社会问题时，近代政治的意义才会突显。也正是因为近代社会所面临危机的复杂程度要远远高于中国历史上的任何一个时期，所以在解读用政治解决问题的手段和方法时就会觉得更加难以把握。

近代以来，政治之所以在中国人的生活中变得越来越有支配力，无疑与频繁发生的难以应对和解决的危机的严重性有关，也与外来势力的进入不断改变着中国人处理日常经济、政治和文化的状态密切相关。这些改变确实用传统的政治史等于事件史的简单逻辑和图解方式难以有更大的说服力。即使革命被描述为一种简单事件的排列过程，看上去颇有自主性，也无法解释它在普通中国人的生命中到底意味着什么。地方史研究方法的介入无疑会更加有效地回答人们脑海里被抽象化的政治如何在一些普通中国人的具体行为中发生作用，却又难以回答政治为什么会在超地区的范围内如此前无古人地改变着整个生活世界。

革命是解读近代中国为什么被如此彻底政治化的一把钥匙。另外一点是把革命还原为有血有肉的个人际遇和行为，或者是基层社会破碎的动力之一，革命自身作为一种政治形态的表现机制反而被忽略了。也就是说，解读政治本身的运作很容易与解读受政治影响的其他现象相混淆。当然，有人会说，只有把政治放在一种非常具体的场景下才能更好地加以解读。比如，为了反驳宏大叙事的命定论设计，有人把革命和政治的关系处理成鉴别和确认目标的过程，这个过程取决于革命者对个人复杂的身份和社会网络的不断构建。这种日常生活中的细小抉择对革命的影响变得并非微不足道。有人把城市工厂里的政治关系的改造看成是中国传统社会关系的一种复制，是“新传统主义”的一种表现。还有人把乡村社会主义建设的过程剥离成表面和深层两个层面，而强调传统网络关系在革命中的连续性作用。这些层面的研究都有各自的贡献，但仍无法说明政治为什么在20世纪以前所未有的力量和速度控制了中国社会的运转。

那么我们意欲何为呢？限于篇幅无法展开分析，仅提供几点想法供讨论。其一是意识形态再研究。目前的社会理论研究已根本不承认意识形态有所谓正确与错误之分，只认为意识形态更像是一种鲜活的文化实践。意识形态并不是观念和精神的，它是一系列社会实践、表象和仪式。其二，近现代政治与古代政治的一个最重要区别，是近现代政治往往与大规模的社会动员联系在一起，这些社会动员性质的运动常常有计划地指向特定的政治目标，而且日趋频繁。这种社会动员形成的范围、规模和程度都是传统社会所无法想象的。这些社会动员往往会构成所谓“共意性运动”，最大范围地整合民间文化资源并消弭着其在地方上的影响力。其内在发生机制的跨地区性动员能力显然不是区域社会史研究所能解释的。

“学术规范化”再反省

如果把“学术规范化”作为热点被讨论的时间放置在20世纪的90年代中期，那么至今也有将近10年的时间了，回想起来，当年的讨论确实热闹非凡，许多不同学科背景的朋友均被卷入其热烈的争论中，昭示出知识界在“后新启蒙时代”所表现出的特有思想活力，这场讨论最后被归结到了“中国社会科学的自主性问题”这个论域之内。此论题的提出又与两个基本历史线索相联系，即“中国社会科学学科建设”和“知识分子心态和品格”的构成。前者是鉴于中国社会科学提出的变革诉求，而后者则有学术史的讨论背景作支撑。这两者的诉求虽有差异，却本应可以互为契机相互配合的，然而后来的讨论进程却显示，“学术规范化”问题路径逐渐与“学术史路径”分道扬镳或者说是并趋而行。

在20世纪90年代初的学术生态背景下，“学术规范化”讨论的兴起以惩戒学术“失范”为标杆，对知识分子在20世纪80年代的公共（非专业）论域的发言方式进行了批判性反思，这场争论确实达到了以下引人瞩目的效果：

从学术论域和思想论证的方式上对20世纪80年代以来的一些表述上显得随意的一些话题，如中西文化之争、中国进入现代化道路的选择等论述，在学科建制的意义上进行了有力的规训，以至于 20 世纪 90 年代后不太有人敢在缺乏足够知识储备的状态下贸然谈一些复杂的社会科学问题，并有可能间接推进了国家社会科学评价与组织体系的制度化进程。

一旦知识分子随感而发式的思想讨论拥有了更多西方式的知识背景作支撑，他们的论述就势必重新养成了“言必称希腊”式的引经据典的习惯，只不过“言必称希腊”这类笼统的旧式调侃被赋予了“言必”称韦伯、哈贝马斯和福柯等新的内容，我这里指出这种现象绝非单纯的指责，因为中国知识精英们自近代以来就已逐渐没有办法完全用自己的思维和语言系统在公共场域里表达自身的思想，以梁启超为首的那些近代名家尚且如此，更何况我们这些普通知识分子，苛求于此显然无济于事。

那么，“学术规范化”讨论在 20 世纪 90 年代的意义是否仍需要加以反思呢？我认为至少有以下两个方面可以成为我们讨论的出发点：

第一，“学术规范化”讨论的初衷是从学科建制和知识形构的路径入手，它的提出恰恰是打破政治封闭的一种手段，但它的出发点也无形中把 20 世纪 80 年代以前的革命化的意识形态与其后的现代化诉求完全对立了起来，视为两种不同时期的思想产物。这就造成了一个后果，中国学术在 20 世纪 50 年代到 70 年代期间形成的政治意识形态传统，往往被简单地视为与全球化知识生产相对立的一个特例加以处理。比如马克思主义作为一种理论体系在中国学术领域中的实践经验仅仅被看作是中国封闭于世界之外的一种意识形态思想行为，或者仅仅把这种知识表述看作是中国改革开放前落后于世界局势的一种断裂而又短暂的历史现象。而不被看作对整个20世纪世界革命和社会变迁的一种积极回应，或者是全球化知识革命在中国语境内表现出的一个阶段性的独特反映。

这样的论述路径固然可以为中国学术的发展拟定一个与改革开放期的现代化思路相配合的主题，而且在改革开放中的一些基本原则尚未成为新的基本国策而重新固化为政治意识形态源泉的时候，仍保持某种批判性的活力，但当现代化叙事已经变成了即有国策并渗透进所有知识领域而转化为一种新的意识形态时，这种策略就很容易被体制化的知识生产所收编而陷入无所适从的失语状态。[①] 无可回避的是，大量学术评鉴体制和集中规划的学术生产机制目前已经泛滥成灾，严重腐蚀着学术研究的健康肌体，其中相当一部分是或明或暗地打着“学术规范化”的招牌加以实施的。

当然，我这里的意思决不是说当年“学术规范化”的讨论应对此现状负有直接责任，而只是想提示，“学术规范化”讨论作为一种民间学术行为，如果要更加深入健康地发展下去，就必须及时对这种体制性的知识生产保持批判性的反省并与之划清界限。否则就极有可能成为它的同谋，哪怕这种同谋是无意识的。

第二，“学术规范化”问题的研究本来是和学术史的讨论同步进行的，它本应更多地吸收“学术史”路径中所开掘出的

---

① 见贺照田：《当代中国思想论争的历史品格与知识品格》，载《书城》2004年第11期。

知识讨论的能量，特别是其对近代知识转型与传统学术之间关系的考量。但令人遗憾的是，两者之间并没有建立起一种合理有效的关联性。“学术规范化”讨论的直接背景是针对现实思想启蒙中所出现的一些即兴式、口号式的思想表达策略有感而发，其实和“学术史”从历史中引申出的一些问题脉络是可以配合在一起进行讨论的，比如通过探究近代学术转型中的一些关键人物如陈寅恪、钱穆等人的治学理念，深究现代学术理念与前现代学术传统之间复杂的微妙互动关系，从而把“学术规范化”讨论，置于一种学术史脉络演变的背景下使之成为历史讨论的自然结果。当代的许多学术“失范”问题亦应在这个历史脉络中间寻找一部分（并非全部）答案，并借此回应一些现实问题。

其实，“学术史”研究的兴起虽然是以梳理近代学术发展的脉络源流为切入契机，但内里也包含着某种反“思想史”研究路径的倾向。这种倾向认为，20世纪80年代的“思想史”研究路径由于过多地介入了研究者出于现实考虑而加入的价值评判，而缺乏对思想者本身思考路径的同情性理解。其背后的逻辑是想淡化“启蒙逻辑”对历史研究的干预。很显然，“学术史”路径所考虑的“思想史”研究意义上的所谓“失范”问题与“学术规范化”所言及的中国学术的品格仍不够“社会科学化”的焦虑并非同调，但很有可能在吸收“学术史”思路的前提下使“学术规范化”的讨论尽快拥有中国化的品格。但可惜的是，“学术规范化”讨论并没有把“学术史”研究中深藏的历史关怀纳入自己的观照范围。“学术规范化”设定的问题路径更多的是讨论“规范”的适应问题，并很快转入如何对“规范”进行有效遵守的程式化讨论，而没有人质疑“规范”到底是在什么样的历史与现实语境下被应用的问题，以及“规则”归根到底是由谁来制定的问题。

这里尤其需要反思的是，“规范”已经在潜在意识里被正当化了，这种正当化在讨论过程中被以自明的形式表述出来，“规范”本身在被使用时尽管有相当固定的西学背景，但当时大家好像认为这种背景对建立中国式的学术规范有何影响是毋庸置疑的，这样就造成了以下后果：或者对“规范”的西方式背景的有意悬置变成了我们展开分析的一个前提；或者人们纷纷习惯热衷于在西学的语境下讨论遵守“规范”的意义，而从未质疑“规范”在非西方背景下的中国是否应重新通过反思被赋予新的含义。

“规范化”讨论没有被“历史化”的结果，最终使之失去了与学术史研究进行配合衔接的机会，同时也就失去了把“规范化”讨论的问题路径向“本土化”方向实施转移的机会。这就好比一个缺水地带的人在饮用水以后造成不适时，却异口同声地抱怨自身的体质虚弱，而没有人去质疑水的来源或水质的好坏优劣，或者进一步询问这种水是否适合自己饮用。

换句话说，“学术规范化”讨论从其一开始就没有呈现为一个开放式的架构，因为它没有向中国历史的深层传统开放，它没有把“规范”看作是动态的中西冲突下未定型的思想产物，它没有反思未经质疑的“规范”本身所拥有的西学背景有可能在实践中成为制约中国学术走向新生的障碍，它甚至有可能给人感觉事先预设了以西方“规范”马首是瞻的新的学术藩篱。需要在此特别强调的是，所有这些问题的出现并非“学术规范化”

讨论发起者预先设计的意图框架，而是在讨论过程中徐徐展现出来的，这些表现甚至有可能和发起者的初衷正相反。

如此一来，“学术规范化”讨论本来和“学术史”反思的目标是一致的，但由于没有把“规范”本身的西学渊源及其背后的权力机制运作的复杂背景纳入自身的反思视野，而是仅仅在“只要遵守规范，就可避免80年代思想讨论的空泛和不成熟”这样一种思维定式中去认知知识界的现状。因此，在遵循“规范”的实际操作时，这场讨论延续了20世纪80年代知识界为“新启蒙”预设的一个基本前提，即中国学术之所以搞不好，就在于对西方的思想与学术制度的引进过于迟缓，对传统学术的批判过于和风细雨和不够彻底的缘故。既然中国学术的不够“先进”乃是在于遵守“规范”的自觉性的缺失，那么“规范”的普遍性亦在此论题下必然同时被加以最大限度的认可，这种认可又极易转述成以下的表述：只要遵守了具有普遍意义的“规范”，中国学术自然就会跃上一个新的台阶，就会成为西方学术共同体中的一员，就会真正国际化。由于过多地强调了对“规范”的遵守这个层面，并把遵守“规范”有意无意当做了中国学术本土化的一个先决条件，以至于造成对中国学术“本土化”的讨论无法跃出遵守“规范”这个基本话题的限制而最终失去了立足点。

“学术规范化”的健康发展被一些仅仅注重“形式”的八股式研究所妨碍的迹象已现端倪，比如现在的一些博士论文在前面似乎约定俗成地一定要安排所谓“学术回顾”这一项，似乎突出了这个形式就足以证明自己的研究是建立在前人基础上的，但许多论文往往不分青红皂白地罗列了以往所有的相关研究成果，而不是预先筛选出真正对自己的研究有价值，能提炼出相应问题的那些文章。这样的所谓符合“学术规范”的论文，实际上可能恰恰遮蔽了对一些真问题的发现，而仅仅满足于一种“形式主义”式的引述。

有鉴于此，作为“学术规范化”讨论的主要倡导者，邓正来在20世纪90年代末期连续发表了多篇文章对以上现象进行了反思，其中尤以《关于中国社会科学自主性的思考》及《中国社会科学的再思考——学科与国家的迷思》最为重要。邓正来最近又提出，“学术规范化”讨论第二阶段的任务是对知识生产机器进行批判。如果我理解得不错的话，这种思路即是对第一阶段“学术规范化”讨论只限定在遵守“规范”这个层面的现状有所不满，试图把讨论延伸至学术“自主”的层面，以弥补第一阶段缺乏有关“学术本土化”讨论的弊端。同时，邓正来也意识到了如果只在社会科学的内部学科发展的脉络里讨论“规范”的遵守问题,而不对知识生产的机制进行全面反思,那么,中国学术的发展必然因受制于权力体制的压迫规训而失去其自主运行的能力和学术自由的个性。如他认为，20世纪80年代预设了中国社会科学学术制度的确立以及社会科学工作者心态品格的纠正的思维方式，表现了视外部性因素为中国社会科学自主性问题的关键的思维方式，因此有必要对之进行反思。这样的追问无疑具有相当的针对性，但邓正来没有进一步追问：这种方式形成的历史原因和契机何在。

我个人以为，这种思维契机和定式的形成，自有其深刻的现代性的历史渊源。中国社会科学学术制度的最初构成本身即是一个模仿外来文化的结果，因为中国自20世纪以前并没有学科建制意义上的所谓“社会科学”，中国人对世界的分类和历史意识的形成均与当代社会科学的基本认知框架大相抵触和背离。比如历史循环观和建立在帝国疆域之内的“天下”意识，以及以儒学思想为核心架构的世界理念。中国人接受社会科学的历程往往是以剔除自身的文化认同为其代价的，更严重点说，中国社会科学的建立是在批判传统的基础上，甚至是以牺牲中国自身文化精神的传承为代价建立起来的，这个过程本身即具有强迫性和被动性。更为严重的是，这种“社会科学”思维被知识界所确认并不是一种简单的心理接受过程，还是一种制度性的规训过程。也就是说，这种转变是一种历史的塑造而非单纯的思维方式的价值选择问题。

从某种意义上说，西方社会科学输入的本身就决定了中国知识界只能采取一种被动接受的态度，而且自从科举制被废除之后，这种过程又被赋予了某种理所当然的正当性。君不见，各种私塾体系与书院式教学风格无可挽回的衰落，与屡次复兴运动的艰难即是明证。当年梁启超、章太炎等人恢复私学的努力终成泡影，亦可证明其正当性的不言自明和难以撼动。与此同时，国家机器和制度对社会科学的干预与支配也就随之变成了一种必然趋势的合理化表现，当代的许多社会科学的制度化行为不过是这种历史进程延续的结果，同时也自然延伸了其历史的正当性。

从如上十分简略的历史考察中可以得知，外部性因素尽管不可能成为中国社会科学实现自主性的关键，但却恰恰是社会科学在中国之所以成立的支撑性理由。这也是由社会科学本身的特点所决定的。社会科学在很多方面不是个体行为而是群体行为，如大规模调查和田野访谈的运作（社会学、人类学），法律政策与国家法制体系的衔接（法律学），各种经济运行的市场分析（经济学）等等都需要大批资金的支持和国家与市场的高额投入。一句话，社会科学无论是姓“中”姓“西”，都已很难真正摆脱外部性因素的制约和支配，因为它本身即是在外部支配的条件下得以建立和发展起来的。

那么，我们意欲何为呢？

邓正来不久前提出了“知识陌生化”的问题，意思是说在建构社会科学论域时，尽量与“常识性知识”（包括“日常性常识”和“学究性常识”）保持距离，并提炼出属于社会科学内部规则的知识。这是个颇有创意的想法，其核心思想是试图以此区别于传统的实证主义与经验主义的研究态度。问题在于，邓正来在此并没有充分处理“经验”与“知识”之间的复杂关系。因为就社会科学的一般程序来说，它在提炼出若干理论之前，必要经过“经验”研究的若干阶段，经验研究当然可以分出很多类型如参与式观察、个人感悟式体验，或技术性的问卷调查分析等，这种程序肯定与“常识性知识”有所区别，当然也不排除有流于“常识性知识”的可能。如社会学的许多调查统计所得出的简单结论，我认为就没有超出“常识性经验”的范围。但在进入邓正来所要建立的社会科学简明化模型之前，即符合他所提出的社会科学必须遵循逻辑连贯性、系统性和经验可证伪性的目标之前,应充分解释经验研究性的知识与“日常性知识”之间的关系和区别。

那么如此区别的理由何在呢?我认为邓正来所提出的“三大原则”尽管重要,也非常正确,但仍属于社会科学研究所必须遵从的一般性法则。对这种一般性法则的阐释只是对当年提出的两大任务即“学术规范化”和“学术本土化”中的第一个任务的阐释有示范作用,而无法对第二个论域提出具体的解决方案。若要使“学术本土化”真正成为中国学术改革的议程之一,首先不得不考虑经验研究如何区别于“常识性知识”的问题。甚至我认为,“经验研究”真正区分于“常识性知识”应是中国社会科学实现自主性的关键一步,因为我们至少近期还没有能力在更高层次的意义上建立自己真正的社会科学解释体系。

那么“经验性研究”与“常识性知识”的根本区别何在呢?我觉得在正规的社会科学训练之外,必须具备更多基于历史与现实关怀的主观介入式体悟与理解,当然这种“体悟”与“理解”也是需要训练的,甚至更大程度上取决于个人的禀赋和个性,相对而言较难把握。自近代以来,中国人就面临着“自我认同”的危机,“比如我从哪里来”“我的国家与社会的身份认同何在”“我还是传统意义上的‘中国人’吗”等等,可是我们解决“认同危机”的唯一方式却是逐步训练自己不断确认某种西方制定的标准,即只要我们和“国际”认可的标准相吻合,“认同”的问题仿佛就会自然得到解决。这在表面上看似乎解决了问题,但代价是“中国”自身的历史和现实的面孔却日益变得模糊不清。所以我建议:先不要把“自我认同”的困境按西方的标准客观化，以遵循某种一般化原则的范导，而是首先花力气去体悟我们之所以形成诸多复杂的心理与身份认同紧张的历史和现实原因。这表面上似乎违背社会科学的价值中立性原则，但正是自觉地意识到了社会科学的一些技术原则进入中国历史和现实的限度，才能使社会科学真正具有本土化的意义，无可回避的是，这也确是中国社会科学实现自主性所必然面临的悖论性命运。

为何要如此呢？前已述及，中国知识界在接受社会科学原则的过程中，其实是以放弃传统学术的一些基本规则作为代价的，特别是放弃了中国学术中的一些体悟和感受人生与历史的独特方式，这就形成了一个悖论：中国在进入前现代以前从未有过“社会科学”这样一种认知世界的规则，它被限定为完全全盘从西方引进，而一些传统“人文”的东西也逐渐为社会科学所规范，而形成所谓“人文科学”，一般统称之为“人文社会科学”。在这种情况下，传统属于人文意识的东西在社会科学的规范中逐渐萎缩，“人文”与“规范”不但处于对立的状态，而且“人文”的思维也处于被科学改造和蚕食的位置。

这就造成，中国社会科学的“自主性”本应从中国传统内部自然生发出来，这至少是实现“学术本土化”的认知基础，而中国传统学术又一直处于被清算的边缘化位置，中国社会科学“规范化”的目的是实现“本土化”，结果却可能会倒过来，中国社会科学“本土化”的目标不但未见成效，反而潜在地成为中国学术更加西方化的一个陪衬式借口。

所以我主张，要使中国社会科学实现真正的“本土化”目标（尽管“本土化”的提法已引起了异议），就必须改变单向讨论社会科学规则性的认知习惯，中国社会科学自主性的讨论必须被注入一种建立在历史和现实洞察基础上的自我感知能力，一旦我们的“经验研究”注入了这种气质，就会区别于“日常性知识”，也会超越仅仅成为西方社会科学转述者和模仿者的命运。这方面的例子已经开始出现，如一些中国人类学家开始注重把田野考察与历史文献相结合，动态地观察传统在地方史脉络下的当代命运；亦有些哲学家开始关注中国历史中的天下观，对构建当代国际社会秩序的功用等问题；还有的学者注意到了“感觉结构”在思想史研究中区别于从纸质媒体（如报纸杂志和一般性文集）中发现精英思想的作用等，都透露出了一些这方面的信息。

邓正来对第一阶段“学术规范化”讨论的反思还包括对社会科学作为学科建制后所发生的迷思的批评和对中国社会科学以国家为单位进行研究的反省。前者是因为中国学者作为建构者和被建构者的同一身份，规定了其在吸收社会科学理论时的路径依赖品格和前反思性接受的取向。这种取向已深深嵌入了中国社会科学制度化的过程中，形塑着中国历史、政治、经济和社会—文化的研究品格。[①]

邓正来借助沃勒斯坦的“世界体系理论”对中国社会科学的反思，具体包括两个方面内容：一是质疑“跨学科”研究视野的有效性；二是评述试图以“历史社会科学”取代以国家为单位的

① 邓正来:《中国社会科学的再思考——学科与国家的迷思》，见邓正来主编：《中国学术规范化讨论文选》，北京：法律出版社2004年版，第433—434页。

新型分析架构。按照沃勒斯坦的意见，“跨学科”研究主要是集合不同学科的人才所进行的地区研究，这种研究因为只具有 19 世纪以来形成的地缘政治的视野，没有“世界体系”的宏大眼光，从而很容易在破毁旧学科的前提下更加强化了新“学科”设置的边界。

其实我倒是觉得，沃勒斯坦的西方式焦虑虽有其道理，但如果放在中国内部情境来说可能效果又不一样。比如就拿对中国历史的理解来说，面对同样的历史材料，经过所谓历史学严格实证训练的人和接受过其他学科训练的人处理方式肯定有所不同，得出的结论也不尽一致。我曾做过类似的实验，我所编辑的一本论文集中就收录了不同学科学者处理历史题材的文章，把他们放在一起读效果是相当奇特的，居然会改变我们对历史图像的单一认识。关键的问题在于，做这项工作时，我们不应该刻意强调“不同学科”这个特征，而是应强调这些非历史出身的学者理解历史的“不同方式”对我们的启发意义，我认为按照这一个思考路径，对历史采取“不同方式”的理解不一定就会重新以“学科”的边界加以设定，我自己就没有觉得读了这些文章就会一定按某种新的“学科标准”去衡量这些研究成果的价值。

再如通过引述沃勒斯坦用“历史体系”替代“社会”或“国家”作为社会科学分析单位的努力，并强调其积极意义之后，邓正来还批评沃勒斯坦忽略了社会科学学科制度化与他本人所提出的世界体系结构中核心—边陲之间的关系，从而也未能具体而认真地讨论 19 世纪社会科学学科制度化在不平等交换的世界体系结构中是否可能或如何支配边陲国家的社会科学发展的问题。① 但邓正来并没有进一步追问，这个问题的提出和即使能够被解决，是否也仍是在一种西方社会科学视野之内加以认知的结果呢？因为它毕竟仍是一个沃勒斯坦式的问题。

而要把沃勒斯坦式的问题真正转化为一个“中国式”的问题，我们首先要问：中国在近代以来所形成的新的政权形式是西方典型意义上的民族国家吗？如果不是，那么沃勒斯坦所批评的以“民族国家”为单位的社会科学体系是否能在中国长期存在？第二个问题是“世界体系”理论对中国历史的研究是否同样有效。从近代的发展历程来看，中华民族的现代构成在面对西方时所体现出的外部形象可以说是以一种“民族国家”的形式存在的，但由于中国幅员广大，在处理内部多民族事务时并非采取的是现代“民族国家”的建构方式，而是更多地采取了清代以来的政策策略。所以面对中国的历史时就不能仅仅以西方现代民族国家形成的框架来生搬硬套地予以诠释，而更应从“多元一体”的格局中来加以把握。

中国历史研究的确有一段时期是从世界史的演变角度估价中国历史发展的价值，如“五种生产形态理论”，这基本上可以看作是“民族国家”为单位的历史研究的一个中国变种。因为它假设了中国历史在当代的条件下有一个趋向于向西方“民族国家”演进的过程，尽管这个过程的终点是以消灭“民族国家”

---

① 邓正来：《中国社会科学的再思考——学科与国家的迷思》，见邓正来主编：《中国学术规范化讨论文选》，北京：法律出版社2004年版，第454页。

为根本目的。而后来的社会科学理论均废弃了这个简单化的概括，而趋向从中国历史构成的自身特点展开讨论，如费孝通提出中华民族“多元一体观”及一些学者对“天下观”的再认识等，都突破了“民族国家”认知体系的限制。

至于“世界体系理论”的提出确实很有针对性地突破了西方“民族国家”历史演进观的束缚，特别是注意到了这套历史观对非西方世界的霸权作用；但却无法回答中国近代的历史演变为什么没有采取标准的“民族国家”式的建构策略，尤其难以回答中国内部历史演变的复杂状态，这恐怕更多地需要一种历史的体悟而非“规范”的遵守。

以上是我对“学术规范化”讨论的一个相当简略的反思，这种反思不仅是针对整个中国社会科学的现状，也是针对我自己当年思想的一个回顾式检讨。当年我在一场争论中曾经简单地从“思想”与“学术”的对立角度讨论过“规范”问题，而且比较倾向于用“规范”来限制“思想”漫无边际地发挥，当时这样做也确是针对20世纪80年代一些先锋“思想”过于轻率迅速地出炉表达不满的一种方式，可经过这么多年的变化，现在各种各样打着“规范”旗号的行为有可能反过来变成“思想”创生的枷锁时，却又促使我不得不从新的角度对以往的观点进行反省和批评。但我仍坚持认为，这场反思并非是对以往“学术规范化”讨论所具有的历史意义的简单否定，“学术规范化”讨论在那个时代自有其特殊的贡献，对之进行反思只是使之更趋向于“中国化”的步骤之一。

防疫行为与空间政治

瘟疫发生与普通疾病不同，普通病症颇可借医生妙手，药到病除，个体病痛如不传染，基本可与他人无涉。然瘟疫一起，则仿佛好大一片天空都被毒魔吞噬笼罩，毒气四溢之际，人人惶惶自危，常常闹得昏云惨雾，天地玄黄，为之色变。正因如此，近代以来的防疫行为从来都不是以个体行动的形式出现的，每当毒雾弥散之际，四处剿杀追逐病毒，强行区隔正常与非正常之人的宏大场面，就极易演变成一种相当壮观而又规训严整的医疗群体表演。防疫与避疫也就不可能单纯作为一种医疗手段仅仅与局部的个体病人发生关系，而是与各种复杂的社会生活形态密切相关。

自中国步入近代社会以来，在学术界传统的学科划分中，“医疗史”与“社会史”几乎是老死不相往来的领域。“医疗史”研究的对象往往只限于对属于医疗范围本身的疾病发生和诊治过程予以关注，如疾病作为医学认知对象所产生的观念性演变，以及治疗技术的替代性演进过程等。在这种“自闭式”的叙述中，如果要想与其他学科硬扯上什么关联的话，那么顶多是在相当粗糙的相关文化背景的意义上探讨不同的医疗技术是如何发生碰撞与传播的。但同时我们却又往往看不到这种医疗技术的冲突是如何在不同社会的活生生人群中发生变异作用而播散开来的。传统“社会史”研究同样不把“医疗”现象纳入考量范围，仿佛与“医疗史”界达成了某种默契，有意不侵犯其固守已久的地盘。

其实，在中国传统地方社会的认知框架中，“医疗”恰恰是作为一种“社会”现象而被对待的，例如在传统地方社区面临瘟疫传播的威胁时，施医治病往往就是社会化的慈善事业的一个组成部分而根本无法独立出来。“医疗”过程作为一种专门化的程序被从社会生活中剥离出来加以观察，恰恰是现代科学眼光审视下发生的一个后果。可是如果我们仅仅用后人形成的所谓“科学眼光”来看待弥漫于“社会”之中而熏染出来的中国医疗观，自然常常会觉得荒诞不经，难以苟同，从而把根植于日常生活中的“医疗”现象与国人同样植根于如此情境中看待世界的方式分离开来，形成了相当单调的判别标准。

似乎很少有人意识到，如果回到中国历史的现场中进行观察，我们会发现许多医疗现象的出现不但是文化环境的产物，而且其治疗过程本身就是一种相当复杂的社会行为。比如中国农村中长期存在的我称之为“准疾病状态”的现象，这种状态的表现是病人发作时的临床症状根本无法通过中西医的任何正常诊疗手段加以治愈，而必须求助于被传统与现代医学排斥的文化仪式行为如画符、祭祀、做法等方式予以解决，有大量证据表明，这些行为显示出的治疗效果有时几乎是不容置疑的。这时，纯粹的科学解释就会显得极为苍白无力。更为重要的是，当疾病作为个别现象存在于个体病人身上时，完全可以通过施医送药的纯粹医疗途径予以对待，可当某种疾病以大规模瘟疫传播蔓延的方式影响着社会秩序的稳定时，我们立刻会感觉到，对付弥散在各类人群中肆虐横行的病菌已不仅仅是所谓医治病症本身是否有效的问题，更是一种复杂的政治应对策略是否能快速见效的问题。

清代的历史已经证明，瘟疫控制的程度和时间频率往往与社会和政治应对策略的有效性成正比关系，而不完全取决于医疗对个体病患者的实际治愈水平。或者也可以说，不同的政治与社会组织的应对策略决定着防疫的成效和水平。从社会史而不是从单纯医疗史的角度观察，正可以看出时疫发生时社会与政府行为在社会动员组织与整合能力方面的差异性。

正因如此，我才注意到清代发生了一个令人奇怪的悖论现象，那就是咸、同时期以后，瘟疫的频发程度越来越高，而与之相应的是，清政府出面进行官方干预控制的行为所显示出的效率不但越来越低，而且其机构运行的实际作用也越来越呈萎缩之势。这与清代官府所刻意经营的救济赈灾系统（如义仓体系）等所显露的越来越严密的高效应急机制正好形成了强烈的反差。若深究其原因，就会发现这种悖论现象的产生与清初政府与基层社会在对民间生活进行控制方面出现了利益格局的再分配有关。

就清代最为富庶的江南地区的情况来看，虽然医疗职能普遍由地方社会承担，如宗族、各种善堂等慈善机构，但它们都具有一个共同的特点，即均不能算是纯粹单独的医疗机构，而是大多在主体救济功能之外兼具施医诊治的作用。比如乾隆时上海的同善堂就兼有施棺、施药、惜字、掩埋的多项功能，所以都不是“专门化”的医疗机构。而且这些慈善功能基本延续着宋代以来分散性的乡贤救治的地方传统。如《水浒传》中描写宋江出场时就说他：“如常散施棺材药饵，济人贫苦。”在地方社会遭遇大疫时，这些零散的救助活动很难真正发挥作用。但另一方面，道光以后，中国地方社会的综合性善堂急速增多，意味着其中所包含的医疗救治成分也会相应地增多，这就为西方医疗行政体系的介入奠定了基础。后来更有施医局这样的机构从善堂系统中分化出来独立运作,从而使原来善堂救济“贫病”的功能内涵悄悄发生了变化。“病”作为救济对象已不止是“贫”的延伸，而是被相对独立划分了出来。所以道光以后的施药局等专门机构的出现是传统医疗资源自身发展的结果，它与西医医院虽在诊疗手段和组织形式上大有不同，但在对疾病治疗进行空间组织方面却有相互衔接与共容的地方。不过，是否我们可以马上就此得出结论说，西方医药文明与中国传统医药资源共同促成现代医院的出现与发展似乎还难以仓促定论。

由此可知，要解释这一现象的发生，显然不能靠纯粹意义上的所谓“医疗史”研究加以说明，也不能依赖于传统意义上对上层机构的“制度史”分析方法予以诠释。因为清代的防疫体系往往与各种传统的社会组织功能缠绕在一起，通过它们的作用才得以显现，这种复杂的情况不是纯粹依赖观察医疗现象的狭隘视野能够加以归纳的。与之相关的是，清代防疫系统似乎只有在“地区性”的境况中才能突显其意义，而无法从传统政府整体职能运筹的角度评估其有效性。

既然中国近代以来的救灾赈济可以被勾画出一种临时应对

机制向常设机构转换的线索。由于时疫流行也有一定的效率和周期，其应对方式也有从临时性向常设性转换的过程，同时又大多受制于特定的社会和文化观念。如果从文化观念传承的角度观察，对什么是“时疫”的观察，古人与今人即有较大差异。“时疫”可通过各种渠道利用细菌传染的看法完全是西方现代医学传入后发生的观念。直到清代，中国人对“时疫”的认识仍是把“流行病”与“传染病”相混淆，中国古代虽有“预防论”较早出现的记录，却对疾病能够“传染”缺乏有效的认知。所以古人“避疫”皆出于本能反应，如重九登高健身等，这种本能经验与医理上对瘟疫传染的阐明没有直接的联系。这并不是说古人就没有隔离的观念，古人虽无法认知时疫由细菌所致，但有瘟疫是由暑湿秽恶之气所致的观念，故避疫法中亦有回避疫气的各种方法。宋代苏轼在杭州任官时即捐资创立安乐病坊，徽宗又诏令各郡设安济坊，有的安济坊可设病房数间，在经验上隔离病人以防传染。不过古人隔离观念的完善一直受制于文化观念与机构设置的双重压力。

从文化传统上而言，自古经验意义上的本能“隔离”观念受到中国道德观频繁而顽强的阻击，如晋时就有记载说当朝臣家染上时疫，只要有三人以上被感染时，即使没有被染上的人，在百日之内不得入宫。这种有效的隔离方法却被当时人讥讽为行为“不仁”。到了清代，江南文献中还有不少弘扬时疫流行、人不敢叩门时坚持照看病人的记载。更有的文人写出《避疫论》这样的著作，抨击隔离措施是使“子不能见其父，弟不能见其兄，妻不能见其夫，此其残忍刻薄之行，虽禽兽不忍而为”，显然是把本能的隔离行为提高到了捍卫儒家道统的角度来认识了。

从机构演变的历史立论，明清以后的系统隔离措施确实有日益萎缩的趋势，其功能常常由救济机构如善堂等承担起来，如此推断，遭逢大疫时，隔离作为救治手段并没有成为整个社会的自觉行为，这与当事人对时疫控制总是采取临时性、分散性的应对策略，而无法组织起大规模的有效动员行动的现象是互相吻合的。民间社会的传统中医绝大多数是采取坐堂应诊的方式，有时是坐店（药店）应诊，完全处于个体分散状态，所以当瘟疫爆发，并以极快速度流行开来时，虽然中医不乏有特效药方施治成功的例子，但因缺乏防疫隔离的群体动员规模和强制性空间抑制机制，所以在时疫流行控制方面难有作为。

那么，为什么会出现控制疾病能力逐步萎缩这种历史现象呢？原因固然很复杂，不过宋代以后中国政府与地方社会之间的关系发生了明显的变化应是影响其控制疾病机制的重要因素。如果从基层社会结构演变态势而言，宋代以后，官府在医疗事业方面所采取的举措很大程度上开始让位于地方基层组织，这大致出自两个原因：一是中华帝国的统治机能在宋以后发生的重大变化是，表面上其官僚职能的运作日趋低下，实际上却是整个统治空间地域的扩大化导致治理模式的转换，治理秩序的稳定与否当然是历代官府关注的聚焦点，但宋以后统治区域的扩大导致原先依靠律法监控为主要手段的统治方式，由于无法面面俱到地把触角伸向底层社会，所以必须在基层寻找地方代理人以贯彻上层意图，这些被称为“乡绅阶层”的地方代理人往往不是官僚系统里面的正式成员，其控制社会的方式也与官府仅仅依靠律法施政的传统有所不同，从而演变成了以教化为先的道德化基层治理模式。他们的出现会逐渐分享和争夺官方的统治资源。二是正因为官府往往只注意投入更多的精力去稳定社会秩序，而对并非直接关系到统治秩序的地方福利与医疗卫生缺乏积极干预的兴趣。而地方社会则通过宗族、乡约等组织从道德化的角度承担起维护社会秩序的任务。只有在社会控制形式开始从依靠律法暴力统治向以教化为主要统治手段实行过渡后，政府无力在道德层面上直接对基层社会施加影响，而必须把这个空间出让给地方代理人时，我们才可以理解为什么宋以后的医疗组织往往包含在慈善组织的运转中，因为慈善组织恰恰是中国整个社会秩序的维系越来越趋于道德化的一种体现。

江南医疗机构日益从慈善组织中独立出来，与清中叶以后地方组织日趋活跃的功能成长有非常密切的关系，从某种意义上说，这种现象的相应发生，应是中国社会内在发展需要导致的一个结果。有许多论者往往由此出发从反西方中心论的角度极力寻找中国社会自主运转的合理性。如果从地方社会与国家互动关系的角度观察，民间医疗资源在乾、嘉以后确实出现了重新整合的迹象，不但在嘉、道以后日常性的救疗措施渐趋增多，而且许多专门医疗机构如医药局等也逐步从综合性的慈善机构中分离出来独立运作，而能够支撑这种相对独立运作的缘由之一是其经费来源开始依靠稳定而具有灵活性的丝捐和铺捐等加以支持，并通过收取号金的方式累积治疗资金，这样就改变了过去单靠不稳定的乡绅捐助渠道维持慈善事业的旧格局。这些变化都可以说与近代西方医疗体系的进入有相契合的地方。

不过这尚不足以说明江南地方医疗资源的重组就已具备典型的所谓近代性特征，因这些资源缺乏近代医疗系统所具有的规训与强制的色彩。现代医疗制度的一个重要特征是国家介入地方组织进行统一规划，使之形成一种社会动员式的运作方式，特别是面对疫病流行的场合时，防疫作为卫生行政的应急措施启动后，其强制程度更为明显，如强迫隔离、注射疫苗、强行疏散人口和集中消毒等行为，无不与中国地方社会温情脉脉的救济原则和传统医疗模式相冲突，甚至会导致相当普遍的心理恐慌。所以像中医在瘟疫扩散传播时所采取的个体治疗行为，到了民国年间显然已不适应整个国家建设对防疫系统的特殊要求。

清人秉承古人的认识，认为瘟疫的出现是由疫气所致，传染途径主要由口鼻而入，医疗界的主流认识是认为瘟疫由呼吸传染，而对水传染、接触传染、食品传染及虫媒传染只有直觉的认识而未形成主流看法。由于缺乏对疾病传染渠道的多元认识，中医治疗时疫往往是施药和针灸等方式进行个体诊治，基本没有有组织的空间隔离观念。现代卫生行政的观念直至20世纪初才较为有效地向中国城市推广，但显然很难与遍布农村的中医诊疗系统相协调，20世纪二三十年代发生的废止中医案与随之而兴起的中医自救运动，时人多从中西医理念冲突的角度入手进行分析，认为是中西方基于不同的文化背景所造成的观念和诊疗手段的冲突。其实，当时废止中医案中余岩所提议案中批评中医体系的核心论点，就是中医缺乏群体应对瘟疫时的系统整合能力。如余岩就认为，“今日之卫生行政，乃纯粹以科学新医为基础，而加以近代政治之意义者也”。而中医“举凡调查死因，勘定病类，预防疾病，无一能胜其任。强种优生之道，更无闻焉，是其对民族民生之根本大计完全不能为行政上之利用”[1]。在防疫这种范围广泛的空间协调行为中，中医无法实施有效全面的隔离策略而阻止瘟疫向四处蔓延，实际是废除中医的主要理由。而对于中医建基于“阴阳五行”哲学理念上的各种貌似玄渺不经的理论进行抨击反而倒在其次。也许中医也多少意识到了自己这一致命的弱点，所以在大量反击西医批评的言论中，多采取“避实击虚”的讨论策略，大谈中医医理自古就具有所谓科学性，至少可与西医的理论互补并行，而回避从正面讨论中医在现代医疗行政方面与西医相比是否有无法弥补的缺失。西医又往往抓住这一体制性分歧不放，至少在论辩防疫体制孰优孰劣时常常打得中医几无还手之力。

但防疫系统的是否完善为什么在清末以后才演变为中西医冲突的焦点问题，倒是值得我们深思的一个现象，它促使我们不得不考虑中国社会生存和发展的内在需要在多大程度上会受到外来因素的强力制约。比如中国乡村防疫体系要在民国建立以后很长时间才出现，其真正趋于健全的时间就更晚了。而这个体系从出现到健全的程度实际取决于中国作为现代民族国家对社会控制的能力。中国作为现代国家对基层的控制能力在20世纪有一个明显变化的过程，20世纪30年代到50年代国家对地方的控制处于调整磨合阶段，而到50年代以后，防疫行为如

① 见《医界春秋》1929年4月第34期。

爱国卫生运动才得以成功组织起来，尽管这种政治合法性仍需借助乡间的亲情网络才能真正贯彻下去。

关于防疫行为在多大程度上借助了现代卫生行政的形式，又在多大程度上与基层的社会关系网络有关，确是个有待深入探讨的问题，我的观点是现代医疗行政体系一旦与国家制度的有效运作相结合，固然可以在防疫行动中发挥主导作用，然而这种行政控制的形式在基层，尤其是乡村地区实施时，如果不能与传统意义上的民间关系网络建立起合理性的联系，那么这种卫生行政的有效实施必然是有限的。据民国初年的统计，当时全国中医的人数大约有八十多万人，大多分布于农村，而西医大约只有一千多人左右，几乎都集中在城市，可民初每当防疫时期来临，中医却总被排斥在外。中华人民共和国成立初期调整医疗政策，每遇防疫的特殊时期，部分传统中医就被一些由西医主持的巡回医疗队所吸收，发挥其以中药配合防疫的角色优势，同时接受简单的西医注射技术，这样就使它被部分整合进了现代国家防疫系统，这显然与民国初年对中医的彻底排斥策略大有区别。但国家在基层所实施的真正有效的防疫行为仍是依靠逐渐完善的三级保健系统（公社、大队、生产队）中的最底层人员——赤脚医生加以完成的。而赤脚医生制度的实行，恰恰就是现代卫生行政与民间亲情关系网络相结合的最好例证。

赤脚医生体系固然是现代国家推行卫生行政制度中的一个环节，很明显带有现代卫生行政自上而下的强制色彩，可赤脚医生又确实是接续了乡土中国中植根于民间亲情网络组织以整合医疗资源的传统。

赤脚医生制度与近代由西方引进的标准卫生行政训练机制的区别在于，其培训的基本人员完全从最底层的村庄选拔，虽然在表面上依据的是相当刻板的政治表现和贫下中农出身的硬性标准，但是选拔程序还是使其身份角色与乡土亲情关系网络重新建立起了相当密切的联系。尽管赤脚医生的名称起源于“文革”时期，可我仍以为，在其政治角色遮蔽之下所建立起的这种联系，使得中国在乡村推行现代卫生行政时有了一种可靠的依托和支架。赤脚医生不但完全是从本村本乡中选拔出来，而且其训练内容更是中西医兼有，即形成所谓不中不西，亦中亦西的模糊身份。赤脚医生由于在乡以上的城市中培训后再返回本村本乡，这样就比较容易形成乡情关系网络与公共医疗体制之间的互动，如此一来，就既把宋以后已被道德化以后的基层社会所形成的教化传统以一种特定方式承继下来，同时又吸收了近代在城市中已反复实践过的西医卫生行政制度的优势。

早在20世纪30年代，北京协和医学院毕业生陈志潜在河北定县乡村实验中率先推动建立过基层三级保健系统，即县级以上医院、乡镇级医疗站点与基层保健员相配合的格局，其保健网底就是农村本土培训的保健员。所以西方学者称他为“医生中的布尔什维克”，只是由于当时力量有限，三级医疗系统很难在更大范围内推行下去。数十年后，赤脚医生制度基本上沿袭了此一思路，只不过是更多凭借了国家动员起来的政治力量加以强制推广而已。有趣的是，那时基本上把传统自治组织如宗族和各种慈善机构从基层连根拔起，至少从形式上完全摧毁了宋代以来所建立起来的农村道德化基础。可是在推行赤脚医生制度的过程中，却又潜在地复原着历史上的道德化状态，尽管这种道德化状态在外表上是由政治观念所包装的。当时的报刊上报道了许多赤脚医生午夜出诊、突击接生、舍己救人等各种先进事迹，如果仔细分析其如此行事的动因和心理状态，固然在很大程度上可以把这些归结为政治教育灌输的结果，但乡情关系网络所形成的心理氛围也是不容忽视的因素，在所谓出于“阶级感情”的政治标签遮蔽之下，实际荡漾着乡土情结绵延而成的道德制约关系。

尤其重要的是，赤脚医生在基层民间防疫过程中扮演着十分关键的角色。西方卫生行政制度传入中国后，主要是作为城市建设的附属配套工程加以推广的，因卫生行政制度需要大量的专门人才，其职业化的程度需耗费时日训练才能达到要求，旷日持久的教育周期和严格的器械检验标准不可能使之成为农村医疗的主导模式。事实证明，医疗行政人才在民国初年和解放后的相当长一段时间只是不定期地以医疗救护队的形式巡访农村，根本无法在广大农村形成相对制度化的诊治和防疫网络。尤其是在农村发生大疫时，医疗队的巡回救治活动颇有远水救不了近火之忧。直到赤脚医生制度建立后，上层医疗行政的指令如种痘、打防疫针和发放避疫药品等才得以真正实施，而且令行禁止，快速异常。这种制度运转的有效性显然不是由西医行政的性质所决定的，而是赤脚医生根植于乡土情感网络形成的道德责任感所致。

1985 年以后，公费医疗制度解体，赤脚医生在更名为乡村医生后被纳入市场经济轨道。其结果是失去了政治与乡情双重动力制约的基层医疗体制，被置于市场利益驱动的复杂格局之中。这种变化很快影响到乡村民众身患疾病后的诊疗状况，尤其明显的是，原来属于赤脚医生职责范围内的防疫监督之责，在失去上述动力制约的情况下遭到严重削弱，在面临疫病的威胁时，一些地区已无法组织起有效的防疫动员网络。赤脚医生体制的瓦解不仅使基层社会医疗系统面临相当尴尬的转型困境，而且也为思考当代中国政府如何与基层社会组织重新建立起合理的互动关系提供了契机。

以上的叙述可以证明，近代以来的各种防疫行为并不是单靠纯粹医学的眼光所能解释，它的表现形态常常与空间政治的安排方式有关。清末医疗机构呈现出逐步从慈善系统中独立分化出来的趋势，其功能运作也逐渐让位于基层社会组织，所以容易在一般人眼中造成社会自主空间逐步扩大的印象。但这样的印象解释不了何以在现代国家“全能主义”统治方式下，大规模的防疫行为得以相对有效地贯彻到了基层社会。我们必须就此转换思路。我的看法是，应该在具体的历史与现实情境下灵活看待国家与社会之间所构成的张力关系，在近代中国实现全面转型的情况下，“全能主义”的统治策略显然在防疫的社会动员能力上起着主体协调与支配的作用。但我们无法否认，这种社会动员如果不和基层文化传统中的若干因素相衔接并吸取其养分，就无法发挥正常的运转功能，即使在相当不正常的社会环境如“文革”期间也是如此。

解读中西医冲突下的政治空间

《再造“病人”》原来的书名很文，叫《道异风同》，就是说，西医跟中医本来是不同的，但是传进中国后经过糅合，变成了风一样的东西四处传播，改变了中国人的生活方式。可是我发现那个名字谁也看不懂，也不知道是什么意思，后来就取了一个非常直白的名字——《再造“病人”》，“病人”两个字加了引号。

医疗史主要是从生理的角度看待病人，把“病人”加上引号以后就有一种历史感。又比如说“东亚病夫”这个称呼是怎么来的？为什么我们中国人从没有病的健康正常状态变成不正常状态？这实际经历了非常复杂的历史过程，当年的传教士，他们用卫生、健康等一系列的东西规范我们，给我们中国人自身的状态赋予了不正常的标签，比如缠足，我们原来认为是很美的，但是西医传教士进来以后，说里面骨骼变形了，从医疗的角度，缠足是非常不美的，中国人慢慢接受了。而且当时还有一个概念影响了“维新”思想家，认为中国一半妇女都在缠足，生下来的孩子一半残废了，你怎么跟西方打仗？怎么去抵抗？

所以“病人”这个词被赋予了很多的含义，比如反侵略、反殖民，或者建立我们的现代国家等等。

1929 年是一个关键年，那一年西医余岩提出了一个《废止中医案》，引发了随后的“中医自救运动”，也产生了大量的媒体争论。核心的问题在于，中医所以被排斥，并不完全在于它依赖“阴阳五行”的中国观念，或在于它的不科学、无法界定的模糊性、缺乏无法准确计量的标准等等，最重要的是中医跟现代医疗行政制度的冲突。实际上，中医只面对个体，现代医疗制度是面对群体，不是面对个体，比如“非典”来了，西医要隔离，要动员所有的社会力量把病人活动限制在一个区里面，如果这个区发生了传染事件，还要被封闭起来。

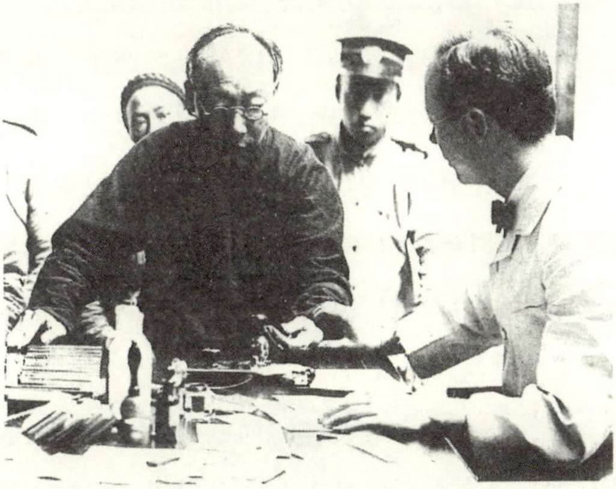

西医传教士胡美为中国人治病

对于这一点，中医是无能为力的。当时对于中医的批判，一个关键点就是中医作为一个社会医学，它是不合格的。什么叫社会医学？就是面对这个社会的群体会采取什么态度。中医本身已经变成一个社会医学的救治对象，中医大夫本身就是社会医学应该清除、改造的对象。

如何在身体与政治中间建立关联，我的想法里暗含有多重意思：第一层是身体的。第二层是有关空间的问题，即中国人原来怎么理解空间，这种空间如何被改变了，因为从空间到制度都发生了变化。这样也就有了第三层意思，这个空间怎么被制度化；怎么变成规训我们，训练我们去符合于某种规范的，包括西方的、医疗的、政治的、文化的、社会的规范的过程；最后一层意思是社会动员，这个制度化的过程必须通过大规模的社会动员才能最终完成，比如“三反”、“五反”、爱国卫生运动、抗美援朝，经过不断运动的形式慢慢使这个制度拥有它的合法性。这三层意思，就像是一场戏剧一样一幕一幕地展开的。

西方的一些空间形式容易让中国的人们产生一些想象，比如教堂，它里面曾经组织过很多复杂的宗教仪式，关起门来让中国人总觉得里面黑糊糊的显得很神秘，而且教堂附设了一些育婴堂和医院，所以当时很多中国人就联想到“采生折割”——一种古代的杀人行为，就是黑夜间去埋伏在路边，把人家劫走之后把心挖出来制药，据说可以治麻风病。

关于空间，还有一个最关键的词就是委托制，从医学史的角度说就是把自己人委托给外人在一个封闭空间进行治疗。中国人很少把自己的亲人委托给外人照管，他们习惯在非常开放的、亲密的关系里面进行治疗，病人和周围的亲属是可以参与这个医疗过程的，大家可以七嘴八舌，甚至对中医的一些判断、诊断提出意见，说方子不对，加几味药，减几味药，减多少或者换哪个……

但是，正如福柯谈到的，资本主义的发展实际上是空间被监控化、封闭化的过程。比如，外科手术需要一个无菌的环境，如果手术在手术室里面进行的话，病人家属一定要被排斥在空间之外——它是被专门化的，换句话讲，就是有一帮人专门拥有技术权威，这些技术权威排斥亲密的亲属关系，他们在一个封闭的环境里对你的身体、生命负责。

中国人不了解这个背景，就以为是被拉进去关到一个屋子里，也许这个手术成功了，但是也可能因为各式各样的原因手术失败率很高，大家觉得原来好好的进去好像还有救，怎么被关到那个空间人却死了？所以当时有很多教案，比如烧教堂、医院等都跟空间的委托有关。

因为种种的谣言流行，大家都烧教堂、医院，外国人后来发现西医在中国的传播必须跟中国的文化、中国自身的传统相和谐，所以我一直认为西医传进中国来不完全是单纯的暴力介入的结果。

“大树底下做手术”是一个很有意思的例子。从西方人的角度讲，手术应该是在无菌的、封闭的空间中进行，医生要戴着口罩，穿上白大褂。但是，为了让村民接受，手术被公开化了，在一棵大树底下进行，百来个人围着看。这个故事恰恰是做眼睛的手术，手术完成后，取出的眼睛被放在一个瓶子里面，泡上福尔马林药水，还给孩子的母亲，说这个眼睛不是去做药了，这个眼睛还是你们的，还给你们。

几百人观看手术实际上已经打破了西方医疗体系中的委托制，变得公开化，大家都可以参与、观察，我想这也是身体跟空间的关系。

后来谈西医、谈卫生、谈健康，都跟政治挂起来了。比如，说我们健康、我们卫生，是为了我们国家、民族的复兴，从这里再往下走就变成制度的规训。那么，制度是怎么被建立起来的呢？制度怎样监控你的日常生活？我特别从“北京城里的‘生’和‘死’”切入来讲了这个问题。

公共卫生系主任兰安生来到协和医院以后开始主动出击，他在协和医院所在的王府井一带，划出了一个医疗区，这个区叫内一区，把行政和医疗两个要素结合在一起——这个医疗区的划分说明制度化真正开始了，它不是纯粹孤立的医院。医院你可以去也可以不去，所谓的卫生区的概念就完全不一样了。

所谓卫生区的概念和医院有什么不同？就说生孩子吧，原来的产妇可以随便找一个产婆，也许她就找隔壁老大妈，老大妈从小看着她长大她就放心。选择谁、选择什么样的产婆，制度化之前病人是有自主权的，但是卫生区建立起来以后，这个状态就被改变了，它会强行介入生育过程，比如助产士隔三岔五会上产妇家敲门，问产妇是不是要生了，生了就赶快去医院吧，否则会有危险，产妇说不想去她就走了，可是过一阵儿她又来敲门，说差不多还有一个月产妇就要生了，不上医院不行，否则有危险，不能相信那些迷信的产婆之类……

为什么产婆接生的死亡率很高，但是大家还认同这个东西？我并不是要说它是好还是坏。

我们用现代的眼光看，产婆理所应当就是很不卫生、很肮脏的。一般地说，医院是最卫生、最好、最安全的，而且最为人所向往的，但是恰恰相反，为什么很多产妇誓死不去医院，打死也不去，觉得医院很恐怖？现代的眼光里面暗含了一个技术的观点，仅仅把生育过程看成医疗本身，而不是把它看成一个社会现象、一个文化现象——产婆不但要接生，还负有另外的一些职责，比如给孩子“洗三”，她口里会唱很有意思的歌谣，祝福孩子升官发财……产婆的作用是要协调整个的人际关系，造成一个温馨的氛围。

城市的现代化、制度的控制、空间的安排，对人们日常生活的监控都是跟国家权力联系在一起的，这个过程里面还有警察制度跟医疗制度的结合。

大约在20世纪30年代，医疗体系就跟警察制度吻合起来了。旧社会的生命统计员就是开殃榜的阴阳生，殃榜类似现在的验尸报告，如果人是正常死亡，就写一个殃榜，放在棺材上，棺材出城的时候，看守的士兵看见有殃榜，就认为死者已经通过尸体检验，可以出城掩埋了——殃榜就等于是一个通行证，后来这个通行证被剥夺了。

这又跟协和医院的兰安生有关系。在兰安生的带动下，北京连续建立了四个卫生区事务所，并且开始招募生命统计员，类似于现在招公务员。你来了之后我给你短期培训，27种疾病怎么分类，怎样去鉴定，出生怎么登记，都有一套训练。这些生命统计员被派下去，慢慢地取代阴阳先生。有一阵子，阴阳先生和生命统计员是并存的，就是说，阴阳先生开的殃榜还是有效的，但最后殃榜无效了，必须跑到公安局拿到生命统计员开的死亡通知单，棺材才能出城。

所以，警察制度和医疗制度是交错的，它们互相配合、互相呼应，当然它们中间也有一个分分合合的过程。

社会动员很重要，尤其1949年以后，国家要靠社会动员的力量来重新调整制度，并且这套制度渗透到基层细胞，达到人人都能接受的状态。

所以我选了一个“细菌战”作为解读的切入点——我认为对我们影响很大的爱国卫生运动就起源于“细菌战”，这也算是我自己考证出来的吧。

我觉得爱国卫生运动特别影响中国人的日常行为，特别是20世纪60年代到70年代，不管你住什么地方，居委会老大妈就会喊你，“没事儿了起来打扫卫生”。大家就纷纷出来，打扫自己门前那一块儿，也包括一些公共的场所……这在农村也非常普遍。这个制度是怎么建立起来的？我想是从20世纪50年代反“细菌战”开始的。换句话讲，里面也涉及到一个反“细菌战”的运动是怎么样从军事化的临时性防御措施转变成老百姓普遍接受的日常生活状态的问题。

细菌来了，大家都很恐慌，很害怕，是不是？对不起，那你就要坚持刷牙洗脸，你得参加我们的防御动员大会。爱国卫生运动也如此，不仅要打扫，还要参加捉老鼠比赛，捉老鼠本身已经变得不重要了，捉老鼠变成了大家响应国家号召，反帝国主义的一个形式，这里面很多东西被串接起来，形成了一个民族主义教育的好机会。这时候，卫生本身、医疗本身已经不是很重要了，它是日常生活政治化的一种手段，老百姓投入参与到一个集体性活动里，它既是医疗的、防御的活动，也是一个政治的活动……

“东亚病夫”这个帽子是被西方人戴上，我们中国人老有一种自卑感，想要摘掉这顶帽子。我分析反“细菌战”用了一个词“颠倒的想象”，意思是说它包含了一套策略——细菌是外国人带给我们的，“病”是外国人给我们的，不是我们自身的。你看美帝国主义不断给我们撒细菌，所以“东亚病夫”是谁造成的？美帝国主义造成的。这里面也有社会动员、民族主义等因素在起作用。

战争有一种偶然性，抗美援朝嘛，但是细菌战的出现也是一个偶然的事件，一开始是在东北地区，基本策略是建立军事防御区，把东北和华北隔离开来，当时派了很多防御队奔赴东北，先把这个区隔离开来，然后把预料有细菌的地方隔离、消毒、撒药、撤离，我觉得这些动员的临时性色彩都非常浓。不久细菌投到青岛去，投到沿海地区，后来包括内陆地区也出现了，尤其浙江、福建、厦门……后来的报道说，国民党的飞机经常从台湾起飞奔袭沿海地区，投了很多带细菌的小孩的玩具，投了一些包裹，也包括一些食品罐头……这里面就很有意思，从东北地区的军事防御扩散到沿海，把整个反“细菌战”变成一个延伸到东南沿海地区的防御策略……

从 1952 年开始，爱国卫生运动逐渐形成一个制度，而且对农村的影响比较大，基本渗透进了基层。当然，这个过程中间还有一些其他的运动和手段，有的是针对城市的，比如“三反”“五反”；有的是针对农村的，比如后来的人民公社、大跃进，它有不同的层次，但是我主要紧紧扣住医疗这个主题来谈社会动员这个具有广泛空间意义的东西。

作为社会改革的试验，“陈志潜模式”的影响非常大，当时一些试验区都附设了医疗改革的规划，所以实际上它还是在一定范围内推广开了，只是没有办法非常制度化。

应该说，“定县试验”还是把制度框架建起来了，比如三级保健——县里有医院，乡里有卫生所，村里有保健员，这个系统也是一个革命。当时，去协和医院住院看病都跟贵族似的，费用相当昂贵，但是协和医院有个社会服务部，每年会有一些预算给病人提供免费治疗，陈志潜等于把这种理念推广到定县，并且进行很严格的成本计算，比如一个老百姓一年到底能在治病上花多少钱，然后他按照这个数字来配置他的医疗体系，包括药的成本，他把这些降到最低最低。当时，陈志潜还从定县平民教育学校中抽调人员、培训保健员，他们从村里去，接受教育之后回到村里，背个药箱，里面有红药水、紫药水等一些基本的药,治些头疼脑热的病。可惜的是,“定县试验”排斥中医，陈志潜认为中医就像巫医一样要彻底铲除，所有中医的资源他都没有用，也根本不考虑农民对中医的实际需要。

有些人认为，革命和改良好像是势不两立，实际上不是这样。我觉得以前少有人注意这方面的问题。但是,和“定县试验”不同的是，赤脚医生制度更兼收并蓄一些，还吸纳了中医系统，比如把草医、走方医和游医这套东西都弄了过来，而且进行了简化。

我特别要强调一点，不要把赤脚医生误认为仅仅是政治运动的产物或者政治运动的一个组成部分。赤脚医生是一个伴随“文革”出现的现象，但是不应该忽略它跟“定县试验”之间的呼应关系。赤脚医生的特点是“从哪儿来到哪儿去”，他们中间有很大部分是由村里派到县里，培训一两个星期，最多两三个星期、一个月，再回到村里。这有一个好处，因为有一个亲属和亲情的网络，就决定了他对农民的基本需要就有一种感情维系在里面，而不完全是政治口号、政治训练这样的因素起作用。

宗族关系和人际网络基本上决定了赤脚医生对于一个病人的态度，就是医患关系。这里面当然也有利益关系，比如他的工分比一般的社员高，高一到两分，另外还有一个“三三制”，就是说赤脚医生必须有三分之一的时间出诊，三分之一的时间坐到卫生室候诊，三分之一的时间下田去——只有下田跟农民滚到一块儿去才能了解农民的基本状态、基本需要。可能有一些利益的驱动也使得赤脚医生受人尊重吧。

毛泽东有一次谈话曾说道，还有一件怪事，医生检查一定要戴口罩，不管什么病都戴。是怕自己有病传染给别人？我看主要是怕别人传染给自己。要分别对待嘛！什么都戴，这肯定造成医生和病人之间的隔阂。他提到了一点，就是说为什么要戴口罩,实际上是怕病人的疾病会传染给你。毛泽东的意思是说，口罩和白大褂是一个界线，医生和病人应该保持一定距离，但是这个距离其实是排斥了亲友关系、排斥亲情网络、排斥乡土社会的一些基本规则。毛泽东就要求打破这个东西，口罩摘掉，直接面对病人，而且跟病人要有交流和互动，在他们现实的规则网络里面接近他们。

当然，我升华了一下。

改革开放以后，比较强调医疗技术，强调高、精、尖，也就是“协和模式”的复归嘛。当时，有一些协和毕业的高材生，他们发表文章呼吁，就是说赤脚医生不行，技术太差，只能满足头疼脑热的治疗，我们应该培养高、精、尖的医生。我觉得，这跟整个医疗体制、市场化有关系，大量的投资进入城市，投资大医院，买先进仪器，转移之后农村赤脚医生的体系自然就瓦解了。后来赤脚医生逐渐私人医生化，他们开私人诊所。私人诊所必然会计算药的成本，慢慢地亲情关系全被瓦解了。现在合作医疗再恢复很难，因为这个网络已经不行了，包括道德情感的网络，还有文化。

1985年，赤脚医生体系瓦解了，私人医生开始自己开诊所。

《再造“病人”》这本书是想展现一个波澜壮阔的百年大历史。可以说它是包罗万象的，你可以从这本书各取所需，但是你又很难给它归类，你把它放在怎样纯粹的学科分类框架里面似乎都不太合适，但是许多东西里面似乎也都涉及到了。从根本上说，我关心的是现代政治问题，通过医疗过程的描述、医疗制度的变迁、身体的变化、观念的变化来谈现代政治的演变，以及现代政治如何影响到了每一个中国人，包括中国人本身的生存状态……所以，我所有的描述，包括细节，都要放在对现代政治的脉络里面去理解。

当然，也有人一会儿说我一会儿“自由主义”，一会儿“新左”，一会儿“后现代”。其实，我不太愿意做非此即彼的评价，我觉得这里面非常复杂，有些东西我不是很肯定，也不是很否定，只是想徐徐展开用一个脉络呈现我的看法。

我的目的，就是最终要解决一些问题，把历史背后一些被遮蔽的东西，或者不为人所关注，或者关注得比较少的层次展示出来。

趣事片忆

香山论剑

我基本是属于多一事不如少一事的那种人，既缺乏能力也懒得去组织什么活动。可有时也偶有莫名其妙的冲动，总想干点出人意料的稀奇古怪的事。2002 年我脑子里突发奇想，借用金庸的戏说口气，想在香山组织一个学术界的“武林大会”，并到处和人信誓旦旦地说这辈子我也就单独组织这么个会了，希望大家赏脸支持。

其实，那时的中国史学已经悄悄向周边学科开放，一场革命好像即将发生，但史学在与其他学科的领土之争中又搞得狼烟四起，难以自守，被纷纷入侵。形形色色的西方理论使出各种怪异招数步步紧逼地蚕食着史学的肌体，大有把它变成“殖民地”的危险,这样下去,“史学”还能叫史学吗？也许真的是“狼”来了。“狼”来了是抵抗还是干脆投降？这些焦虑直接促成了这次会议的召开。

既然是“武林大会”，就得荟萃各门各派的高手，包括不怎么算名门正派的那些“魔教”人物。史学界的名门正派当然有自己的一套章法，比如治传统政治史的人就自有一套家法，但有些边缘的流派如历史人类学、后现代史学在正统史学眼里就算是“魔教”的路子了，一些文学界转入史学的人在某些史家看来也自然是属于练的“怪异武功”，无足道也，比如最近写出煌煌四大本巨著的汪晖，在史家看来也许就是不守家法之辈，那赵园写晚明心态，透入士人骨髓，还不是照受冷落？

我当初的想法是借梁启超《新史学》问世100周年的时机，把9个学科的一流学者会聚一堂，探讨史学在各学科夹攻中的未来命运。把这批我戏称为“牛鬼蛇神”的朋友聚在一起着实费心费力，会址选在了香山梁任公墓附近的卧佛山庄。开幕式无领导讲话，而是松散地环绕梁任公墓凭吊一番，周围山林拥翠，树影婆娑。我当时就开了句玩笑，说这地儿真有点像丐帮聚会的地方。

进入卧佛山庄的四合院，迎面从屋顶如瀑布奔泻般挂下一幅楷书名家张志和的巨幅书法，上面写的是梁任公《新史学》中的一句名言：“历史者叙述人群进化之现象而求得其公理公例者也。”这算是对任公的致敬。由于书法篇幅巨大，遮住了门口，逼使进去的人必须从两旁绕行而过，也形成了一种肃穆景仰的纪念碑式的景观。会场的布置也花了番心思，摄影家侯艺兵在田野的摄影作品环绕四周，构成了会场的基调，坐在屋中开会，会隐约感到四处活动着的乡间人群的身影在周围晃动，这空间就似乎隐喻呼应着历史与人类学之间的结盟关系。

就在这个有些怪异的氛围里，会开了三天。白天唇枪舌战；晚上在院子里点起蜡烛，摆上好茶，在皓月撒地的银光下继续激辩。我还“别有用心”地安排了一场已成历史人类学“重镇”的华南学者与北京人类学家王铭铭的对话，希望形成激烈的“吵架”场面，结果“阴谋”没有得逞。双方大打隐语，说得曲折有致，但仔细话外听音，仍能了解到双方的分歧。如刘志伟就说，自己和一个美国人类学家一起入村调查，她马上会关注村民的日常生活而后者则要求先看族谱，一重田野一重文献的路子还是判然分明。其他的论争也很有意思，法学家朱苏力用梁祝故事论证古代婚姻包办在一定程度上的合理性，清华大学的人类学家张小军就马上反驳说，这不过是个费孝通式的功能分析而已，但要把悲剧硬说成喜剧似乎需要更多的理由。

我们还设计一个节目是每个人用各地的方言说一句对史学的认识，录下音来后播出来给大家听，猜猜是谁的声音和观点，引来笑声一片。三天下来是既疲惫又愉快。我最后的话是这样说的，本来想着请大家来是给史学这个只剩一把骨头的瘦弱躯体添些血肉，可是发现你们这群“狼”来了之后，“史学”可能被吃得连骨头都不剩了，这到底是好事还是坏事呢？还是谁也说不清，可我毕竟是给大家提供了一个互相厮杀的地盘。事隔数年后，孙歌还念念不忘地对我说，那年你这小子把咱们先带到墓地后带到“灵堂”关了三天，可真够狠的呀！那埋怨声中似乎透露出一丝欣赏。我猛一回想，咳，这会场还真有点像灵堂的味道！谁让咱们是借了任公的宝地了呢！会后出了两大本砖头样厚的论文集，起了一个很不谦虚的名字叫《新史学》。由于封面设计用了一种黝黑黝黑的颜色，所以史学界流行称之为“厚黑书”，据说是卖了8000册。

不守“家法”

我一直以为，这本被称为“厚黑书”的《新史学》卖得好，是对我不守庸俗史学“家法”的回报。记得本科在历史系按部就班地读书，总觉得郁闷。喜欢猫在图书馆的角落里瞎看乱读，一天偶尔在《外国文艺》上读到萨特的名篇《存在主义就是一种人道主义》，顿时泪流满面。觉得当时的中国史学真是太惨无人道，全是一些貌似理性的结构在替活生生的人说话。“人”在其中就像牵线的木偶。从那以后，我写出的文字性格就有些爱走极端，20 世纪 80 年代末当看到福柯用身体做解剖资本主义的实验刀的那种不要命的激情更强化了这个极端。比如以 23 岁的毛头小伙的年龄居然不管不顾地跳出来和杜维明吵架，叫嚷着要打破“儒家”的和谐。福柯那挨过警察棒子的秃头在 20 世纪 90 年代也迅速成了培养我革命意识的象征。意识形态史学的暴力和新保守主义史学的苟且粉饰，均使中国当代史学的批判能力在急剧萎缩。中国史学既然出不了福柯式的引爆资本主义的“人体炸弹”,那至少应该需要几个不守庸俗“家法”的捣乱分子。这次香山会议的杂烩式的喧嚣设计，其实投射出的是我青少年时代的狂躁和不安。

巧遇一个汉人喇嘛

人生经历的有趣处可能就是由一连串的巧合构成的。1998 年我在美国加州大学访学还有一个月就结束了，我整天泡在基督教的英文文献和档案里看得头晕脑胀，心里正想着美国之行就这样快地结束了，好像还有些不满足，这念头在脑子里还没待上多久，一个让我感到充实的偶然机会却不期而至了，这机会也使我一夜之间从基督转向了佛陀。这事说起来很滑稽也觉有些惭愧，我来美国访学拿的是基督教会的资助，结果却阴错阳差地顺带做起了佛教徒的口述史，所以事后老觉得有点背叛基督似的,心里还多少有些愧疚。现在《再造“病人”》出版了，我会说，那第一章中写西医传教士的部分是献给教会的，感谢你们的资助，阿门!

事情是这样发生的，我在一个周末去表兄家度假，他是一名佛教徒，偶尔提到说有一位奇人在洛杉矶隐居，是一位高僧大德。表兄说给我看一样东西并顺手打开了电脑，我一下子就惊呆了！随着鼠标的转动，一幅幅发黄的老照片从电脑中徐徐展现，一种历史的沧桑感彷佛扑面而来。其中一张照片里有一位年轻的僧人和一位似乎面熟的人前后错落站立，表兄说那面熟之人就是阿沛·阿旺晋美，他后面站着的就是那奇人。

更令我感到吃惊的是，表兄说这老活佛的手里有上千张在20世纪30年代拍摄的老照片。我说事不宜迟，一定要见这位世外高人一面。见到邢肃芝老人后，只交谈数句，我脑子里突然灵光一现，感到一个难得的口述历史的对象就左面前。老人的记忆力十分惊人，甚至儿时邻居的名字都能清晰地记得。据说此惊人记忆力得益于他所受三百多种的藏传密教灌顶仪式。老人虽是初次见面但谈兴甚浓。他当场展示了一张1936年达赖喇嘛的转世灵童从青海到达拉萨，在郊外帐篷中休息的照片。老人说当时他把照相机偷偷藏在袖子里，拍下了这张照片，据说当时国民政府曾派电影摄影队拍摄，但保留下来的达赖喇嘛在进入拉萨之前的照片据说就仅此一张。在他的收藏品中，类似仅此一张的照片仍有数幅，比如著名的大金寺事件汉藏谈判现场的照片也是唯一的。世界上怕就怕“认真”二字，遇到如此有心人是我们搞历史的福分。

老人的经历就像一座难以开掘殆尽的宝库，才见了一次面，当场决定做老人的口述史之后，我觉得时间已经越来越不够用了，于是干脆搬出了加州洛杉矶分校的校园，每隔一天就开车去老人家听其口述，每次的时间都长达两个小时以上。可老人始终是气定神闲，毫无疲态，也许是深修藏传密功的缘故。我和表兄整整录了四十多盘录音带，一部分留在美国，一部分带回国内整理。老人的魅力在于他集狡猾聪明与大智慧于一身，这种特殊的吸引力当然是其复杂的多张面孔和身份赋予的，令人很难想象，一个在西藏寺庙中待了七年，拿到据说是历史上只有两位汉人拿到的拉然巴格西学位的高僧，居然还是国民政府的高级驻藏行政人员，并出任第一任拉萨小学校长。你也很难想象一个喇嘛会在高山深谷中在滑索中掠江而过的身影，和腰别手枪去赶路的英武形象，怎么会统一到一个人身上？以至于当我们已经完成了口述的出版后，不仅不会觉得已对这个传主的历史了若指掌，反而会觉得他更加神秘而深不可测，每每会发出世外有高人的感慨。看来，想当史学“人体炸弹”的狂躁心理只有在透视“人”的复杂性的时候才平静得下来。

发现《杨度日记》

大约是在15年前，一个周末，记得从我住的中关村到三里屯还需坐332路后倒四趟车才到我姑姑家。这次姑姑招呼进门后马上说你来的正好，祖父留下一些遗物需要清理，看看还能挑出什么有用的东西。打开书柜后，祖父的书房中立刻飘散出一种淡淡的书香，像特有的檀香木的味道，弥漫四周。我随手翻阅着一些线装书和古籍，偶然发现书柜最底层的一扇门仍没有打开，旧式书柜与现在的书柜设计有所不同，除上层分格储书外，下层往往设置一种横向大开门的柜门，可以向上打开。我突然发现在底层不显眼的角落里，有一个旧布包裹着的东西，打开猛一看，很像厚薄不一的账本，可就在账本的头页赫然写着“丙申日记”四个大字。

这部日记发现的意义是在于，别看只有四年的内容，但正好是19世纪末20世纪初这段时期，里面记载的故事很有趣，比如杨度与梁启超在时务学堂吵架在于对儒学经典的理解不同，于是杨度觉得梁氏“年少才美”，却跑到湖南来教书骗钱，太不应该，两人都有个性，闹得不欢而散。读这些逸事觉得那时候的人确有些真性情。曾祖后来入了党，才被像对待考古文物般地挖了出来，突然被打扮得很光鲜，把他包装成了颇识大体的政治明星，但我总不喜欢。唐浩明很聪明，写《旷代逸才》只写到袁世凯垮台。不过，这账本里发现的另一份为撰写《中国通史》准备的《杨氏史例》提纲倒是很珍贵，里面隐约透露出他思想转变的一些蛛丝马迹。

后 记

随笔虽短，但操练不易，有点像舞台上时兴的小品表演。小品难在一直抖包袱地逗大家乐，还要承载点教化风俗的内涵，一不留神不是大家笑不出来，就是俗得只会耍贫嘴，做好平衡确实很难。同样道理，所谓学术随笔读起来首先得好看，才有资格谈境界，否则干瘪枯槁，貌似深刻，有谁看呀！但既然冠以“学术”之名，却也不能一味迎合流行口味，让市场牵着鼻子走，光在表面逗趣上下功夫，更要区别于风花雪月、家长里短，所以我以为写出好随笔其实是个苦事。可惜这个“度”我自觉一直拿捏不准，虽偶有心情“游戏”文字，却始终没敢集中拿出来献丑。

这样耽搁了几年，回头一看，倒是零零星星地又积攒了些篇什，不过另一个问题又冒出来了。数年下来，读一读以往的这些小文章,觉得风格差异实在太大。也许是自己心境不断变化，阅历加深却青春不在，那甜酸苦辣全都折射到了行文里，时而少年轻狂舍我其谁，时而又拘谨不安做深沉状。不仅文风不同，内涵有异，甚至里面的思想也是前后打架，自相矛盾。想来想去，这“自我否定”的勇气勉强可作为自嘲的理由，至少可以说是进步的表现。如果自我辩护得再文绉绉点，这叫“境由心造”，越“主观”就越有趣，也许随笔和论文的品位之所以不同，恰在于它更有资格多些“唯心主义气质”吧。

当年梁任公标榜的是“今日之我与昨日之我战”，观点经常相互打架变成了他老人家英雄一世的金字招牌，拿过来做文风屡变的借口倒是不错，不过任公自我否定的目的是反思学术历程，是主动更新与时代同步趋进的结果，那是游刃有余，掌控宇宙的自信，他当然有资格表现出那稍显无奈却透着些许得意的姿态。我等后人在文脉中透露出的心绪变动则顶多算是一份可以自我检视成长经历的“自白书”吧。或许这可以成为出版的一个理由？尽管这理由并不充足，因为肯定有人会说，你完全可以关起门来去“自恋”嘛，何必浪费大家的时间呢？可我终于还是抵挡不住与人分享思想的诱惑，哪怕这些随笔顶多只有一半够得上过关，哪怕为了这段也许无趣的自白再担待些强拉硬拽自作多情的骂名。

我不想说忠实记录时代脉搏这种傻话，但心灵与时代之呼吸相应我自信仍可在文中触摸到，至于感受的差异自然是存在的，但愿有兴趣读此书者并不认为参与这种感受是在浪费光阴。王小波曾说，写文章先好看，再提升自己或别人。接着又调侃道，先把文章写好了再说，别的就管他妈的。话糙理不糙，我的文章常常是道理说出了一点点，却常常为此损失了好看的外表，那就继续努力吧。你看，这一不留神也为自己变来变去找了个好理由。

这本随笔集取名“梧桐三味”，用的是其中一篇的名字，这篇随笔讲的是章士钊一生“三变”的故事，其语境颇与我这几年文风屡变的心理际遇暗合。这本书的内容也自然分成三个部分，以吻合于书名昭示的节奏。第一部分多是一些近代人物的趣事，我试图涵咏其于境遇之中，读出一种另类的含义，以区别于一般流行的怀旧逸事，还有一些文章则谈及的是近代文化现象如何在现实中被各种因素重构的过程。第二部分主要谈的是怎样从思想史和制度分析相结合的角度理解儒学，以及人类学方法的渗透对历史学变革所造成的启迪与局限。最后一部分可能稍显枯燥，谈了一些史学变革的理论问题及最近的研究想法。写文章和读文章犹如烹调和品尝的两极，需要联手合作才能获取鲜美的滋味，故我把本书的内容稍加归类，结构设计成三种“品味”，不同兴趣的读者可以选择其中一种参与分享我这几年思想的曲折历程。

杨念群

2006 年 10 月 20 日